MELISSA BARBEAU

MEERESLEUCHTEN

Roman

Aus dem kanadischen Englisch
von Ute Brammertz

btb

Für Freshwater
und alle meine Lieben,
die es dorthin verschlägt

AUF SEE

Die Nachtluft ist warm über dem leuchtenden Meer. Wellen schlagen gegen den Schiffsrumpf. Mit einem Platschen durchbricht etwas die Oberfläche der Bucht, und Vivienne wirft einen Blick über Bord. Die Luft riecht nach Salzwasser und brackiger Bilge. Die Brise weht auch Landgerüche herbei – Rauch von ersterbenden Feuern, die an den fernen Stränden wie entfachte Streichhölzer brennen, Heuwiesen, das Aroma der Wälder. Eine Welt der Düfte, bestehend aus Basis- und Kopfnoten, Gerüche, die vordergründig sind, und solche, die später kommen, die länger nachwirken. Wie Parfüm. Landgeräusche gibt es ebenfalls, aber sie sind weit weg und winzig. Splitter von Gelächter, das herzschlagartige Bassbrummen eines Radios, wie durch eine dicke Glasscheibe, immer leiser werdend, während die Nacht auf die Morgendämmerung zuschlurft.

Langsam schneidet das Boot eine Schneise durch eine phosphoreszierende Wolke. Vivienne hält es lange genug an, um etwas in eine Tabelle einzutragen – *Dinoflagellaten* –, und lässt den Motor leerlaufen. Der Mond hoch oben ist blau. Als sie zu ihm aufblickt, erstrahlt ihr Gesicht in seinem Schein. *Once in a blue moon.* Den Ausdruck hat sie natürlich schon einmal gehört. *Once in a blue moon* bedeutet: fast nie. Ungefähr dasselbe gilt für den alten Evinrude-Außenbordmotor. Fast nie startet er beim ersten Ziehen –

Vivienne renkt sich, wenn sie ihn anwerfen will, oft beinahe die Schulter aus. Fast nie hört sie von Eliza. Und fast nie wird in dieser Bucht noch ein Wal gesichtet.

Aber heute ist es buchstäblich so. Der Mond ist blau, zumindest aus der Perspektive des Boots, das auf dem ruhigen Meer schaukelt. Vivienne versucht, ihn zu kategorisieren, sich vorzustellen, wo er im Farbspektrum einzuordnen ist. Näher an Grün als an Violett. Türkis mit einer Art Schimmern. Eine Täuschung durch atmosphärischen Druck oder Sternenstaub oder Smog oder irgendwelche Emissionen in der oberen Stratosphäre. Eine Fischschuppe am Himmel.

Was auch immer das Blau verursacht hat, dort hängt er, angeschwollen, schwanger, und das reflektierte Licht färbt die Luft und das Wasser und das kleine Boot. Sättigt alles in der Bucht, sogar Vivienne selbst, als wäre der Mond mit einem blauen Farbfilter versehen und als befände sie sich in einem Film.

Sie ist den ganzen Sommer über in Damson Bay gewesen und hat Proben gesammelt und Messungen durchgeführt. Die meiste Zeit hat sie mit Warten verbracht. Warten auf Genehmigungen und Warten darauf, dass das Wetter mitspielt. Warten auf Anrufe, die nie kommen. Warten am Ufer, während der Wind weht und die Brandung gegen die Flutgrenze schlägt, ganze Wochen hat sie wegen einiger Sommerstürme vergeudet. Warten auf ruhige Nächte und Tage. Warten auf Seegang ohne tückische Wellen.

Diese frühmorgendliche Exkursion hat sie damit begonnen, in Ufernähe herumzutuckern, hat sich in und um die Helling und das Pfahlwerk des Kais geschoben, ist entlang der rutschigen Felsen am Ende des Strands gefahren. Sie hat sich mit einem Thermometer über Bord gebeugt, um die Wassertemperatur zu messen, und Proben von den Quallenschwaden entnommen, die den Hafen verstopfen. Jetzt hat sie die schützende Ufernähe hinter sich gelassen und ist um die Ecke in die weite Bucht gebogen. Sie fährt dicht an die Granitfelswand heran und schaltet den Motor aus. Das Boot driftet in der Strömung in einem lethargischen Kollisionskurs zum Steilhang. Die Ozeanwelt unter dem Kiel zu ihren Füßen ist eigenartig und fantastisch. Vivienne leuchtet mit einer Taschenlampe ins Wasser. Der Lichtstrahl fängt Krebse ein, die zwischen winkenden Seetangwedeln herumhuschen. Plattfische schwimmen auf das Licht zu.

Vivienne holt Quallen hoch, wiegt sie und hält ihre Größe und die Anzahl und die Art mit einem wasserfesten Stift in einer laminierten Tabelle fest, bevor sie die meisten zurückwirft. Manche lässt sie in Plastikbehälter voller Meerwasser fallen, den Fundort auf den Deckeln vermerkt, bevor sie zum nächsten Standort fährt, wo sie wieder von vorn beginnt. Ihre Augen gewöhnen sich an die Dunkelheit, noch während der erste Hauch des Sonnenaufgangs den Horizont erwärmt. Quallen mit gewölbten Oberseiten und herunterhängenden Tentakeln und Seestachelbeeren mit fluoreszierenden Bändern gleich Landebahnen, die sich über ihre ganze Länge hin erstrecken und bei der Nahrungsaufnahme leuchten, pulsieren durchs Wasser. Vivienne holt eine Handangel vom Boden des Boots und wirft den Pilker über Bord aus, beobachtet, wie sich die flaschengrüne Schnur abspult. Am Haken haben sich zwei schillernde Körper verfangen, die er nun auf dem Weg zum Meeresboden mit sich in die Tiefe reißt.

Die Fischer in der Bucht hatten sie damals im Juni, nachdem sie den bleiernen, blind vom Bootsboden hochstarrenden Köder erspäht hatten, ermahnt, die Saison beginne erst in ein paar Wochen. Man hatte sie vor der Beamtin des DFO, des Department of Fisheries and Oceans, gewarnt und ihr diese Frau bis hin zu den raupenartigen Augenbrauen beschrieben. Sie hatten ihr Geschichten von beschlagnahmten Booten, von Anhängern und Lastwagen erzählt, die direkt am Strand konfisziert wurden, doch ihre Mienen hatten sich verändert, als sie ihnen die Genehmigung zur Probenentnahme zeigte, die Erlaubnis, außerhalb der Saison zu fischen, und zwar so viel sie wolle. Die Genehmigung hatte sie zur Beschwichtigung gezückt und mit dem Plastik-Ziplocbeutel, der sie vor der Feuchtigkeit schützen sollte, herumgewedelt und davon gefaselt, sie sammle Quallen fressende Raubfische, falls sie denn welche finden könne. Sie hatte angefangen, sich nach den größten Jägern hier in der Gegend zu erkundigen – Meeresschildkröten und Thunfische –, bis sie merkte, dass um sie herum vollkommenes Schweigen herrschte. Ihre Stimme verlor sich, als sie fragte, ob man hier je Haie sehe, und jemand antwortete, ja, sicher. Das Schweigen war tief wie ein Brunnen, und sie war hineingestürzt, oder vielleicht hatte man sie auch gestoßen.

Dennoch gab es Warnungen und Ratschläge, als sie von ihren Plänen sprach, allein hinauszufahren. Allgemeines Kopfschütteln angesichts der Vorstellung von ihr des Nachts allein auf dem Wasser.

Vivienne dreht die hölzerne Angelspule in trägen Kreisen. Der Meeresboden scheint weit unten zu sein, das Boot ist abgedriftet, während sie töricht zum Mond hochschaute. Sie bewegt die Angelschnur, ein gemächliches, stetes Auf und Ab. Langeweile und Meditation. Das viele Pilken mit der Handleine den Sommer über hat die Farbe vom

Rand des wellentraktierten Dollbords abgerieben. Vivienne spürt, dass etwas an der Schnur zerrt, und beginnt zu ziehen, eine Hand nach der anderen, bis die Schnur schlaff wird. Sie zieht weiter, denn manche Fische schwimmen mit der Schnur nach oben. Noch zweimal, linke Hand über der rechten, und die Schnur spannt sich wieder. Das Gewicht! Ein großer Kabeljau oder vielleicht sogar der Heringshai, von dem man ihr erzählt hatte, es gebe ihn in der Bucht. Kühn genug, um emporzuschnellen und einen Fisch direkt von einer Angelleine zu holen, Fischer ziehen einen Kabeljau hoch, und sein Hinterteil ist glatt abgebissen. Ihre Hände tun allmählich weh, und der Schmerz, der seit zwei Wochen in ihrem Rücken schlummert, flammt zwischen den Schulterblättern heftig auf. Eine Gestalt wird auf dem Weg zur Wasseroberfläche deutlicher erkennbar, bei ihrem Anblick verfängt sich Viviennes Atem in ihrer Kehle wie an einem Angelhaken, und es folgt ein Moment, als die Schnur an der Rudergabel hängen bleibt und sie befürchtet, sie werde ihr aus den Händen gleiten, aber dann zieht sie ein letztes Mal und zerrt ihren Fang über die Seite und direkt in die Plastikfischkiste am Boden des Boots.

Die Kreatur ist länger als die Kiste und dünn, ihre Schwanzflossen hängen über den Rand, Seetang tropft von ihren Schultern. Sie könnte sich über die Seite des Boots stemmen und zurück ins Wasser springen, aber der Haken steckt in ihrer Wange, und während sie zappelt, verheddert sich die Schnur um ihren seetangübersäten Rumpf, und es vergehen nur Momente, so scheint es, bis sie keuchend und reglos am Bootsboden liegt.

Vivienne greift sofort nach dem Eiscreme-Eimer, den sie sonst zum Schöpfen von Wasser aus dem Boot benutzt, und beugt sich über Bord, zu einem umgekehrten Schöpfen, um die Fischkiste fünf Zentimeter hoch mit Meerwasser zu füllen. Die Kreatur schiebt, nach Sauerstoff schnappend, eine Seite ihres mit Kiemen bewehrten Gesichts in die Lache. Sie liegt auf dem Haken, der sich in ihr Gesicht gegraben hat, und während sie mühsam nach Atem ringt, drückt er sich tiefer in ihr Fleisch. Rote Blütenblätter blühen unter ihrer Wange auf und durchziehen das Wasser. Es erinnert Vivienne an einen Teebeutel, der das Wasser in einer Tasse Tee verfärbt, wenn man ihn mit einem Löffel ausdrückt, und sie fragt sich, was passieren würde, wenn sie mit dem Fuß auf das Gesicht der Kreatur treten würde.

Die Luft ist warm. Das Meer leuchtet. Ein Beben durchläuft den Körper der Kreatur, und dann liegt sie still da. Vivienne glaubt, dass sie das Bewusstsein verloren hat. Sie fragt sich, ob sie atmen kann. Einen Augenblick, einen einzelnen Atemzug lang, während das Boot auf dem strahlenden Meer kaum schaukelt, stellt Vivienne sich vor, wie sie den Haken des Pilkers vom Gesicht der Kreatur löst. Sie stellt sich vor, wie sie den Fisch aus der Plastikkiste ins Meer kippt, in einem roten Wasserfall, und wie das Rot in den endlos schlagenden Wellen zu Pink verblasst und dann zu nichts. Vivienne stellt sich vor, wie die Kreatur davonschwimmt, mit dem Schwanz aufs Wasser schlägt, doch bevor der Fisch unter den Wellen abtauchen kann, verschwindet die Fantasievorstellung.

Stattdessen springen Viviennes Gedanken zu dem Moment, wenn sie das Boot an den Kai bringen wird, und sie schaltet auf Notfallmodus um, als wäre sie an einem Unfallort oder bei einem Helikopterabsturz. Ihre vom Körper losgelösten Hände pulsieren gespannt, während sie auf Anweisungen ihres Gehirns warten. Sie ist bereit, Schaden einzuschätzen, eine Triage vorzunehmen, Lebenszeichen zu überprüfen, eine Herzdruckmassage durchzuführen. Sie überlegt, wer vielleicht am Anlegeplatz wartet, und sucht den Bootsboden nach etwas ab, womit sich die Kreatur verbergen ließe. Wirft ein Netz über sie, schüttelt es auf, als wäre es eine Daunendecke. Breitet ihre Regenjacke über der Kreatur aus, kein ganz perfekt gemachtes Bett, aber fast, und legt dann den Kopf auf das Bündel und lauscht. Nichts. Sie stupst den Haufen mit dem Finger an und springt zurück, weil die Kreatur zuckt. Das Boot schaukelt unter ihren Füßen. Sie zieht ihren Kapuzenpullover aus und schichtet ihn über die Regenjacke. Wie zwei Kleidungsstücke, die willkürlich, beiläufig auf eine Tagesdecke geworfen wurden.

Erst beim dritten Versuch springt der Außenbordmotor an. Bis Vivienne den Anlegeplatz erreicht, wird das Wasser in der Fischkiste trüb sein, und niemand kann dann bis zum Boden schauen.

GESEHEN

Es ist eine dieser klaren Nächte, wenn Geräusche meilenweit über die Meeresoberfläche getragen werden; die Luft ein kristallenes Weinglas, das auf die leichteste Berührung einer Fingerspitze reagiert. Eine dieser Nächte, wenn in der Brise das Seufzen Liebender oder das Geräusch eines letzten Atemzugs zu hören sein könnte.

Vom Boot aus ist ein Mensch, der auf die Bucht hinausblickt – jemand auf einer baufälligen Felsmauer, die oben auf dem Hügel die Grenzen eines ehemaligen Gartens markiert –, unmöglich zu erkennen. Ein schwarzer Punkt in einem Feld aus Dunkelheit. Vor aller Augen und dennoch verborgen.

In einer Kleinstadt gibt es keine Geheimnisse. Nichts bleibt unbemerkt. Wirf den Salzstreuer auf dem Küchentisch um, und am nächsten Morgen fragt dich jemand in der Schlange auf dem Postamt, ob du auch daran gedacht hast, eine Prise über die linke Schulter zu werfen, um den Teufel zu vertreiben.

DAS IST TAMA

Die Bewegung des Messers ist rasch und resolut, die Hand der Frau sicher. Tama nimmt eine fleischige Kuppel aus einer Schüssel, schneidet sie in Streifen und wirft die Streifen in eine Plastikwanne, die neben ihrem Ellbogen auf der Edelstahlarbeitsfläche steht; die Wanne füllt sich mit jeder hinzugefügten Handvoll, Zellophanbänder gleiten wie Würmer übereinander. Das Messer verursacht dumpfe Geräusche, der kleine Hügel aus nassem Fleisch wächst, tropfend und glitschig. Der Haufen aus ganzen Quallen schrumpft, bis am Boden der Schüssel nur noch milchiger Matsch übrig bleibt.

Das Messer ist rasierklingenscharf und ein Luxus. Ein echtes Profimesser, nichts, wofür man im Lebensmittelladen Treuepunkte sammeln kann. Bradley hatte es im Internet für Tama bestellt. Es sollte nicht nur praktisch, sondern symbolhaft sein: um zu zeigen, wie ernst es ihnen mit diesem neuen Unterfangen, diesem Umzug nach Damson Bay ist. Um zu zeigen, dass sie das kleine Bistro, das sie eröffnet haben, als *Qualitätsprojekt* angehen wollen, dass sie eine Ahnung davon haben, was sie da tun, dass sie entschlossen sind. Tama soll wohl auch begreifen, dass sie alte Bande durchtrennen und schlechte Angewohnheiten wegschnippeln, dass sie einen Neuanfang wagen.

Das Neonlicht wird grell von der Fensterscheibe vor

ihr zurückgeworfen und macht die Außenwelt unkenntlich. Aus dem Radio dröhnt der Sound von E-Gitarren. Der Countrysender ist der einzige, der sich hier draußen störungsfrei empfangen lässt, und vor der Dämmerung, bevor der Morgenmoderator wieder auf Sendung geht, gibt es nur alte Songs über Liebeskummer und Verlust. Der Empfang ist glockenklar. Auf der anderen Seite des Küchenfensters, durch das sie nicht hinaussehen kann, muss der Himmel wolkenlos sein.

Ein Suppentopf mit Salzlake und noch einer voller Einmachgläser köcheln auf dem Herd. Eine Handvoll Deckel tanzen daneben in einer Kasserolle mit kochendem Wasser. Tama klickt den Deckel von einem Tupperbehälter voller Eichenblätter auf. Chlorophyllgeruch weht heraus.

Trotz des neuen Messers kommt das Restaurant noch nicht einmal ansatzweise aus den roten Zahlen. Tama hat ein Regal neben der Kasse angebracht, in das sie Einmachgläser aller Art gestellt hat – Konfitüren und Zitrusmarmeladen und Muscheln in Salzlake –, sie erhofft sich ein paar Zusatzeinnahmen. Mit den Quallen ist sie ein Risiko eingegangen.

Die Fischer, die auf eine Tasse Kaffee vorbeischauen, nachdem sie auf dem Wasser waren, überbieten sich mit ihren apokalyptischen Meinungen zu der Quallenblüte, unter der die Küstenlinie erstickt: Die werden so dicht, Mädchen, dass sie das Boot ausbremsen; die Bucht wird zu einer Schüssel Gelatine, misch noch ein bisschen Vanillesoße hinein, und du hast eine Nachspeise; ich glaube, die müssen bis ganz nach unten gehen – es wird nicht mehr lange dauern, dann kann man von der Klippe am Leuchtturm springen und den ganzen Weg bis zum anderen Ende der Bucht hüpfen.

Doch die Gespräche hatten Tama an die Quallensalate erinnert, die sie zum ersten Mal in einem japanischen Restaurant in Paris gegessen hatte. In dem Sommer, als Bradley es nicht zu einem Besuch hinüberschaffte, weil er in der St. John's Regatta mitrudern wollte. Quallenstreifen mit Ingwer und Chiliflocken. Dazu ein Glas gekühlter Sake. Das Gericht war unerwartet perfekt für einen schwülen Augustabend auf der Rive Gauche gewesen. Sie hatte »Quallen einmachen« gegoogelt und ein Rezept gefunden, das Eichenblätter statt irgendeines unaussprechlichen chemischen Konservierungsmittels benutzte, damit sie nicht an Biss verloren, also hatte sie *100% natürlich* auf die Etiketten geschrieben, und sie hatten sich überraschenderweise als Verkaufsschlager herausgestellt. Allerdings vielleicht doch nicht so überraschend in einer Stadt, in der immer noch ein alljährliches Seehundflossen-Dinner stattfindet oder wo an jedem Freitagabend auf dem Herd ein Fischkopfeintopf köchelt.

Die Blätter hat sie von den Bäumen gepflückt, die einst den überwucherten Garten der Jahrhundertwendevilla auf dem Hügel am Rand der Damson Bay säumten. Das Haus war von einem örtlichen Schiffsbauer errichtet worden. In Tamas Kindheit hatte es über dem Hafen aufgeragt – ein graues und gebieterisches Anwesen –, doch irgendwann in den Jahren ihrer Abwesenheit war das Haus niedergebrannt. Die Bäume standen noch, knorrig und übellaunig. Der Garten war ein guter Ort zum Verweilen, wenn man sich selbst ein wenig gebückt und krumm und übellaunig fühlte.

Früher am Tag war sie auf die unteren Äste einer der uralten Eichen geklettert und hatte mit baumelnden Füßen ein Mittagessen aus Crackern und Käse und einer Thermosflasche Tee genossen. Ihre Augen waren dem Pfad den Hügel hinunter und den Strand entlang gefolgt, bis er außer Sicht verschwand, wobei sie wusste, dass er weiter aufs Land führte, wo ihr Vater einst seine Kaninchenfallen aufgestellt hatte. Dann folgte sie dem Pfad zurück zu dem verfallenen Leuchtturm auf der Spitze und von dort in die Bucht. Die Ebbe hatte eingesetzt. Die Schornsteine eines versunkenen Schiffs waren zu sehen, die Decks wurden langsam entblößt, sodass ein Garten aus Seetang freigelegt wurde. Von ihrem Sitzplatz auf dem Ast bemerkte Tama einen grünen Pick-up, der von dem Gebäude losfuhr, das die Universitätsleute für den Sommer angemietet hatten. Er ruckelte über die Schotterstraße in den Stadtkern, wo er auf dem Parkplatz des Cafés hielt. Eine Gestalt stieg aus dem Fahrerhaus. Dann hatte sich Tama wie ein Affe die Äste hinuntergeschwungen und auf den Rückweg den Hügel hinunter gemacht.

Mit einer langen Zange birgt sie die Gläser auf dem Herd und gibt in jedes eine Schicht Blätter. Sie füllt sie jeweils mit einer Schöpfkelle voller fleischiger Bänder und gießt kochende Salzlake darüber. Schraubt die Deckel fest zu. Als eine Reihe Weckgläser mit Quallen die hintere Ladentheke säumt, genehmigt sie sich ein Glas Gin. Öffnet die Fliegengittertür und tritt ins Freie, um darauf zu warten, dass die Morgendämmerung in die Bucht lugt.

Die Welt strahlt – der Mond, die Sterne. Das Meer. Licht strömt aus den Fenstern des behelfsmäßigen Labors auf der anderen Seite der Bucht. Auf der Veranda sammelt sich Tau. Tama hält nach dem grünen Pick-up Ausschau, und als hätte sie ihn aus seinem Versteck hervorgewünscht, rumpelt der Wagen in Sicht und hält auf den Anlegeplatz zu. Ins Fahrerhaus kann sie nicht sehen. Der Wagen bleibt stehen, und eine einzelne Person steigt aus und lehnt sich an die Motorhaube, den Blick hinaus aufs Wasser gerichtet. Niemand sonst steigt aus dem Wagen. Niemand wartet im Fahrerhaus, entscheidet Tama. Sie friert an den Armen, sie hat keinen Pullover mitgebracht. Ihr Glas ist leer. Sie hört einen Außenbordmotor. Ein Boot, das in die Bucht fährt. Sie bleibt nicht lang genug, um zu beobachten, wie es andockt, oder um den Sonnenaufgang mitanzusehen.

LANDUNG

Das Boot wird, wie Vivienne weiß, zu hören sein, bevor es zu sehen ist, da das Motorengeräusch durch die frühmorgendliche Stille noch verstärkt wird.

Sie muss in die Bucht fahren, ohne Aufmerksamkeit zu erregen. Der Trick wird darin bestehen, es geruhsam anzugehen. Vivienne lässt den Außenbordmotor vor sich hin tuckern – das Kielwasser schäumt wie Sahne beim Schlagen oder wie Eier, wenn sie Baiser macht. Nicht wild, sich nur übereinanderfaltend. Sie trödelt in Richtung Strand, als sei sie überhaupt nicht in Eile. Als habe sie alle Zeit der Welt. Sie hofft, dass Thomas nicht am Anlegeplatz herumlungert. Oder Bradley. Oder sonst jemand, der die Ellbogen auf die Mole stützt oder in einem Truck sitzt und raucht, bis die Luft im Fahrerhaus so blau ist, dass sie sich fragt, wie er noch durch die Windschutzscheibe sehen kann.

Doch als sie in Sichtweite des Kais fährt, steht dort nur der grüne Truck, und nur Colleen drückt sich mit einem Fuß von der Stoßstange weg. Keine glühwürmchenartigen Lichtpunkte, die glimmende Zigaretten erkennen lassen. Keine Ellbogen, die Köpfe auf der Mole aufrecht halten, keine raucherfüllten Fahrerhäuser. Kein Bradley als Beifahrer. Vivienne blickt rasch zum Laternenpfahl. Kein Quad, das dort parkt. Kein Thomas.

Der Kai ist jetzt so nah, dass Vivienne die abblätternde gelbe Farbe sieht, die schleimige Helling aus Beton, die rostigen Anlegeklampen. Sie geht vom Gas und stellt den Motor ab. Das Boot treibt die letzten Meter und stößt an das mit Teeröl behandelte Holz. Colleen wartet darauf, dass Vivienne nahe genug herankommt und ihr die Festmacherleine zuwerfen kann. Vivienne wirft sie, aber sie wirft nicht weit genug, und die Leine prallt an einem seitlich am Kai befestigten Autoreifen ab und fällt ins Wasser. Die Hände nass und wund, holt sie sie wieder ein, während Colleen ungeduldig die Stirn runzelt. Verärgert darüber, durch Viviennes Tollpatschigkeit Zeit zu vergeuden. Vivienne versucht es nochmals, und diesmal fängt Colleen die Leine mit ihren großen Händen, schlingt sie um die Eisenklampe und sichert sie mit einem erdrosselnden Palstek. Viviennes Herz hämmert, ihre Finger sind Klauen, gefroren zur Form des Außenbordmotorgriffs.

»Wie ist es gelaufen?«

Vivienne sagt nichts. Schüttelt den Kopf.

»Alle fünf Eimer vollgekriegt? Du warst furchtbar schnell.«

Nichts.

»Du weißt ja, dass alles vorschriftsmäßig gemacht werden muss. Wir können uns keine verzerrten Ergebnisse wegen nachlässiger Datensammlung erlauben.«

Vivienne packt einen der gefüllten Probeneimer, um den Weg freizuräumen, doch er entgleitet ihrem Griff. Ihre Nervosität ist spürbar. Sie verliert das Gleichgewicht und fällt nach vorn, wobei sie seitlich mit dem Gesicht gegen das Dollbord knallt. Den Eimer lässt sie fallen, und Wasser schwappt heraus. Sie spürt, dass sich an ihrem Wangenknochen eine Schwellung bildet.

»Herrgott, Viv, pass doch auf!«

»Wir haben heute Abend wenig Zeit, Colleen. Ich glaube, wir müssen uns beeilen.«

»Was redest du da? Wer wartet denn auf dich? Dieser Tom? Stehst du so unter Druck, weil du dich mit diesem Tom triffst? Ich hätte nicht gedacht, dass er dein Typ ist.«

»Die Fischkiste, Colleen. Hilf mir mit der Fischkiste.«

Vivienne bewegt sich schnell, unbesonnen. Das Boot schaukelt gefährlich.

»Die Eimer zuerst, Mädchen, oder wir werden nie an die Fischkiste kommen.«

Vivienne sieht es ein und beginnt, die Plastikeimer hochzureichen. Colleen streckt die Hände nach ihnen aus, nimmt einen nach dem anderen, schlendert damit zum Truck. Setzt sie hinten auf der Ladefläche ab. Schlendert wieder zurück. Sie macht ganz langsam. Auf dem Rückweg schiebt sie die Hände in die Taschen.

»Bitte, Colleen. Bitte. Nimm das Ende der Kiste. Wir müssen sie in den Truck schaffen.« Viviennes Stimmlage hebt sich wie die Aufwärm-Arpeggios einer Opernsängerin, gleitet die Tonleiter hoch wie etwas, das nachmittags im öffentlichen Rundfunk zu hören ist. Allmählich fühlt Vivienne sich körperlos. Sie fragt sich, ob sie sich vielleicht aus dieser Situation teleportieren kann, wenn sie es sich nur fest genug vorstellt. Sich fortteleportieren von Colleen und der Notwendigkeit, die Plastikkiste und ihre fischige Fracht aus dem Boot und auf die Ladefläche des Trucks zu bekommen, bevor jemand auf das Vorfeld des Anlegeplatzes fährt.

Sie kann das Heulen eines Quads hören.

»Colleen, du musst das Ende nehmen. Es ist zu schwer für mich.« Vivienne rempelt jetzt unten im Boot herum wie ein Elefant im Porzellanladen oder ein Bär in einem Boot.

Ein tollpatschiger, daumenloser Bär, der nichts fest im Griff hat: die Fischkiste, die Wirklichkeit. Sie tritt gegen die Angelspule, verheddert sich in der Schnur, fällt über den Sitz.

»Ich hab was. Ich hab was da drin. Wir müssen sie hier wegbringen. Sie muss in den Truck.«

»Was? Was hast du da drin?« Endlich ist Colleens Interesse geweckt. »Was ist da drin?«

Colleen springt ins Boot und wirft den Kapuzenpullover beiseite, den Vivienne über dem fast perfekt gemachten Bett ausgebreitet hatte. Der Umriss des Schwanzes der Kreatur ist deutlich unter der zerknautschten gelben Regenjacke erkennbar. Das Quad kommt näher. Es fährt den Weg den Hügel herunter, und die unebene Straße lässt die Scheinwerferlichter hüpfen. Unter dem Netz bewegt sich etwas kaum merklich. In dem Bett liegt ein Ungeheuer. Colleen reißt die Hand zurück.

»Es lebt.« Eine Feststellung, keine Frage.

Es lebt. Vivienne spürt ein Rauschen von Blut hin zu ihrem Herz.

»Bitte.« Vivienne fleht. Sie versucht, inmitten der Angst, die durch ihren Kreislauf peitscht, ein Quäntchen freudige Erregung herauszuspüren, aber da ist nichts. Stattdessen würgt sie ein wenig.

Endlich begreift Colleen den Ernst der Lage.

»Reiß dich zusammen«, zischt sie.

Die Last der Entdeckung wiegt schwer auf Viviennes Schultern, die Last der Entdeckung und die Angst, dass sie dieses Ding ermordet, dass die Kreatur am blutigen Boden der Kiste ertrinkt. Sie stellt sich abermals den Haken durch die Wange vor, den bleiernen Pilker, der aus der Wunde baumelt.

Doch da geht es schnell. Colleen springt aus dem Boot und blafft Anweisungen. Sie hieven die Fischkiste hoch, Vivienne im Boot und Colleen auf dem Kai, und gemeinsam schaffen sie sie an Land. Vivienne springt auf den Anlegeplatz. Noch ein Hieven, und die Fischkiste liegt auf der Ladefläche des Trucks. Colleen wuchtet die Klappe zu, als Thomas dröhnend neben ihnen hält.

»Hallo, Skipper!«, ruft er Vivienne zu.

Colleen geht rasch an ihm vorbei und spricht über die Schulter.

»Vivienne fühlt sich nicht gut. Eine unruhige Fahrt im Boot. Wir fahren zurück zum Labor.«

»Seekrank? Du armes kleines Stadtkind. Du siehst definitiv ein bisschen grünlich aus.«

Colleen steht in der offenen Tür des Trucks, ein Fuß auf der Stufe.

»Vivienne, wir müssen los. Ich möchte diese Proben gleich bearbeiten.«

Tom kehrt Colleen den Rücken zu und verdreht vor Vivienne die Augen, in der Hoffnung auf ein Lachen. Vivienne schüttelt den Kopf über ihn.

»Du armes Ding, du siehst gar nicht gut aus. Ich schau vielleicht später mal vorbei und fahr dich nach Hause. Wenn du mit dem Schnippeln und Würfeln fertig bist.« Er lässt den Motor aufheulen. »Bis später.« Und schon ist er auf dem Weg den Hügel hinauf. Die Sonne späht über den Horizont.

TRIAGE

Die Kreatur in der Fischkiste liegt sicher auf der Ladefläche hinter ihnen, und sie sitzen eine Minute lang in dem dunklen Fahrerhaus. Keine ganze Minute, aber die Zeitspanne, in der man *einundzwanzig, zweiundzwanzig, dreiundzwanzig* sagen kann. Zum ersten Mal ist Vivienne froh über Colleens Schweigsamkeit.

Anfang Juni waren sie gemeinsam aus St. John's hergefahren, und als sie die Foxtrap Access Road hinter sich gelassen hatten, bestand der Soundtrack der Fahrt hauptsächlich aus Schweigen. Vivienne hatte beim Verlassen der Stadt geplappert und den kleinen Raum mit Wörtern gefüllt, doch Colleen hatte gesagt: Dürfte sie bitten? Sie müsse sich aufs Fahren konzentrieren. Und: Sie könne bei offenen Fenstern nicht hören, was Vivienne sage. Und: Vielleicht könnte Vivienne nach Elchen Ausschau halten? Doch es war sonnig und hell und mitten am Vormittag, weitab der dämmrigen Ränder des Tages, wenn Elche dazu neigten, auf den Highway zu trotten. Gelangweilt und wortlos spähte Vivienne durch das Fenster auf die elchlose Mondlandschaft des Butterpot Parks. Ihre Ohren füllten sich mit dem Geräusch von vorüberwehendem Wind.

Das einzige Geräusch ist jetzt das von Meerwasser am Anlegeplatz. Die Fenster sind einen Spalt geöffnet, und eine Zunge aus Luft leckt herein. Colleen starrt in den Rückspiegel, die Hände am Lenkrad. Sie klappt den Spiegel nach oben, sodass sich ein früher Sonnenstrahl an der Decke des Fahrerhauses bricht. Vivienne sitzt auf ihren Fingern auf dem Beifahrersitz, vibrierend. Die wilde Panik, die gedroht hatte von ihr Besitz zu ergreifen, flaut zu summender Besorgnis ab. Colleen dreht den Zündschlüssel. Sie legt den Gang ein, tritt aber zu fest aufs Gaspedal, sodass der Kies spritzt, bevor sie die Fassung wiedererlangt und ein vernünftigeres Tempo wählt. Dennoch ist es eine unerträgliche, torkelnde Fahrt mit dem Pick-up, und Colleen nimmt jedes Schlagloch auf dem halben Kilometer vom Anlegeplatz zu dem Store mit, den sie als behelfsmäßiges Labor benutzen.

Anfangs hatte das Wort Vivienne in die Irre geführt: *Store*. Sie war aus dem Truck gestiegen und hatte nach einem umgebauten Gemischtwarenladen Ausschau gehalten – Susie's Groceteria oder Glenda's Superette. Mit einem Lachen hatte Thomas gesagt: »Daran erkennt man den Stadtmenschen.« Und ihnen erklärt, dass man Eier und Bier im Laden kaufe und dass man den Rasenmäher und die Angelausrüstung in einem Store aufbewahre, einem Lager.

Der Store steht direkt am felsigen Strand, hinter einem verwitterten Saltbox-Haus in einer ganzen Reihe anderer verwitterter Saltbox-Häuser mit ihren asymmetrischen, nach hinten langgezogenen Satteldächern. Im Gegensatz zu den gepflegten, zuckergussfarbenen Reihenhäusern von St. John's aus den Tourismus-Werbespots sind sie trist, und die Farbe blättert ab. Salz und Schimmel haben an den Schindeln gekaut. Fischnetze und Krebsfallen und die Holzpfähle von längst zusammengebrochenen Gestellen zum Lufttrocknen der Fische verrotten in den unkrautüberwucherten Gärten. Im langen Gras verstecken sich räudige orangefarbene Katzen.

Colleen setzt rückwärts in den Hof und fährt so nah wie möglich an den Store heran. Sie reißt die Wagentür des Trucks auf und springt heraus, die Tür hinter sich zuknallend. Auf dem Weg zur Rückseite des Fahrzeugs fallen ihr die Schlüssel aus der Hand, aber sie lässt sie auf dem Kies liegen. Vivienne bewegt sich langsamer. Sie fühlt sich schwach. Sie fühlt sich flüssig. Sie ergießt sich aus dem Fahrerhaus und sickert nach hinten, wo Colleen die Kiste auf die heruntergelassene Heckklappe schafft. Die Adern in Colleens Armen treten wie Schlangen hervor, als sie ein Ende der Kiste anhebt. Vivienne verfolgt sie mit den Augen, verfolgt, wie sie unter ihrer Haut herumkriechen.

»Steh nicht untätig rum. Schnapp dir das Ende.«

Vivienne schnappt es sich. Sie lässt eine Hand unter den Griff gleiten, und bei drei heben sie die Kiste auf den Boden. Colleen schiebt den Riegel an der Wettertür hoch, und sie heben wieder an, zweihändig, und schleppen sie über die Schwelle. Die Fischkiste ist unhandlich, ihr Gewicht verlagert sich, weil das Wasser im Innern von einer Seite auf die andere schwappt. Vivienne spürt, dass sie ihr aus den Fingern gleitet. Sie packt die Kiste fester, gräbt die Nägel in das nasse graue Plastik, doch sie stolpert beim Überqueren der Schwelle, und ihr Ende der Kiste poltert zu Boden. Ein Spritzer Rot trifft ihre Jeans. Fluchend zerrt Colleen die Kiste in die Zimmermitte. Sie will schon die Tür hinter sich verriegeln, da wird ihr klar, dass es nur ein Schloss gibt: das Vorhängeschloss aus Stahl, das am Außenriegel der Tür hängt. Sie können absperren, wenn sie gehen, aber einsperren können sie sich nicht. Sie stapelt ein Wirrwarr aus Netzen vor der Tür auf, um einen Besucher oder einen Eindringling zum Stolpern zu bringen, zumindest ein wenig zu behindern. Eine Falle wie aus einem Zeichentrickfilm.

»Wir können das nicht mitten auf dem Boden stehen lassen.« Colleen nickt in Richtung Kiste. Verschränkt die Arme vor der Brust. »Hier geht jeder ein und aus.« Vivienne beginnt zu hyperventilieren, ihr Atem kommt in flachen Zügen.

»Dort«, sagt Colleen. Sie deutet auf den rückwärtigen Teil des Stores.

Ein langes, verstaubtes, salzverkrustetes Fenster geht auf den Hafen hinaus und nimmt eine Hälfte der Rückwand ein, die andere Hälfte ist in Boxen eingeteilt. Früher hatte hier jemand Ziegen gehalten oder eine Kuh, und bei Regen steigt immer noch Dunggeruch auf. Das Obergeschoss war ein Heuboden gewesen. Sie ziehen die Kiste in die letzte Box, diejenige, die am weitesten von der Tür entfernt ist. Die Dielen weisen Lücken auf. Durch die Ritzen kann Vivienne den Ozean sehen, der an Felsen saugt. Das Gebäude ist auf Stelzen errichtet worden, und bei Flut steht das Haus in der Bucht.

Endlich sind sie, alle drei, außer Sicht, verborgen durch ein paar Schritte weg von der Tür. Die Kreatur ist an einen Ort gebracht, wo ihnen zumindest ein Warnruf bleibt, bevor sie entdeckt wird. Die Frauen zerren das perfekt gemachte Bett auseinander. Was sie von dem Gesicht der Kreatur sehen können, ist grau und reglos am Boden der Kiste.

»Was zum Teufel tun wir jetzt?« Colleen schiebt die Finger in ihre Haare, und sie stehen wie Stroh ab. Vogelscheuchenhaare.

»Reanimation?«

»Es hat Kiemen, Mädchen. Was willst du machen? Ihm Wasser seitlich an den Kopf spucken?«

Die Kiemen an der entblößten Gesichtshälfte flattern wie Mohnblumen im Wind. Das Wasser in der Kiste ist blutig.

Was Vivienne und Colleen von ihrem Körper sehen können: ein Schwanz mit Flossen, ein geschmeidiger Körper, der kaum in die enge Kiste passt. Sie hat den Rumpf wie eine frische Farnspitze eingerollt, den Kopf schief gelegt. Gliedmaßen, die mit muskulösen Schultern beginnen, verjüngen sich zu langen Wedeln, zu Bändern, die wie nasse Blätter auf dem Rand der Kiste liegen. Tief in Ärmeln aus seidigem Seetang vergraben stecken knochige Flossen. Oder Hände.

Das Flattern der Kiemen ist ganz leicht. Handlungsdruck lastet auf den beiden Frauen. Der Tod lauert in diesem Raum. Vivienne stellt sich den riesigen Tintenfisch vor, der bis in alle Ewigkeit in seinem Aquarium voller Formaldehyd im Naturkundemuseum in St. John's schwebt. Sie wissen nicht, wie sie zu retten ist. Sie wissen nicht, wohin mit ihr.

Vivienne spricht als Erste. »Uns fehlt die nötige Ausrüstung. Wir können sie nicht auf unbestimmte Zeit in dieser Kiste lassen.«

Colleen sagt nichts. Sie steht auf und sieht sich in dem Raum um. Hebt die Hände, um den Kragen ihres Karohemds glatt zu streichen. Die Hände an ihrer Kehle, als würde sie eine Krawatte richten.

Vivienne streckt die Hand aus, um ein Stück Seetangärmel anzuheben, doch er ist rutschiger als erwartet und gleitet ihr wie Wasser durch die Finger. Sie macht kühlende blaue Atemzüge gegen die pulsierende rote Panik, in der sie zu versinken droht. Viviennes Hand kribbelt an der Stelle, wo sie die Kreatur berührt hat.

»Die Gefriertruhe. Das Größte, was wir haben, ist die Gefriertruhe.« Colleen tippt beim Nachdenken mit dem Fuß auf. »Also. Eins nach dem anderen. Gib Thomas Bescheid. Ihr müsst heute noch einen Abstecher nach Carbonear machen. Ich werde eine Liste zusammenstellen. Eine Pumpe und ein langer Schlauch. Ein richtiges Schloss für die Innenseite der Tür da. Wir leeren die Gefriertruhe und ziehen sie hierher nach hinten.« Ihr tippender Fuß ist ein auf den Boden klopfendes Kaninchen. »Hol zwei Eimer und fang an, die Truhe zu füllen. Wir müssen dieses Ding in ein Aquarium umfunktionieren. Allmächtiger!« Sie atmet ein und hält die Luft an, bevor sie sie wieder entweichen lässt. Das Kaninchen verstummt. »Schaffen wir erst die Gefriertruhe her, und dann kannst du mit dem Eimerschleppen anfangen, während ich ein paar Bilder schieße.«

Colleens Stimme ist wie eine Klinge, schneidet beim Sprechen durch Viviennes Ohren. Die beiden kämpfen sich mit der Gefriertruhe bis in die rückwärtige Box, und Colleen verlegt ein Verlängerungskabel. Vivienne kramt unter dem Labortisch nach zwei Eimern und schwingt die Brettertür auf, indem sie den Netzhaufen beiseitekickt. Hinter sich hört sie Colleens Smartphone klicken.

Vivienne tritt hinaus an die frische Luft. Der Himmel wird heller. Sie nimmt einen richtigen Atemzug, einen, der bis ganz nach unten in die Lunge dringt. Sie ist erleichtert, dass Colleen sich erwartungsgemäß verhalten und das Kommando übernommen hat, obwohl sie keine ideale Lösung gefunden hat. Aber selbst wenn die Kreatur nicht richtig in das Gefriertruhenaquarium passt, selbst wenn sie wie eine Schnecke in ihrem Häuschen eingerollt bleiben muss – erst einmal reicht es aus.

~~~

Seitlich am Gebäude befindet sich eine schmale Veranda, die um die Ecke zu der dem Ozean zugewandten Rückseite führt. Das Geländer ist nur teilweise erhalten, und was noch steht, wirkt verfault und nicht vertrauenswürdig. Vivienne lässt sich von der Veranda auf den Strand plumpsen. Die Felsen sind rutschig, und sie steht knöcheltief im Wasser. Thomas hat ihr erzählt, der alte Mann, dem der Store gehört, habe früher einen Steg gehabt, der von der Veranda wegführte, und sein Fischerboot gleich hier vertäut, aber jetzt lassen sich nur stummlige Holzpfähle erahnen, über und über verkrustet mit scharfen weißen Rankenfußkrebsen, Seetangsträhnen treiben um sie herum.

Von hier aus kann Vivienne den öffentlichen Anlegeplatz sehen. Andere Boote sind mit ihrem morgendlichen Fang eingetroffen, und Vivienne bemerkt ein Trio aus Fischern, die Kabeljaue ausnehmen. Möwen krächzen, während die Fischer Köpfe und Flossen, Rückgrate und Mägen ins Meer werfen. Die Vögel jagen dem Abfall hinterher, tauchen ins Wasser und schnappen sich, was sie können. Vivienne beobachtet zwei Möwen, die kämpfend und kreischend mit einem Gedärmseil Tauziehen spielen, bevor sie es auseinanderreißen. Jede schlingt ihren Teil hinunter, schluckt ihn ganz, die gefiederten Köpfe gen Himmel gereckt. Thomas donnert auf seinem Quad den Hügel herunter und fährt auf den Anlegeplatz. Einer seiner Kumpel – Paul oder Gerard – rast hinter ihm her. Sie parken die Quads auf dem Betonvorplatz und machen sich daran, ein weißes Fischerboot mit rot gestrichenem Dollbord loszubinden. Größer als das Boot, in dem Vivienne herumtuckert.

Die Sonne glitzert auf dem Wasser und strahlt die Wellenkämme an, die sich gerade zu bilden beginnen. Eliza und sie hatten zu Weihnachten Elizas gesamtes Downtown-Apartment ganz in Weiß und Gold geschmückt – Glasornamente, Schnüre mit goldfarbenen Plastikperlen, kleine weiße Lichterketten am Kaminsims und an den Vorhangstangen und am Weihnachtsbaum. Zu Silvester hatten sie in der dunklen Wohnung nur die Lichterketten eingesteckt gelassen und das Glänzen von Glühlämpchen in sprudelnden Champagnerbläschen eingefangen, während draußen vor den frostüberzogenen Fenstern Feuerwerkskörper zischten und knallten. Das Licht auf der Bucht erinnert Vivienne daran. Sie fragt sich, was Eliza jetzt macht, ob sie aufgestanden ist, vielleicht gerade den Signal Hill hinaufgeht oder in der Bäckerei einen Kaffee und etwas Süßes kauft. Sie spielt mit dem Gedanken, sie anzurufen. Es gibt Dinge, die sie besprechen müssen. Dinge, die sie ihr erzählen muss. Sie will Eliza von der Kreatur in der Fischkiste erzählen.

Thomas ruft ihr etwas zu, aber sie versteht nicht, was er sagt. Er winkt mit den Armen in langsamen Kreisen wie jemand, der das Winkeralphabet mit Flaggen signalisiert, während Allan oder Paul oder Gerard das Boot vorsichtig vom Anlegeplatz lenkt. Sie winkt zurück, ebenfalls langsam wedelnd. Sieht ihnen zu, wie sie aus der Bucht fahren, während sie sich behutsam einen Weg über den felsigen Strand sucht. Als sie die Spitze passieren, stellt sie ihre Eimer mit Salzwasser auf die Veranda und zieht sich hoch, Po zuerst.

Vivienne trifft mit ihrer ersten Ladung ein, Colleen hat bereits die Gefriertruhe ausgeweidet, und die Truhe steht, mit offenem Deckel, in der hintersten Box. Vivienne füllt sie, jedes Mal zwei Eimervoll. Dreißig Minuten verstreichen. Als sie fertig ist, lehnt sie sich an den Pfosten, der den Holzverschlag begrenzt. Ihre Arme tun weh. Ihre Hände sind rot, ihre Hosenbeine völlig durchnässt. Das Gesicht der Kreatur, in der Fischkiste untergetaucht, ist jetzt vollständig von dem blutigen Wasser verhüllt.

»Wir werden sie abspülen müssen«, sagt Vivienne. Colleen hebt den Blick vom Display ihres Handys und nickt. Sie stellen sich an den beiden Enden der Fischkiste auf. Colleen stützt den Schwanz der Kreatur, und Vivienne lässt die Arme unter ihren Brustkorb gleiten. Vivienne bemerkt, dass sie kleiner ist, als sie angenommen hat. Die Wedel täuschen. Kleiner als ein Schweinswal, schmächtiger, der Körper schlank und mager. Trotzdem ist der Fisch überaus muskulös und schwer.

Sie legen sie vorsichtig auf den staubigen Boden. Die Kreatur glänzt von Blut und Meerwasser, der Pilker steckt immer noch im Wangenfleisch. Auf der Suche nach einer Drahtzange kramt Vivienne in den Werkzeugen auf dem Labortisch herum, während Colleen eimerweise Wasser über ihren Körper gießt und sie größtenteils von dem Blut reinigt. Blut und Meerwasser versickern in dem unbehandelten Boden, tropfen durch die Ritzen in den Dielen auf die Felsen unter dem Store.

Als Vivienne gefunden hat, wonach sie sucht, glänzt die Kreatur. Sie ist glatt und geschmeidig und grün, ihr Schwanz hat den Mooston von Seetang. Im matten Licht des staubigen Fensters schimmern ihre Schuppen auf einer Farbpalette von Grün bis hin zu einem sumpfigen Goldton. Ihre Kiemen bewegen sich stoßweise. Ihre Augen sind trüb, offen, aber ohne zu sehen. Mit einem Knacken der Drahtzange knipst Vivienne den Haken vom Pilker und entfernt ihn vorsichtig aus ihrer Wange. Das abgeschnittene Ende ist scharfig, und als Vivienne zieht, verfängt es sich in der Haut der Kreatur und der zarten Gesichtsmuskulatur. Bluttropfen sickern wie Tränen ihre Wange hinunter. Behutsam drückt Vivienne den ausgefransten Hautfetzen zurück an seinen Platz. Die Ränder passen nicht ganz zusammen.

»Bereit?«, fragt Colleen.

»Nur einen Augenblick.«

Vivienne entwirrt die Angelschnur, wobei sie Hautfetzen von den empfindlichen Körpergliedern des Fisches reißt. Als sie fertig ist, heben sie die Kreatur wieder an, Vivienne am Kopf und Colleen am Schwanz, und lassen sie in die mit Wasser gefüllte Gefriertruhe gleiten. Es spritzt kaum, als die beiden Frauen sie hinablassen.

Der Fisch sinkt auf den Vinylboden des notdürftigen Aquariums. Die Frauen hören das Zischen des Ozeans, die Flut lässt die Steine unter den Dielen wie Knochen klappern. Die Bewegung der Fischkiemen wird zu einem unregelmäßigen, aber sicheren Flattern. Colleen tippt mit den Fingern leicht gegen den Rand der Gefriertruhe. Vivienne stellt sich vor, dass sie es im Rhythmus der Zahnräder tut, die in ihrem Kopf arbeiten.

»Wir werden das Wasser im Lauf des Tages von Hand erneuern, bis wir eine Art Bewässerungssystem installiert haben. Vielleicht einfach alle halbe Stunde oder so eimerweise frisches Wasser hineingießen? Wir müssen den Sauerstoffgehalt aufrechterhalten, bis uns etwas Größeres einfällt. Bis wir ins Labor in der Stadt umziehen können.«

Viviennes Herz schlägt ein Mal. Ein einzelner, schmerzhafter Gongschlag.

»Wir bringen sie in die Stadt?«

Ungläubig sieht Colleen Vivienne an.

»Natürlich bringen wir es ins Labor in der Stadt. Hast du denn schon einmal so etwas gesehen? Das hier ist kein Goldfisch, den wir in einem Glas halten. Erstens haben wir nicht die Ausstattung, um dieses Ding richtig zu versorgen, zweitens müssen wir es an einen sicheren Ort bringen.«

Sie betrachtet Vivienne mit verengten Augen. »Du begreifst

doch, was hier auf dem Spiel steht, oder? Das ist eine heikle Situation. Wir müssen dieses Exemplar sehr sorgfältig behandeln.«

Vivienne nickt.

Colleen wirkt nicht überzeugt. »Wenn du aus Carbonear zurückkommst, will ich, dass du ein bisschen googelst. Such nach jeder möglichen Artengruppe, in die dieses Ding passen kann – schau dir Fehlbildungen an, Beispiele von umweltbedingten Mutationen, all so was. Wir leisten hier Vorarbeit, noch bevor wir offizielle Untersuchungen durchführen können. Ich muss telefonieren.«

Vivienne hat sich nicht gerührt. Colleen bemerkt ihre Miene. »Ehrlich, Vivienne. So dumm bist du nicht. Ein Ding wie das hier gibt es nicht noch einmal. Hast du auch nur die geringste Vorstellung, was das bedeutet?«

»Ich bin mir nicht sicher.«

»Nun, ich hoffe wirklich, dass du bald dahinterkommst.« Sarkastischer Tonfall. »Schnapp dir einen Zettel. Wir müssen eine Liste aufstellen.«

~~~

Vivienne zerrt die blutige Fischkiste nach draußen und über die Holzveranda zur Rückseite des Stores. Sie kippt die Kiste und schüttet das blutige Schmutzwasser in den Hafen. Lässt frisches Meerwasser im Innern der Kiste herumschwappen und beobachtet, wie sich das Blut in den Wellen auflöst. Als wäre es nie da gewesen. Sie stellt die Kiste zum Trocknen auf der hinteren Veranda in die Sonne und kehrt in den Store zurück.

Der Wind wird stärker. Ein Stoß peitscht durch die Tür, als Vivienne sie zudrückt, und bläst Staubwirbel über den

Boden, und durch das Fenster über Colleens Kopf erkennt sie, dass die Wellen nun weiße Kronen haben. Sie hört das Dröhnen von Thomas' Außenbordmotor auf seiner Rückkehr zum Anlegeplatz und ein paar Minuten später das Geräusch eines Quads auf der Hauptstraße. Zu schnell weg vom Kai, als dass er etwas gefangen haben könnte. Das Geräusch des Quads kommt näher. Es biegt auf die unbefestigte Straße mit ihrer Zahnreihe aus Saltbox-Häusern. Die Frauen verharren reglos und starren einander an, die Kreatur in der Zimmerecke ist stumm. Thomas biegt in die Einfahrt.

Colleen klappt den Deckel ihres Laptops hoch. »Kümmer dich drum.«

ICH MUSS TELEFONIEREN

Colleen sitzt im Fahrerhaus des Trucks. Sie spricht mit Dr. John Isaiah. Isaiah ist ihr Supervisor, der leitende Wissenschaftler bei der Damson-Bay-Studie, und ist weit weg, auf einer Konferenz in Victoria. Sie hat ihn laut gestellt, und während sie redet, geht sie die Bilder durch, die sie mit dem Handy gemacht hat.

»Sie müssen herkommen. Sie müssen den nächstmöglichen Flieger nehmen.«

Sie entscheidet sich nun doch gegen den Lautsprecher. Stellt ihn aus und drückt sich das Handy fest ans Ohr. Es ist schwül geworden, und in dem Fahrerhaus ist es stickig, aber die Fenster des grünen Trucks sind hochgekurbelt und die Türen verriegelt.

»So etwas habe ich noch nie gesehen ... Ich kann Ihnen keine Bilder schicken. Wir dürfen kein Risiko eingehen ... Es lebt. Das ist im Moment die wichtigste Klassifizierung, wir arbeiten daran, es als lebendiges Exemplar zu erhalten, aber ganz gleich, was in der Hinsicht geschieht ... Genau ... Wir beide und die Sommerstudentin ... Nein, das mit ihr passt schon. Probleme erwarte ich keine ... Da springt definitiv eine Fachpublikation bei heraus. Mehr als eine Publikation. Hier gibt es ein *Institut* zu holen. Das wird unser Durchbruch. Warten Sie, bis Sie dieses Ding sehen. Es wird Sie umhauen. Ich glaube, wir sollten anfangen, unsere Lateinkenntnisse aufzufrischen.«

Die Scheiben sind beschlagen. Bradley steht neben dem grünen Truck. Er bringt das Gesicht an das Fenster auf der Fahrerseite, seine Nase berührt die Scheibe. Colleen sieht ihn nicht und zuckt zusammen, als er mit den Knöcheln an die Scheibe klopft, das Geräusch direkt neben ihrem Ohr. Sie wischt einen kleinen Kreis frei, ein untertassengroßes Guckloch. Gerade ausreichend, um hindurchzuspähen, aber nicht groß genug, um Bradleys ganzes Gesicht zu sehen, als luge er durch die hölzerne Attrappe eines Piraten auf einem Kirchensommerfest und warte darauf, fotografiert zu werden. Bradley klopft und beschreibt mit dem Zeigefinger langsam einen Kreis. Colleen kurbelt das Fenster nur einen Spalt breit herunter und formt mit den Lippen lautlos die Wörter »Arbeit« und »Mein Chef« und »Sorry«, bevor sie das Fenster wieder hochkurbelt. Bradley steht auf dem Hof und starrt das geschlossene Fenster an. Die Untertasse aus klarer Scheibe beschlägt wieder, Colleen verschwindet abermals.

Bradley geht durch die drückend schwüle Luft zum Store. Ein Wetterumschwung steht unmittelbar bevor, schwere Wolken werden herangeweht, drohen mit Regen. Er steckt den Kopf durch die Tür, um Vivienne zu fragen, was los ist. Sie erzählt ihm von John Isaiah in Victoria, dem Leiter des Forschungsteams, und dem »nächstmöglichen Flieger«, erwähnt allerdings nicht die Kreatur, die in einer dunklen Ecke des Raumes untergebracht ist. Bradley macht sich auf den Rückweg zum Café, verspricht aber, sich am Morgen mit Colleen zum Laufen zu treffen, falls es bis dahin nicht schon regnet. Colleen telefoniert mit John in Victoria, während Vivienne am Labortisch sitzt, Quallenproben untersucht, Daten in eine Tabelle einträgt und auf Thomas wartet. Die Kreatur ertrinkt vielleicht, stirbt vielleicht, während Vivienne arbeitet.

KANARIENVOGEL

»Ich hol dich nach dem Essen ab.« Thomas hatte ihr diese Worte über die Schulter zugeworfen, während er auf seinem Quad den Weg hochdonnerte. Vivienne war ihm auf dem Hof entgegengegangen, als er am Vormittag vom Anlegeplatz herübergekommen war, und sie hatten Pläne für eine Einkaufstour geschmiedet.

Viviennes Unbehagen darüber, dass sie nun am Nachmittag wegfahren wird, ist wie ein Stein in der Tasche, von dem man nicht ablassen kann: Sie dreht jede Sorge immer wieder in den Fingern herum. Sie ist besorgt, dass Colleen sie brauchen wird. Besorgt, was in ihrer Abwesenheit passieren könnte. Besorgt um die Kreatur. Doch Colleen hat gesagt, sie sollten den Schein wahren. Sie würden heute nicht wieder aufs Wasser hinausfahren, morgen wahrscheinlich auch nicht. Es gebe Dinge, die sie aus Carbonear bräuchten, und sie wolle den Ort für sich haben, um einen Zwischenbericht anzufangen, sie werde den Großteil des Nachmittags am Telefon verbringen, und es wäre am besten, wenn Vivienne ihr nicht in die Quere käme. Die Gründe sammeln sich an wie eine Handvoll Kieselsteine.

Jetzt sitzt Vivienne auf einem Felsen neben den Eingangsstufen. Sie hat die Schlüssel gefunden, die Colleen in ihrer Hast, die Kreatur nach drinnen zu schaffen, zu Boden hatte fallen lassen. Sie lässt sie von den Fingern baumeln, als Thomas vor ihr hält.

»Komm, fahren wir.« Sie springt von dem Felsen auf und bereut es. Ihr Rücken schmerzt von den Anstrengungen am Morgen. Sie dreht sich in die eine Richtung und dann in die andere, die Hände auf den Hüften.

Der Tag ist immer noch warm, aber der Wind hat nicht nachgelassen. Kleine Kiessplitter jagen über den Weg und treffen sie an den Fußknöcheln, als sie auf den Truck zugeht. Ihre Haare peitschen über ihr Gesicht, und eine Locke bleibt, brennend, in ihrem Augenwinkel hängen. Sie zieht am Türgriff, und der Wind erfasst die Tür und droht sie aus den Angeln zu reißen. Sie stemmt den Fuß gegen das Innere des Rahmens und schlägt sie mit beiden Händen hinter sich zu. Wegen der Haarlocke, die sich in ihrer Wimper verfangen hat, blinzelt sie und löst sie mit dem kleinen Finger. Als sie auf dem Felsen gesessen und auf Thomas gewartet hatte, hatte die Seitenwand des Stores sie vor dem Wind geschützt.

Thomas wird neben sie in den Wagen geweht und knallt die Fahrertür zu. Der Wind rüttelt den Truck durch, als Thomas die Kupplung durchtritt und den Schlüssel im Zündschloss dreht.

Colleen war fuchsteufelswild gewesen, als sie herausfand, dass Vivienne nicht mit manuellem Schaltgetriebe fahren konnte. Sie waren in Damson Bay angekommen und hatten gerade Kisten mit Lebensmitteln für das Wohnhaus der Mitarbeiter oben auf dem Hügel entladen, als ihnen das Problem bewusst wurde. Die Fehlkommunikation, wie Vivienne fand.

»Was meinst du damit, du kennst keine Handschaltung?«
Colleen war auf dem Absatz herumgewirbelt wie eine

Speerwerferin und hatte Vivienne einen betont ungläubigen Blick zugeworfen.

»Du hast mir doch gesagt, dass du Autofahren kannst. Es stand in der Stellenbeschreibung.«

»Ja. Bloß nicht mit Handschaltung.«

»Du kannst einen Außenbordmotor bedienen.«

»Ja.«

Bootserfahrung hatte sie reichlich. Etliche Sommer beim Fischen mit ihrem Opa vor dem Hafen von Quidi Vidi. Ein Ferienjob im Bootshaus am Long Pond, wo sie Kajaks und Kanus verliehen und im Personalboot kleine Spritztouren auf dem See unternommen hatte, um ein Auge auf unerfahrene Paddler zu haben, um sicherzugehen, dass sie ihre Fahrzeuge nicht unter Wasser gesetzt hatten, und sie vor Einbruch der Dunkelheit zum Kai zurückzuscheuchen. Im Vorstellungsgespräch hatte sie es nach mehr klingen lassen. Sie hatte diesen Job gewollt. Sobald es definitiv wurde, eine Tatsache, dass zwischen ihr und Eliza Schluss war, hatte sie unbedingt aus der Stadt herauskommen müssen.

»Du kannst einen Scheißaußenbordmotor bedienen, aber kein Schaltgetriebe?«

Das Schimpfwort hatte Vivienne zurückschrecken lassen. Damit hatte sie nicht gerechnet.

»Ich wusste nicht, dass ich das muss.«

»Also kein Schaltgetriebe.«

Thomas war die Lösung. Ein Junge, der für den Sommer vom Marine Institute zu Hause war und mit seinem Dad Zeit draußen auf dem Wasser verbrachte. Colleen heuerte ihn für zwei Stunden pro Woche an, damit er mit Vivienne zum Einkaufen nach Carbonear fuhr und sie gelegentlich vom Anlegeplatz abholte, wenn Colleen von etwas nicht wegkam oder wenn Vivienne und sie einander nicht mehr sehen konnten. Wenn sie Vivienne nicht mehr sehen konnte. Unter murrendem Klagen, wie sehr es in ihr Budget fraß.

»Fühlst du dich besser?«

»Was meinst du?«

»Seit heute Morgen. Du hast ganz schön grün ausgeschaut, als du aus dem Boot gestiegen bist. Colleen hat gesagt, du warst seekrank.«

Der Morgen scheint tausend Jahre zurückzuliegen. Colleens kleine Notlüge war Vivienne entfallen.

»Viel besser.«

»Passt nicht zu dir, seekrank zu werden. Und es war auch so schön am Morgen.«

Thomas schaltet den Gang runter, als der Truck die Hügelkuppe erreicht. Vor ihrer Antwort wendet Vivienne sich ab, um aus dem Fenster zu sehen.

»Nein. Jetzt geht es mir besser, was immer es war.«

Sie fragt sich, inwiefern sich die Situation anders entwickelt hätte, wenn am Morgen zuerst Thomas statt Colleen auf den Anlegeplatz gefahren wäre. Oder wenn es ein Samstag- und kein Montagmorgen gewesen wäre, wenn auch andere Leute sich dort getummelt hätten. Was hätte sie gesagt? Was hätte sie getan, wenn Thomas die Regenjacke von der Ecke der Fischkiste gezogen hätte?

Sie schweigen, während sie auf den Highway einbiegen, jeweils ihren eigenen Gedanken nachhängend.

Der Highway wird im Hafen Hauptstraße genannt. Er führt oben am Kamm entlang, der zurück über die Bucht blickt. Der Wind, auf der Hügelkuppe stärker, stößt gegen das Fahrzeug. Ab und zu packt eine Bö den Truck von der Seite, und Thomas kämpft mit dem Lenkrad, um die Reifen in der Mitte ihrer Straßenseite zu halten. Man hat das Gefühl, der Wind könnte alle vier Räder packen und sie umwerfen. Die Straße ist leer. Die Tageszeit, wenn Leute in ihr Auto steigen und nach Carbonear oder gar St. John's zur Arbeit pendeln, ist vorbei. Nur gelegentlich kommen sie an einem Fahrzeug vorbei.

»Bis zu mir hast du es noch nicht geschafft.«

Thomas' Stimme reißt Viviennes Aufmerksamkeit von der Szenerie vor dem Fenster los. Sie hat beobachtet, wie der Wind über die Oberfläche eines Sumpfloches bläst und stoßweise Wellen von einer Seite des morastigen Tümpels zur anderen schickt. Hier oben ist Ödland. Beerensträucher und Heidekraut, aber sonst wächst fast nichts. Tausend Tümpel und Pfützen, um eine Forelle zu fangen.

»Was meinst du? Womit habe ich es noch nicht bis zu dir geschafft?«

»Eure kleine Umfrage. Du bist noch nicht bei uns oben gewesen. Warne uns ein bisschen vor, dann sorge ich dafür, dass Dad sich die Haare kämmt. Vielleicht die Woche? Er sagt, er ist halb beleidigt, dass du noch nicht da warst, aber das stimmt nicht. Eher wie ein Dollar, der ihm ein Loch in die Tasche brennt. Jemand, der sich freiwillig hinsetzt, um ihm beim Reden zuzuhören. Er kann es nicht erwarten, dich in die Finger zu kriegen.«

»Die Woche scheint voll zu sein.« Vivienne möchte zugeknöpft klingen, befürchtet allerdings, dass Thomas durch ihre Haut hindurch das Vibrieren ihrer Nerven sieht. »Ich schaue mal, was sich machen lässt. Colleen untersucht wie eine Verrückte Proben. Und ihr Chef kommt her. Morgen oder übermorgen, glaube ich.«

»Deshalb ist sie so wahnsinnig angespannt. Unter Druck, oder?«

»Ja, sie ist ziemlich engagiert.«

»Welche Fragen stellt ihr überhaupt? Ich meine, es ist

ja nicht so, als wärt ihr Volkskundlerinnen, die Geschichten oder Lieder sammeln. Ich dachte, alles, was ihr macht, basiert auf *wissenschaftlicher Forschung*. Treibt ihre Gnaden dich nicht deswegen immer bei den Auswertungen an?«

»Ja. *Wissenschaftliche Forschung*«, sie spricht leiser und ahmt Colleens satte Altstimme nach, »und *sauberes Datenmaterial*, nur darum geht es ihr. Die Befragungen sollen anekdotische Evidenz gewinnen. Das Einbeziehen von lokalem Wissen in die Forschung macht sich gut auf Förderanträgen.«

Vivienne hat die meisten Nachmittage mit Marmeladenbesuchen verbracht. In der Gemeinde herumgehen, an Türen klopfen, bitten, ins Haus gelassen zu werden. Geschichten und Tassen Tee sammeln. Nach Tendenzen beim Fischfang fragen und welche Arten Fischer an Land bringen. Was sie früher an Land gebracht haben. Sich nach Veränderungen beim Wetter und den Eisbedingungen im Frühjahr erkundigen und nach allem Ungewöhnlichen, was in ihren Netzen hochkommt. Sie hat herausgefunden, dass Geschichten gehortet werden, dass man sie einzeln herausgerückt, nicht alle bei einer Sitzung verpulvert. Sie hegt den Verdacht, dass die Einwohner von Damson Bay Mitleid mit ihr haben, während sie sich durch die Gemeinde arbeitet. Eine einsame junge Frau, die den Ort abklappert und wie eine Hausiererin an Türen klopft. Leute kommen ihr an den Eingangsstufen entgegen, der Wasserkocher ist schon aufgesetzt, bevor sie die Schwelle überschreitet. Der Küchentisch ist bereits für einen leichten Lunch gedeckt, Teller mit Brot warten auf die Marmeladengläser, die Vivienne vom Café mitbringt.

Die Marmelade ist sowohl Opfergabe als auch Währung.

Die Gläser werden in die Hand genommen, begutachtet. Tama hat einen glänzenden Ruf als Marmeladenherstellerin. Was haben wir denn hier? Erdbeere und Zitrone. Zwetschge und Wein. Rebhuhnbeere und Nelken? Das sind keine traditionellen Rezepte, wissen Sie, bekommt Vivienne immer wieder zu hören. Man würde diese Dinge nie miteinander mischen. Moltebeere und Champagner. Also wirklich! Früher gab es solchen neumodischen Firlefanz nicht. Wenn man Beeren übrig hatte, hat man sie vielleicht zusammen eingekocht und es Sommerbeere oder Beerenmischung genannt, das war schon das Höchste der Gefühle. Champagner in ihrer Marmelade. Gesagt wurde das mit einem Kopfschütteln über diese Narretei. Und Blumen in ihren Salaten, kaum zu glauben. So was aber auch!

Der Kommentar zur Marmelade führt unweigerlich zu einer Diskussion über *Dinge, die Tama vom Anlegeplatz mitnimmt.* Jeden noch so alten, hässlichen Fisch. Sie kocht jeden noch so alten, hässlichen Fisch und weckt ihn ein und verkauft ihn im Laden an Touristen, die zum Mittagessen ins Café kommen, oder verkauft ihn an einem Stand auf dem Markt in Brigus an die Leute aus St. John's. Und apropos alter Fisch. Verschlagen. Tama ist fortgegangen, wussten Sie das? Mit diesem Bradley. Ist schon Jahre her. Und ob Sie's glauben oder nicht, sie kam auch mit ihm zurück. Sie hat in Restaurants in St. John's und Lissabon und oben in Kopenhagen gearbeitet, heißt es, und wie es ihm gelungen ist, sie zu halten, wird für immer ein Rätsel bleiben. Ein Schluck Tee, und dann: Er geht doch mit diesem anderen Mädchen unten im Labor laufen, nicht wahr? Vivienne vermeidet es, die Frage zu beantworten, die sie nur andeuten.

Mit der Zeit hat sie begriffen, dass es bei diesen Treffen um mehr als den Austausch von Konfitüre gegen alte Geschichten geht, dass sie eine viel wertvollere Währungseinheit im Angebot hat. In der Bucht wird lebhafter Handel mit Neuigkeiten getrieben, und jedes Mal, wenn Vivienne klopft, achtet sie darauf, dass sie eine Kleinigkeit in der Hinterhand hat. Sie hat doch Mrs. Parsons' neue Vorhänge gesehen, nicht wahr? Sind sie hässlich? Ist ihr aufgefallen, ob auf Joe Whites Küchenarbeitsfläche eine Rumflasche stand? Nur eine? Mehr als eine? War in einer von ihnen noch was drin? Stimmt es, dass Mrs. Snow schon den Weihnachtsbaum aus dem Keller geholt hat? Sie nimmt diese Weihnachten-im-Juli-Sache viel zu ernst.

Sobald das Tagesgeschehen jedoch einmal abgehakt war, drifteten ihre Gastgeber in die Vergangenheit ab, und die Geschichten wurden wie das Brot und die Butter auf dem Tisch ausgebreitet. Sie erzählten Vivienne von den Picknicks, die sie früher immer mit nach oben ins Ödland nahmen, und dass sie an heißen Tagen in den Teichen geschwommen sind. Sie erzählten ihr von dem Torpedoboot, das in den Hafen gedampft war, und von Männern, die von den Minen auf Bell Island übers Eis nach Hause liefen, und von Reihen aus Holzgestellen, die früher die Stadt wie ein Teppich bedeckten, und dem Geruch nach dem dort in der Sonne trocknenden Fisch. Lange, komplizierte Geschichten von Brautwerbungen und Tragödien und altem Zank, der nie in Vergessenheit geriet. Geschichten von Walen und Walrossen und Delfinschwärmen und vom ersten Mal, als der Ozean leuchtete. Märchen über die seltsamen Dinge, die aus dem Meer gefischt wurden.

Vivienne möchte Thomas fragen, was er auf dem Ozean gesehen hat. Ob er je eine Kreatur mit leuchtenden Schuppen aus der Tiefe geholt hat. Sie wendet den Blick von der

Filmrolle aus Sumpf und Ödland ab, die an ihrem Fenster vorüberzieht.

»Was ist das Seltsamste, das du je dort draußen zu Gesicht bekommen hast?«

Thomas wirft Vivienne einen Seitenblick zu.

»Das Seltsamste, das ich draußen auf dem Wasser zu Gesicht bekommen habe? Wie das Meeresleuchten? Oder meinst du Seeungeheuer?« Er wackelt mit den Fingern, ohne die Hände vom Steuer zu nehmen.

»Und, hast du?« Vivienne versucht, beiläufig zu klingen. »Ein Seeungeheuer gesehen?«

»Etwas ein Ungeheuer zu nennen, lässt es grotesk wirken. Als wäre es etwas Schreckliches.«

»Wäre es das denn nicht?«

»Wovon sprechen wir hier? Von einem dieser Tiefseefische, die sie manchmal auf den Trawlern hochholen? Von einem dieser blinden Fische mit diesen Ködern, die an ihren Schädeln baumeln und blinken? Von einem der Teufelsfische, die dieser Kerl in Russland immer auf Instagram postet?«

»Alles eigentlich.«

»Weißt du, in ihrer Welt sind diese Teufelsfische perfekt. Sie haben sich perfekt an ihre Umwelt angepasst. Dort unten gelten sie vielleicht als Schönheit. In den Tiefen des Ozeans.«

»Aber hierher gehören sie nicht. Würde sie das nicht in unserer Welt zu Ungeheuern machen?«

»Das Meer ist dir nicht fremd. Du gehst mit dem kleinen Boot um, als wärst du dazu geboren.«

»Stimmt schon. In meiner Jugend habe ich jeden Sommer im Boot verbracht.«

»Also die ganze Zeit auf dem Wasser, und du siehst den

Ozean immer noch als separate Welt? So separat, dass alles Seltsame, das daraus hervorkommt, ein Ungeheuer ist?«

»Nun, was ist ein Ungeheuer überhaupt? Etwas, womit man sich nicht identifizieren kann, sosehr man es auch versucht. Etwas, das ganz weit außerhalb der eigenen Erfahrung liegt.« Sie dreht sich wieder weg, um aus dem Fenster zu blicken, aber eigentlich betrachtet sie in der Scheibe ihr eigenes Spiegelbild. »Sind das da unten nicht alles bloß Fische? Wie identifiziert man sich mit einem Fisch?«

»Oder einem Tintenfisch. Oder einer Muschel. Mit einer Muschel könnte man sich wahrscheinlich nicht identifizieren.«

Vivienne bricht den Blickkontakt mit ihrem Spiegelbild ab und lächelt in den Schoß, bevor sie antwortet. »Ja, wie identifiziert man sich mit einer Muschel? Kannst du dir vorstellen, dazuhocken und das ganze Leben lang das Meer über dich hinwegspülen zu lassen? Keine Füße. Keine Bewegung. Das ganze Schicksal dadurch entschieden, was über dich hinwegspült.«

»Und das ist anders als bei uns?«

Sie ist sich nicht so sicher. »Vielleicht.«

Vivienne kurbelt das Fenster ein wenig herunter. Ein Windstoß voller Staub wirbelt durch den Spalt zwischen Scheibe und Türrahmen, und sie schließt zum Schutz blinzelnd die Augen. Eine leere Chipstüte steigt vom Boden auf und tanzt wie ein Derwisch. Der Staubwirbel wird von einem schrillen Pfeifen begleitet. Sie dreht an der Kurbel, um das Fenster zu schließen. Die Chipstüte sinkt flach zu Boden.

»Dort unten muss es so still sein«, sagt Vivienne. »Die Art, wie Geräusche durchs Wasser dringen. Gedämpft. Hier oben muss es ihnen so laut vorkommen.«

»Den Muscheln.«

»Ja. Den Muscheln.« Noch ein Lächeln. »Kannst du es dir vorstellen? Einfach alles hier oben muss auf etwas, das an die Oberfläche kommt, seltsam wirken. Das Licht. Der Wind. Der Lärm.« Vivienne fummelt am Türschloss herum. Es ist von der altmodischen Sorte, ein Plastikstift, den man hinunterdrückt, um die Tür zu verriegeln. »Ich wette, sie haben das Gefühl zu ersticken, wenn wir sie hochziehen.«

»Vielleicht interpretierst du ein bisschen zu viel in das Wahrnehmungsvermögen von Schalentieren.«

Sie fahren schweigend ein Stück weiter, während Kies gegen die Windschutzscheibe regnet.

Thomas räuspert sich. »Das Seltsamste, das ich jemals draußen auf dem Wasser gesehen habe, war ein Kanarienvogel. Ein kleiner gelber Kanarienvogel landete direkt auf dem Bug des Fischerboots. Ich weiß nicht, ob er aus einem Käfig hier irgendwo auf der Insel entflogen war, St. John's oder sonst wo, oder ob er von dort, wo auch immer Kanarienvögel herkommen, hergeweht worden war. Aber er landete dort quietschfidel, richtig zufrieden mit sich selbst, glaube ich, und sang drauflos. Kaum zu glauben, dass der Kleine dort war. Hockte ganz oben auf dem Boot und zwitscherte. Wunderschön. So was hast du noch nie gehört.« Eine Windbö trifft den Truck wie eine Hand, die dagegen schlägt. Das Fahrerhaus erschaudert. »Du kennst die Redensart, sie sang wie ein Vögelchen? Wie ein Ganove? Vielleicht bedeutet das etwas anderes, nicht nur, dass man die eigenen Jungs bei den Bullen verpfeift, meine ich. Vielleicht bedeutet es, dass es möglicherweise gar nicht so schlecht ist, die Dinge rauszulassen. Dass es etwas Schönes hat, wenn man sein Herz ausschüttet, wenn man die Wahrheit sagt. Dass vielleicht Ehrlichkeit etwas richtig Wunderbares an sich hat.«

Vivienne blickt wieder zu der Frau in der Fensterscheibe. Fährt ihr Geistergesicht mit der Fingerspitze nach.

»Selbst wenn man deswegen von der Mafia kaltgemacht wird?«

»Vielleicht ganz besonders, wenn man deswegen von der Mafia kaltgemacht wird.«

»Ziemlich philosophisch, Mister.«

OBEN AM TEICH

Colleen ist schweißüberströmt, sie ist nichts als brennende, muskulöse Oberschenkel. Sie spürt, wie ihre Lungenflügel unter dem Brustkorb anschwellen und jeder tiefe Atemzug sie vollständig aufpumpt. In ihrer Vorstellung kann sie fühlen, wie sie gegen ihre unnachgiebigen Rippen drücken – weiches Gewebe auf Knochen. Colleen ist ein Akkordeon, saugt Luft ein, stößt sie wieder aus. Sie verbrennt Sauerstoff wie Anmachholz. Sie ist ein vollgestopfter Holzofen. Sie ist ganz allein eine überhitzte Partygesellschaft in der Küche.

Sie wünschte, ihre in Turnschuhen steckenden Füße wären Hufe – die den Boden aufreißen, beim Laufen Erdklumpen nach hinten werfen. Sie gibt sich damit zufrieden, die letzten dreißig Meter zur Eingangstreppe davonzustürzen, die Veranda als Erste zu erreichen und die trockenen Holzstufen hochzudonnern. Das Geräusch ihrer Füße erinnert sie an Fäuste, die auf eine leere Öltonne schlagen. Bei einem allerletzten Versuch, doch noch zu gewinnen, streckt Bradley die Hand nach ihrer Taille aus, aber er erwischt nur ein Stückchen Stoff. Er verliert das Gleichgewicht und fängt sich am lockeren Geländer auf, während Colleen die Stufen hochpoltert und eine langsame Ehrenrunde um die morsche Veranda dreht, die Arme wie ein preisgekrönter Boxer in die Höhe gerissen. Bradley richtet sich auf und springt zwei Stufen auf einmal nehmend die Treppe hoch. Er hebt die Hand zum High five und verschränkt dann die Finger mit ihren.

»Du hast geschummelt.«

»Hab ich nicht, du Lügner! Ganz ehrlich.« Colleen bemüht sich um einen unbeschwerten Tonfall, aber eine Spur von Ärger über die scherzhafte Anschuldigung ist herauszuhören. Niemals hätte er sie heute schlagen können, sie läuft mit hochexplosivem Adrenalin, alles an ihr strahlt *Siegerin* aus. Die Ereignisse des Morgens, das Hochgefühl über die Entdeckung, die bloße Existenz der Kreatur katapultieren sie vorwärts.

Bradley lacht über ihren Groll und presst sich an sie. »Ich necke dich bloß.« Er legt die Hand auf Colleens Schlüsselbein. »Du bist ganz schön heiß. Ich kann die Hitze, die du verströmst, fast sehen. Komm rein, gehen wir aus der Sonne.« Er tastet am Türsturz entlang nach dem Schlüssel und sperrt die Tür der Hütte auf.

Sie hätte sowieso gewonnen, selbst ohne die Freude über die Entdeckung wie Wind in ihrem Rücken. Als Studentin hatte Colleen Leichtathletik getrieben. Oder jedenfalls die ersten beiden Studienjahre. Danach war für nichts mehr Zeit geblieben, außer durch die morgenstillen Straßen vor ihrem Wohnblock zu laufen. Der Asphalt unnachgiebig unter ihren Sohlen. Die Stunden, die sie sonst vielleicht beim Konditions- oder Lauftraining verbracht hätte, verbrachte sie stattdessen im Labor. Auf der Jagd nach Stipendien und Stellen als wissenschaftliche Mitarbeiterin, sich in der Bibliothek verkriechend – den ganzen Winter und bis ins Frühjahr hinein, wenn die Sonne die Laufbahn erwärmte und die Luft nach auftauender Erde roch.

Colleen gehörte in die Ära von VHS-Kassetten und Mikrofiche. Sie hatte einen ganzen öden Sommer lang – einen von mehreren öden Sommern – Videokassetten mit laufenden Tieren studiert. Hatte die Physik eines sich bewegenden Elches mit der eines Karibus verglichen. Hatte den Bewegungsradius von Tieren gemessen, die an Sumpflöchern und in struppigem Tuckamore-Krummholz lebten, scheinbar gar nicht verwandt mit ihren anmutigeren Vettern aus der Welt der Rehe und Gazellen. Damals hatte sie eine Animation entdeckt, zusammengestellt aus einer Fotoserie von einem Pferd auf einer Rennbahn, und hatte einen ganzen Nachmittag damit verbracht, sie sich in einem düsteren Keller der Bibliothek anzusehen. Hatte sich die Stunden als Arbeitszeit angerechnet. Auf die Fotos selbst war sie in einem Buch im zweiten Stock gestoßen. Sie war bei einer einzelnen Einstellung verweilt, die das Pferd mit allen vier Hufen gleichzeitig in der Luft zeigte, scheinbar über dem Boden fliegend. Der Beweis, so stand es in der Überschrift, für das Phänomen der »Schwebephase«. Sie hatte das Bild des schwebenden Pferds fotokopiert und an ihre Schlafzimmerwand geheftet.

Ihre Lieblingsdisziplin war der Zweihundertmeterlauf gewesen. Ein Nischenwettrennen, das weder die Explosivität des Sprinters noch die Ausdauer der Langstreckenläuferin begünstigte. Nicht jeder Schnelle konnte beim Zweihundertmeterlauf erfolgreich sein. Nicht jeder besaß die Klarsicht, um den Moment zu erkennen – den Augenblick –, wenn es zwingend erforderlich wird, einen Gang hochzuschalten, nicht mehr seine Kräfte einzuteilen und Energie zu sparen, sondern jede Reserve aufzuzehren, um die Ziellinie zu überqueren. Sie hätte es bis zu den Landeswettkämpfen gebracht.

Als Vivienne und Thomas im Truck nach Carbonear aufgebrochen waren, hatte Colleen es einfach nicht geschafft, sich ruhig an die Arbeit zu setzen. Sie war von einem Ende des Stores zum anderen marschiert, bei jeder Drehung einen Blick in die Gefriertruhe werfend. Schließlich hatte sie ihre Laufkleidung angezogen, fest entschlossen, etwas gegen die manische Energie zu tun, die sie durchströmte. Eine Runde Laufen würde ihren Kopf befreien. Ihre Konzentration darf einfach nicht nachlassen, nicht, wenn sie so dicht vor einem Durchbruch steht, wenn das Band in Sicht ist. Sie war von der Straße gejoggt und hatte sich auf der Suche nach Bradley auf den Weg zum Café gemacht.

Die Affäre hat nichts mit Romantik oder Liebe zu tun, auch wenn Colleen glaubt, dass Zwangsläufigkeit eine Rolle gespielt haben könnte. Seit ihrer Ankunft in der Bucht hat sie ihre Laufschuhe jeden Morgen gebunden und ist die Straßen entlanggaloppiert, langbeinig wie ein Pferd im nebligen Morgengrauen. Das Städtchen zeigt sich zu dieser Tageszeit überraschend aktiv: Fischer sind schon auf dem Weg aus der Bucht, Lichter brennen in Küchenfenstern und im Café. Zweimal war sie auf ihrem Weg auf der Kiesstraße an Bradley vorbeigekommen, und er hatte sie breit angegrinst. Am dritten Morgen reihte er sich neben sie ein. Sie sind die einzigen beiden Läufer in der Bucht.

Die ersten paar Male, als sie gemeinsam liefen, sagte er nicht viel, versuchte nur, Schritt zu halten, während Colleen ein strammes Tempo beibehielt und fest entschlossen war, nicht diejenige zu sein, die eine Trinkpause einlegte. An jenem ersten Morgen liefen sie, bis sie wieder beim Café waren, und er hatte ihr zugenickt und war hineingegangen. Danach war er jeden Morgen dort und dehnte die Kniesehnen, während er auf sie wartete. Sie änderte ihre Strecke, um ihn am Anfang ihres Laufs abholen zu können.

Sie redeten über Proteinriegel und Trinksysteme. Ernährung und Laufschuhe. Nie über das Café oder wann Colleen möglicherweise nach St. John's zurückkehren könnte. Tamas Name fiel kein einziges Mal. Er erkundigte sich nach dem grünen Truck – verblüfft, wie er sagte, dass der immer noch lief – und fragte, ob er vielleicht mal nachmittags beim Store vorbeischauen und ihn sich genauer ansehen dürfte. Er war an einem Montag gekommen, und sie hatten während des Besuchs die Tür weit offen gelassen. Danach wurde es zur Gewohnheit, dass er ein- oder zweimal die Woche mit einem Papptablett voller Coffee-to-go-Becher aus dem Restaurant für sie und Vivienne vorbeischaute.

Die Laufrunden wurden immer länger. Sie reden jetzt von Halbmarathons, von Marathons. Bradley hat gegoogelt, wie man sich für den in New York und den in Boston qualifiziert. Sie haben damit begonnen, der alten Küstenstraße zu folgen, entfernen sich dann von der Küste für eine lange, schleifenförmige Runde durchs Hinterland. Sie laufen an den Überresten verschwundener Häuser vorbei, an Fundamenten, die wie Kieferknochen ohne Zähne aus dem Boden ragen, passieren Beerensträucher und Forellenteiche. Fischerhütten stehen verstreut an den Ufern der Teiche, kleine Einzimmer-Ausflugsziele, wenn man draußen auf dem Land mit dem Schneemobil unterwegs ist, oder nach der Kaninchenjagd, oder wenn man sich betrinken will, ohne dass die Ehefrau es sieht. Tamas Vater hatte so eine Hütte, als er noch lebte. Sie hat getäfelte, tabakfarbene Holzwände und steht versteckt in einem Fichtenhain. Die Tür dieser Hütte schließt Bradley nun auf, zieht Colleen über die Schwelle und auf das modrige Bett.

Die Luft in dem Zimmer ist kühl auf ihrer schweißbedeckten Haut. Colleen will schnell sein, sie hat die Minuten in der Hütte in ihre anvisierte Zeit für diesen Morgenlauf einkalkuliert, also behalten sie den Großteil ihrer Kleidung an. Bradley trägt immer noch sein T-Shirt und die Socken und Turnschuhe, seine Laufshorts werfen Falten um seine Fußknöchel. Colleen lässt den Sport-BH sowie ihr atmungsaktives Funktions-Laufshirt an, so gerät trotz Bradleys dynamischer Anstrengungen nichts ins Baumeln.

Das über das Aluminiumbett gespannte Bettzeug riecht nach Staub und Schimmel. Als sie das erste Mal hier gelandet waren, hatte Bradley die Decke zurückgeworfen in der Hoffnung, Colleen ins Bett zu locken, zu einem Nachmittag im Bett, doch das Laken war so fadenscheinig, dass man die Matratze hindurchsehen konnte, und es war mit Mäusekot gesprenkelt. Bradley kippte die Matratze auf die Seite und wischte die Kotkügelchen zu Boden, aber danach lagen sie immer auf der unebenen Steppdecke und zogen eine Patchworkdecke über sich, wenn ihnen kalt war.

Bradley stößt immer wieder voll Enthusiasmus zu, Colleens Beine über seine Schultern gehakt. Colleen schätzt am meisten an ihm seinen Feuereifer. Er ist fest entschlossen, seine Aufgabe zu erledigen, bietet überdurchschnittlichen Sex. Als sie fertig sind, greift Bradley nach einer zur Neige gehenden Rolle Küchenpapier und reicht Colleen ein Blatt. Sie säubert sich, zieht sich rasch an und bindet die Senkel ihrer Turnschuhe wieder zu, während Bradley die Shorts hochzieht. Sie richtet sich auf, in Gedanken längst wieder im Store. Er beugt sich herunter und nimmt ihr Gesicht zwischen die Hände. Sie gestattet ihm, sie zu küssen, bevor sie außer Reichweite tritt.

»Ich kann nicht bleiben«, sagt sie. »Ich stecke bis über beide Ohren in Arbeit.«

Sie galoppiert schon quer durch die Landschaft, bevor er die Tür abgesperrt hat. Verschlingt den Boden mit den Füßen.

AUS DEM REGEN

Am nächsten Morgen gießt es in Strömen. Der Regen fällt sintflutartig vom Himmel, der Wind hebt ihn an, bevor er landet, und schleudert ihn gegen das Schaufenster des Cafés. Ein bärenhaftes Donnergrollen ertönt.

Vivienne und Colleen werden unter Glockengeklimper in das Café geweht. Der Regen jagt ihnen hinterher, klatscht bei ihrem Eintreten gegen die Tür, Sekunden zu spät, um sie vollständig zu durchnässen. Tropfend stehen die beiden auf der Gummimatte. Sie besteht aus industriellem Veloursteppich und gibt ein Platschen von sich, als sie darüberlaufen. Obwohl es auf die Essenszeit zugeht, ist im Café nichts los. Nur ein Tisch ist mit Gästen besetzt, ein Pärchen am Fenster, das teure Wanderschuhe trägt, Gore-Tex-Regenjacken über den Stuhllehnen. Abgesehen davon nur das Summen der Neonröhren, ein blechernes Radio, das gelegentlich rauscht, Brutzelgeräusche, die durch die offene Küchentür dringen.

Die Frauen blinzeln wie Kaninchen, während ihre Augen sich an das Licht gewöhnen. Sie ziehen die Jacken aus und hängen sie an den Ständer neben der Tür – eine absurde Garderobe aus putzigen Entenköpfen, die so gar nicht zu dem Wetter passen, das ums Haus heult. Colleen schüttelt ihre Jacke aus, bevor sie sie aufhängt, und Tropfen fallen wie Regen auf Vivienne, den Kachelboden, Nachbartische.

Tama blickt von dem Tisch auf, den sie gerade abräumt. »Hi Ladys. Setzt euch, wohin ihr wollt. Heute habt ihr freie Wahl, das ist mal sicher.« Beim Sprechen hält sie den Blick auf Vivienne gerichtet.

»Wir lassen uns hier hinten nieder.«

Colleen geht zu einem Tisch in der Nähe der Kaffeetheke. Es ist ihre Gewohnheit, sich einen Arbeitsplatz in Armeslänge von der Kaffeekanne einzurichten, wo sie Berichte schreibt und sich nachschenkt, während Tama an den Tischen bedient. Tama zieht zwei Tassen vom Regal und füllt sie mit dampfendem Kaffee. Klärt sie über die Tagesgerichte und die Tagessuppe auf.

Vivienne zieht ihre Tasse nahe heran und schlingt die Hände darum, um sich zu wärmen.

»Erbsensuppe für mich. Und Teegebäck.« Sie hat Heißhunger. Das Hüten eines Geheimnisses hat sie gierig gemacht. »Und noch eine Portion Teegebäck. Zwei Portionen Teegebäck.« Sie malt es sich aus, vor Butter triefend.

»Für mich ein Eier-und-Speck-Frühstück.« Colleen schüttelt ein Papiertütchen und rührt Zucker in ihren Kaffee. »Gewendetes Spiegelei. Und sag ihm, er soll die Eier nicht verbraten. Er weiß, wie ich sie mag.« Sie zieht ihr Handy heraus und beginnt zu scrollen. Sieht Vivienne an. »Du musst Notizen für mich machen.«

Da Tama offensichtlich nicht mehr erwünscht ist, geht sie in die Küche zurück. Die Zeitung liegt aufgeschlagen auf der Arbeitsfläche.

»Bestellung«, sagt sie. »Die beiden aus dem Labor.« Sie lässt den Bon auf die Schnur gleiten.

»Wieder Schinkenspeck mit Eiern, was? Die wird sich noch in Schinkenspeck mit Eiern verwandeln.« Die Küchentür steht offen, und man kann direkt bis zur Eingangstür sehen. Es ist ein idealer Platz, um heimlich die Vorgänge im Gastraum zu beobachten. »Fünf Minuten?« Bradley steckt bereits Brot in den Toaster. Speckscheiben brutzeln auf dem Bratrost.

Tama betastet den Rand der Zeitung. Aufgeschlagen ist sie beim Kreuzworträtsel, zur Hälfte gelöst. In den Quadraten stehen Buchstaben und sind dort, wo Bradley ein falsches Wort eingesetzt hat, überschrieben.

»Klingt gut.«

Sie schaut über die Köpfe des Pärchens hinweg, das vor dem Fenster sitzt. An einem solchen Tag ist es unmöglich, das Meer vom Himmel zu unterscheiden. Sie könnten genauso gut unter Wasser sein.

Der Mann an der regenüberströmten Scheibe hebt die Hand, und Tama geht auf ihn zu mit gezücktem Bleistift. Colleen ist in die winzige Welt ihres Handys versunken, aber Vivienne blickt auf, als sie vorübergeht, und schenkt ihr ein flüchtiges Lächeln, wie um sich für Colleens schlechte Manieren zu entschuldigen. Tama räumt Teller ab und nimmt eine Dessertbestellung auf. Beschreibt den Weg zum Bootsmuseum am Strand. Sie schneidet gerade zwei dicke Stücke von dem Rebhuhnbeerenkuchen in der Glasvitrine ab, als Bradley ruft: »Bestellung fertig!«

»Eine Minute. Ich mach nur noch Eis auf diese Teller.« Ein dicker Klecks Vanilleeis gleitet von der Eisschaufel auf den Tresen.

»Keine Sorge, mein Schatz, ich erledige das. Bei mir steht nichts mehr an.« Bradley legt bereits die schmutzige Schürze ab und hängt sie an den Haken neben dem Herd.

Tama bringt den Kuchen, vergisst allerdings Kuchengabeln. Als sie das Pärchen am Fenster zu Ende bedient und erklärt hat, was genau Rebhuhnbeeren sind – auf dem

Festland nennt man sie Scheinbeeren, Ma'am –, hat Bradley einen Stuhl umgedreht, ihn an Viviennes und Colleens Tisch gezogen und sich rittlings daraufgesetzt. Seine Arme hängen über die Lehne, locker und entspannt. Tama geht zurück, um die Kaffeekanne zu holen – Nachschlag aufs Haus. Bradley grinst sie breit an, als sie vorübergeht.

»Diese Damen sind die ganze Nacht auf gewesen und haben gearbeitet, ist das zu fassen? Wir sollten darüber nachdenken, einen Vertrag aufzusetzen, um sie rund um die Uhr mit Kaffee zu versorgen, meinste nicht?«

Tama hält mitten im Gehen inne und sieht erst Colleen und dann Vivienne an. Vivienne weicht ihrem Blick aus.

»Einfach eine dieser Nächte«, mischt Colleen sich ein. »Und noch ein paar weitere am Horizont.«

»Regierungsauftrag für Kaffee, Tam. Besser könntest du's nicht treffen.«

»Na, so was«, erwidert Tama. Und dann: »Apropos Kaffee.« Sie nickt in Richtung Fenster. Mit einem letzten Blick zu ihrem Tisch macht sie sich auf den Weg zum Regenfenster. In Viviennes Notizbuch steht nichts, und Colleens Handy liegt umgedreht auf dem Tisch.

AUS TRÄUMEN ERWACHEND

Vivienne fährt aus dem Schlaf hoch. Die Gefriertruhe gurgelt neben ihr vor sich hin. Ausgestreckt liegt sie auf einem Gartenstuhl in der Dunkelheit, in ein übergroßes Sweatshirt gehüllt, ein zweiter Pulli bedeckt ihre Beine wie ein sie umschlingender Tintenfisch. Dann legt sie die Hand auf die raue Oberfläche der Gefriertruhe. Sie fühlt sich kalt an. Vivienne zittert, ihre Zehen in den Turnschuhen sind eisig. Der Regen hat nachgelassen, und Mondschein dringt durch die salzverkrusteten Fenster.

Colleen ist an der Reihe mit einer Fahrt in die Stadt. Sie hatten ihr Mittagessen im Café beendet, und Colleen war in dem grünen Truck losgefahren, auf dem Weg zum Labor in St. John's und anschließend weiter zum Flughafen. Isaiah wird mit dem späten Flug ankommen. Vivienne ist ihm noch nie begegnet. Sie erkundigte sich nach ihm, während Colleen den Ölstand im Truck überprüfte.

»Der Kerl ist bloß noch so eine Sache, um die man sich kümmern muss. Hat seinen Zenit längst überschritten.« Sie hatte die Motorhaube zugeknallt.

Vivienne ist sich sicher, dass Colleen vorhat, Isaiah mit einer Hand zu packen, ihn gewissermaßen in ihre Tasche zu stopfen, mit der anderen Hand sein Gepäck vom Band zu holen und noch vor Sonnenaufgang zurück nach Damson Bay zu rasen. Sie nutzt Colleens Abwesenheit, um sich die

Kreatur einzuprägen – wie sie aussieht, wie sie sich bewegt. Sie verbringt die Nacht im Store und lauscht, wie der Fisch enge, wütende Kreise am Rand des Aquariums schwimmt. Sie empfindet die Kreatur als Last, so als schulde sie ihr etwas, auch wenn sich dieses Etwas nicht näher benennen lässt. Zumindest möchte Vivienne sicher sein, dass sie nicht allein gelassen wird.

Vor dem Store ein Knall. Es stürmt, und Vivienne glaubt, dass etwas im Hof umgekippt oder gegen die Seite des Stores geweht wurde. In ihrem schlaftrunkenen Zustand fragt sie sich, ob eine der Pyramiden aus Krebsfallen, die überall den Hügel hinauf unsicher an Schuppenwänden aufgeschichtet sind, eingestürzt und gegen den Store gerollt ist. Oder vielleicht kam ein riesiger Vogel vom Kurs ab und knallte gegen die Tür wie ein Spatz gegen ein Panoramafenster – ein cremefarbener Ball aus Federn und Flaum, der ans Glas schlägt, ein frecher Blutspritzer. Sie öffnet die Tür, oder vielleicht träumt sie, dass sie es tut, und dort auf dem Boden liegt der Vogel – ein Alk oder ein Pelikan oder ein Pterodaktylus womöglich. Er erhebt sich torkelnd auf die knochigen Beine und schüttelt das Gefieder, bevor er die Flügel ausbreitet. Vivienne erkennt, dass der Wind diesem geflügelten Geschöpf nichts anhaben kann, als es sich mit einem Kreischen kopfüber zurück in den Sturm stürzt, knapp am offenen Türrahmen vorbei, sodass Vivienne den Atem seiner Flügel spürt, ein festes Streifen von Federn, als er nach oben schießt, und eine J-förmige Flugbahn in den Himmel beschreibt. Ein weit aufgerissener Schlund, das Krächzen an ihrem Ohr. Sie schließt die Tür vor dem Raubtier. Ganz Beine und glänzende, schwarze, unergründliche Augen.

Der Knall wiederholt sich, und erst als sie aus dem

Schlaf hochfährt, wird ihr klar, dass sie wieder eingedöst sein muss. Diesmal ist es nicht das tiefe, dicke Flanellgewebe der Erschöpfung, aus dem sie emporsteigt, sondern ein leichter, gazeartiger Schlaf, der sie kaum bedeckt. Diesmal ist er lauter, der Knall, donnernd, und sie will die Tür nicht öffnen. Sie hat die Sorge, der Vogel habe sich in einen Schwarm verwandelt. Und diesmal ist es kein einzelner Schlag, sondern eine Salve, ein Schlag nach dem anderen. Peng! Peng! Peng! Was immer es ist, sie wird es nicht hereinlassen.

Dann das metallische Klicken des Riegels, der sich öffnet. Die Tür geht nach innen auf, und etwas schleicht in den Raum. Vivienne ist erstarrt, als sei der Nachtmahr herabgestiegen und habe sich auf ihrer Brust niedergelassen. Das Etwas, das die Tür geöffnet hat, bewegt sich langsam auf sie zu, geräuschlos, wie auf Rädern, über den Holzboden gleitend. Kein Stolpern oder Zögern an den Ritzen in den Dielen, sondern eine reibungslose Bewegung wie mit geölten Gängen. Schon ist es über ihr, und sie kann sehen, dass es sich um einen Kopf handelt, einen Menschenkopf, und Vivienne umklammert die Armlehnen ihres Gartenstuhls und versucht, sich durch die Löcher in dem Nylongeflecht nach hinten zu schieben, aber natürlich ist sie zu groß, um durch die Textur zu passen, sie hat nicht gelernt, zu schrumpfen, ihren Körper wenn nötig verschwinden zu lassen, und der Kopf kommt immer näher und schwebt über ihr, und auf einmal scheint ein Lichtstrahl direkt in ihre Augen, und sie sieht nichts außer einer Scheibe aus blendendem Weiß. Sie dreht rasch den Kopf weg, instinktiv, ihre Augen brennen. Dann huscht der Schein nach oben und über ihren Kopf. Sie blinzelt, während Punkte vor ihrer Netzhaut schwimmen, wie goldener Fischrogen, der in der

Strömung treibt, und da ist ein Mensch, ein Mann neben ihr. Über ihr. Versperrt das bisschen Licht vom offenen Türrahmen, und die goldenen Punkte bedecken ihn wie Fell.

Der Mann beugt sich über sie. Er ist beinahe auf ihr. Das Fell aus Licht hat sich in echtes Fell verwandelt, sein Arm auf der Armlehne des Gartenstuhls ist behaart, von einem dichten schwarzen Pelz bedeckt. Vivienne liegt reglos da. Der Stuhl ist in halb aufrechter Position, wie ein Sitz in einem Flugzeug, sie kann nicht weiter nach hinten, und ihn vorzuklappen würde bedeuten, sich aufzusetzen und mit gespreizten Beinen auf dem Stuhl zu sitzen und sich in die Vertikale zu schieben, in die Arme dieses Eindringlings. Sie hockt in der Falle. Vivienne kann die Hitze dieses Mannes durch sein Hemd spüren, durch ihr Hemd. Wie leicht es für ihn wäre, sich mit seinem Gewicht auf ihr niederzulassen. Er beugt sich über sie, und der Schein der Taschenlampe streicht in die deckellose Eistruhe, die ein Aquarium mit einer Kreatur ohne Namen ist, und für die Gegenwart dieses behaarten Mannes, für sein Über-den-Boden-Gleiten und das langsame Schwenken der Taschenlampe fällt Vivienne nur ein einziger Grund ein: Er will die Kreatur stehlen. Er muss gewusst haben, dass sie hier ist, denn er ist direkt auf die Gefriertruhe und ihren fischigen Inhalt zugegangen und nicht stehen geblieben, um den Generator zu inspizieren oder den Labortisch durchzusehen, der voller elektronischer Geräte und kleiner Elektrowerkzeuge liegt, für die man bestimmt ein paar Dollar auf dem Schwarzmarkt oder bei Kijiji bekäme. Der Einbrecher beugt sich über sie, und sie sitzt in der Falle, und so erstarrt sie wie ein Kaninchen im Wald.

In der Gefriertruhe schlägt der Fisch mit dem muskulösen Schwanz gegen die Vinylwand und spritzt Wasser auf den Mann und auf Vivienne. Gebannt starrt der Mann die Kreatur an. Vivienne hält es für unmöglich, dass er sie übersehen hat, wie sie so flach auf dem Gartenstuhl liegt, aber anscheinend hat er das. Sie fragt sich, ob das Überraschungsmoment immer noch ihr gehört. Fragt sich, ob sie weiter hier unbemerkt verharren oder ob sie ihn wegstoßen soll – und dann was? Die Kreatur aus dem Aquarium schöpfen und aus dem Store laufen, mit ihr über der Schulter, wie ein rutschiger Mehlsack?

Ein Klicken und eine Lichtflut, als die Glühbirne an der Decke in ihrem kleinen Vogelkäfig angeschaltet wird. Der Raum strahlend hell. Das Hemd über ihr ist ein abgetragenes blaues Karohemd. Der Mann ist gewaltig. Von der anderen Zimmerseite erklingt eine Stimme.

»Allmächtiger, Vivienne. Diese Tür. Soll abgesperrt sein. Von innen. DieseTürsollvoninnenabgesperrtsein. Was zum Teufel ist los mit dir?« Es ist Colleen. Sie steigert sich in Richtung Schlaganfall. Sie wirbelt sich in Rage.

Die Gestalt, das verblasste blaue Hemd, der gewaltige Mann schiebt sich nach hinten. Er sieht, scheinbar von großer Höhe, auf Vivienne herab und streckt ihr die Hand entgegen.

»John Isaiah. Freut mich, Ihre Bekanntschaft zu machen.«

UNTERSUCHUNG:
TEIL 1

Vivienne trägt dicke schwarze Gummihandschuhe, die ihr bis zu den Ellbogen gehen. Sie versucht, den Fisch auf dem Untersuchungstisch, den Colleen und sie in der Mitte des Stores notdürftig aufgebaut haben, stillzuhalten. Sie haben sich für ein schweres Vorhängeschloss entschieden, das mit Drei-Zoll-Schrauben an der Innenseite der Tür befestigt wird. Colleen hatte die Augen verdreht, als sie es am Boden von Viviennes Einkaufstüte gesehen hatte, aber jetzt ist es zu spät, um nach Carbonear zurückzufahren und es gegen den von ihr gewollten »todsicheren Türriegel« einzutauschen, und sie haben auch nicht das Werkzeug, um einen anzubringen. Vivienne denkt, das Wort *Tod* passt sowieso nicht in diesen Raum, es hat keinerlei Bezug zu irgendetwas hier. Stattdessen sprudelt die Situation vor Leben. Es fühlt sich an, als seien sie in einer Limodose.

In der Zimmermitte steht ein langer Tisch aus rostfreiem Stahl. Daneben ein zweiter Tisch, der aus einer Holztür besteht, die auf zwei hölzerne Sägeböcke gelegt und mit Plastikbahnen bedeckt ist. Instrumente und Ampullen, Pinzetten und Thermometer und Handschuhe, Maßbänder und Monitore mit Saugnäpfen sind in ordentlichen Reihen darauf angeordnet. Der Türknauf ist noch an der Tür befestigt und bildet unter dem Plastik einen kleinen Hügel. Vivienne fragt sich, ob sie bei der Idee mit der Tür nicht irgendwie den Sicherheitsaspekt vernachlässigt haben. Es wirkt, als könnte jederzeit jemand am Knauf der horizontal liegenden Tür drehen und wissenschaftliche Instrumente quer durch den Raum schleudern; dass jemand durch den horizontalen Türrahmen hochkommen wird, wie bei dem Partytrick, wo eine Person hinter dem Sofa eine imaginäre Treppe im Teppich hochsteigt.

Sie arbeiten in kurzen Schüben, führen ein oder zwei Experimente in sechzig oder neunzig Sekunden durch, bevor sie die Kreatur wieder in das Tiefkühlaquarium sinken lassen, wo sie atmen kann. Es ist umgekehrtes Waterboarding, und jedes Mal, wenn sie sie in die Gefriertruhe zurücklegen, schnalzt sie mit dem Schwanz und rast in immer schnelleren, zornigen Runden. Es ist der zweite ganze Tag mit Untersuchungen. Vivienne hatte kaum Isaiahs Hand geschüttelt, mit immer noch Adrenalin pumpendem Herz, da hatte Colleen sie schon für ein Nickerchen zurück zum Mitarbeiterhaus geschickt. Und erwartet, dass sie gleich nach dem Frühstück für den Aufbau zur Verfügung stehen würde.

Ihren ursprünglichen Plan, den Fisch im Aquarium zu belassen, während sie die Temperatur messen oder versuchen, einen Herzmonitor mit einem Saugnapf an ihrer Haut anzubringen, haben sie aufgegeben. Blutabnahmen haben sich, während sie sich bewegen kann, als unmöglich erwiesen. Der Fisch schnappt zu und knurrt jedes Mal, wenn sie sich ihr nähern, und beißt Vivienne mit scharfen, spitzen Zähnen in die Hand. Das Wundmal des Hakens erinnert an die Blütenblätter einer auf ihre Haut gestickten Blume. Viviennes Hände sind mit dünnen Schnitten und Kratzern überzogen, das Rot-auf-Weiß-Muster aus Bisswunden wie die Redwork-Stickerei ihrer Großmutter früher. Der Fisch wehrt sich nicht richtig, aber Vivienne spürt die Muskulatur unter der schuppigen Haut, die sich anspannt und zusammenzieht, und sie weiß, wenn sie ihre Hände auch nur einen Moment lockert, wird der Schwanz des Fisches von einer Seite zur anderen ausschlagen wie der einer wütenden Katze.

Isaiah legt eine Hand auf ihre Flanke und führt eine Kanüle in den Portkatheter unter einer ihrer vorderen Schwanzflossen und zieht den Kolben zurück, um eine Spritze voll Blut zu entnehmen. Unter Viviennes Hand vibriert der Fisch vor Empörung. Das Blut ist granatrot. Er hält es ans Licht, das durch das schmale Fenster über der Tür dringt, und es leuchtet wie sonnendurchflutetes Buntglas. Dann entnimmt er noch ein Röhrchen Blut und noch eines. Colleen etikettiert die Röhrchen und steckt sie in einen Monovettenständer, bevor sie das Ganze in einen dieser blau-weißen Kühlbehälter packt, die man vielleicht benutzen würde, um Sandwiches auf ein Picknick mitzunehmen oder für den Organtransport.

Die Zähne sind ein offensichtliches Zeichen dafür, dass sie ein Raubtier ist. Die letzten beiden Tage hat Vivienne ihr lebende Fische und Krebse mitgebracht, nachdem die Kreatur die ersten Eimerladungen aus Fleischabfall, die sie als Futter hineingeworfen hatten, unangetastet zum Boden der Gefriertruhe hatte sinken lassen. Der Fisch wartet reglos wie ein Stein, während ihre Beute in das Aquarium gekippt wird, die seetanghaften Arme wogen in der leichten Strömung, und sie entrollt sich dann peitschenschnell, um ihr Essen zwischen den Zähnen zu fangen.

Gewaltsam hatten sie ihr das Maul weit geöffnet, um sich ihre Zähne anzusehen, wobei Colleen ihr die Kiefer auseinanderhielt, während Vivienne mit ihrem ganzen Körpergewicht auf ihr lag, um sie ruhig zu halten, und Isaiah fotografierte. Der Fisch hatte Schaum vor dem Mund gehabt. Vivienne hatte sich, sobald sie fertig waren, die Bilder auf dem Display der Digitalkamera angesehen, die Reihen hakenförmiger Zähne wie bei einem Hai, und sich geschworen, in Zukunft vorsichtiger zu sein.

Gestern war der Fisch bis zur Erschöpfung geschwommen, doch als die Instrumente für den Tag weggepackt, gereinigt und in kochendem Wasser sterilisiert und unter saubere Geschirrtücher unter die Plastikplanen gelegt worden waren, drehte sie in der Gefriertruhe langsamere Runden, bis sie manchmal zum Boden des Aquariums hinabsank. Das Wasser wurde allmählich trüber, und die Krebse hatten nun zumindest eine Außenseiterchance. Vivienne saß am Rand des Aquariums und beobachtete sie, darauf bedacht, dass ihre Hände aus dem Wasser blieben – obwohl sie am liebsten die Hand an ihrer Flanke entlanggleiten lassen wollte, um zu versuchen, dem Fisch zu signalisieren, dass alles gut werden würde. Als ob sie wüsste, dass alles gut werden würde. Drei Tage waren vergangen, und die Schuppen lösten sich unter ihren Fingern, wenn sie sie berührte, wie Splitter von schillernden Perlen. Der Fisch sah allmählich so dumpf und grau wie nasse Asche aus.

Dann hatte Colleen sie angeblafft wegen der Belege, die sie zur Untermauerung ihrer Entdeckung benötigten, und des wissenschaftlichen Prozedere und des Papers, das sie verfassen würden, und, verdammt noch mal, Viv, würdest du bitte irgendwas erledigt bekommen, und schließlich saß sie wieder an der Arbeit am Labortisch und trug Quallenmessungen in die Datenbank ein und bereitete Konstellationen von Dinoflagellaten auf Objektträgern vor, zählte die

Sterne in diesen winzigen Mikrokosmen. Es war ihr verboten, das Blut der Kreatur unter dem Mikroskop zu betrachten. Sie fragte sich, welcher Galaxie ihre Blutzellen ähnlich sehen mochten.

Isaiah war bis in die frühen Morgenstunden aufgeblieben, hatte Notizen gemacht und am Computer getippt, und nun ist er durch den Wind. Seine Hände zittern. Von der Sammlung auf dem Tisch wählt er ein Instrument aus, das einem Locher ähnelt. Er steckt die Schwanzspitze der Kreatur hinein und drückt zu. Der Schwanz ist hart und knorpelig, und Isaiah muss ein paarmal heftig drehen, bevor er eine Gewebeprobe entnehmen kann. Die Kreatur bäumt sich gegen Viviennes Hände auf.

»Bringen Sie sie ins Aquarium zurück. Wir werden die hier eine nach der anderen untersuchen.« Isaiah ist schroff. Unsanft öffnet er die Kammer des Lochers und lässt den Inhalt in ein Reagenzglas fallen. Colleen befestigt ein Etikett, bevor sie Vivienne hilft, den Fisch wieder in die Gefriertruhe plumpsen zu lassen. Wasser spritzt auf den Boden. Die Kreatur beginnt ihre Runden gegen den Uhrzeigersinn, auch wenn ihre Bahn am Rand des Behälters ungleichmäßig ist, als habe ihr Schwerpunkt sich verlagert. Vivienne beobachtet ihr schwankendes Kreisen. Als sie den Blick hebt, sieht Colleen sie böse an und hat die Stirn gerunzelt.

»Noch eine vor dem Mittagessen. Wir entnehmen noch eine Gewebeprobe.« Isaiah geht auf die Tür zu. »Ich rauche eine, bevor wir diese abschließende Entnahme durchführen. Kommen Sie mit?« Die letzten Worte sind an Vivienne gerichtet.

Colleen hält eine stählerne Schale voller Instrumente und gebrauchter Mulltupfer in Viviennes Richtung. Vivienne schüttelt den Kopf. »Ich rauche eine, wenn wir ganz fertig sind.«

Isaiah zieht den Mundwinkel zu einem sardonischen Grinsen nach oben, während er die beiden Frauen betrachtet. Vivienne weigert sich, in Colleens Richtung zu sehen. »Später. Später passt schon.«

»Wie Sie wollen.« Lachend macht er eine hohle Hand, um seine Zigarette anzustecken, und tut einen tiefen Zug, bevor er die Tür öffnet. Vivienne staunt über seine Unfähigkeit, seine Stellvertreterin einzuschätzen.

»Nimm die hier.« Colleen drängt Vivienne die Schale auf. Die Instrumente klappern, gleiten auf Vivienne zu, während sie sich beeilt, sie Colleen abzunehmen. Über Colleens Kopf scheint eine Gewitterwolke zu schweben, und Vivienne will auf keinen Fall, dass sie sich durch ihr Verschulden entlädt. Colleen besprüht die Plastikabdeckung mit Alkohol und schrubbt sie gründlich mit einem sauberen Putzlappen. Vivienne schüttet den Inhalt der Schale in einen Eimer mit Seifenwasser und wäscht alles, bevor sie es in einen Topf mit Wasser taucht, der zum Aufkochen auf einem Propangasbrenner steht. Colleen hat eine Sammlung an Instrumenten auf der Plastikplane ausgebreitet und ordnet sie in einem akkuraten Tableau auf dem Tisch an. Vivienne sieht hin und findet die Komposition schön, mit den glänzenden silbernen Instrumenten und Glasampullen. Sie streckt die Hand nach der Alkoholflasche und einem Skalpell aus, um Colleens Beispiel zu folgen und ein wenig Feldsterilisierung zu betreiben.

»Was fällt dir ein?« Die Gewitterwolke entlädt sich, und eine Sturzflut aus Ärger hagelt auf Vivienne herab. Sie hat keinen Regenschirm dabei. Vivienne reißt die Hand zurück, unsicher, was sie falsch gemacht hat.

»Du hast keine frischen Handschuhe an.«

»Ich ...« Vivienne stammelt, während sie sich die schwarzen Gummihandschuhe von den Handgelenken zieht.

»Ich. Ich. Ich. Was soll das denn heißen? Schalt das Hirn ein. Die Handschuhe nicht zu wechseln!« Colleens Mund ist eine Linie aus Donner. »Wo denkst du hin? Es ist schwierig genug, zu versuchen, im Feld zu sterilisieren.« Sie zischt. »Diese Entdeckung ist zu wichtig, um es zu verkacken.« Ihre Augen erinnern an einen Blitz, kurz bevor er einschlägt.

Vivienne weicht zurück und stößt mit der Hüfte an die Ecke des Stahltisches, doch der Rückzug ist unnötig gewesen. Colleen hat sich weggedreht und eilt auf den Labortisch zu, kramt nach einem weiteren Bogen Klebeetiketten. Vivienne schnappt sich ihren Pullover und geht zur Tür, Zigaretten in der Hand.

RAUCHEN

Der Regen hat nachgelassen. Die Welt draußen vor dem Store ist tropfnass. Eine Blase, die eine Wasserlache an der Dachkante hält, zerplatzt, als Vivienne die Tür schließt. Regen sickert von der Traufe und gleitet in ihren Hemdkragen, bildet ihre Wirbelsäule hinunter eine nasse Linie.

Sie biegt um die Ecke des Stores und stößt beinahe mit Isaiah zusammen, der an der schindelverkleideten Wand lehnt, einen Fuß über dem anderen verkreuzt, Wolken aus blauem Rauch ausstoßend. Vivienne klopft eine Zigarette aus der Packung und beugt sich vor, damit Isaiah sie ihr anstecken kann. Das Haar hält sie sich mit einer Hand aus dem Gesicht. Sie verschränkt die Arme und blickt aufs Wasser hinaus.

»Hab gedacht, Sie kommen nicht raus.«

»Hab's mir anders überlegt. Wollte ein bisschen frische Luft schnappen.«

»Nehmen Sie sie nicht zu ernst. Sie ist nervös.«

Vivienne antwortet nicht, der Ärger legt sich schon wieder. Nach drei Monaten mit Colleen weiß sie, dass Colleens schlechte Laune so schnell verfliegen wird wie eine Wolke vor der Sonne.

Möwen schaukeln auf der Tide, ihre orangefarbenen Füße baumeln unter ihnen. Vivienne stellt sich die Kreatur vor, wie sie vom Meeresboden aus gen Himmel späht.

In St. John's – gesättigt mit Straßenlaternen und Ampeln und Scheinwerfern und neonerleuchteten Schaufenstern – vergaß man leicht, wie klar der Nachthimmel sein konnte. Meilenweit Mondschein und Sterne. Ein Himmel, unter dem sich Händchen halten, unter dem sich küssen lässt. Sie fragt sich, ob die Kreatur in klaren Nächten den Mond wahrnimmt oder ob die Meeresdecke lediglich ein Feld aus verschwommenem Blau ist. Kennt ihr Fisch das Sternenlicht? Oder die cremefarbenen Streifen von Galaxien?

»Haben Sie jemals etwas wie sie gesehen? Irgendwo anders?«, fragt sie Isaiah.

»Wie Colleen? Von der Sorte gibt es an der Universität zuhauf. Mädchen, die glauben, jemand habe es auf sie abgesehen. Die sich für Rosalind Franklin halten, sich total ungerecht behandelt fühlen.«

»Nicht Colleen.« Die Zigarette zwischen ihren Fingern glimmt vergessen. »Denn ich habe noch nie etwas wie sie gesehen.«

»Wie sie?«

»Wie die Kreatur.«

Isaiah nimmt einen Zug und blinzelt nach oben zum wieder einsetzenden Regen.

»Nun, darum geht es ja bei der ganzen Sache. Was wir zu beweisen versuchen. Dass wir so etwas noch nie gesehen haben.« Er schaltet auf Professorenmodus um, belehrt sie. »Wir versuchen zu bestimmen, ob das Exemplar genetisch einzigartig ist.«

Mit der Zigarette zeichnet er Kreise in die Luft. Vivienne geht davon aus, dass er die gleiche Geste im Seminar vollführt, mit den Händen oder einem Stück Kreide Kreise ziehend, um einem Punkt Nachdruck zu verleihen. Die Studierenden verspotten ihn bestimmt hinter seinem Rücken, indem sie seine langsame, gedehnte Sprechweise und seine immer größer werdenden Kreise nachahmen. Ihre Notizen, ihre Tabletts in der Cafeteria umkreisen. Ihren lauwarmen Kaffee und ihre Fallstudien umkreisen.

»Und wenn sie es ist? Einzigartig.«

»Sie? Es. Das ist jetzt schon das zweite Mal. Das Anthropomorphisieren birgt Gefahren.« Nur raus mit den schicken Professorenwörtern.

Vivienne sehnt das Ende der Vorlesung herbei. Sie drückt die Zigarette unter dem Fuß aus. Da wäre ihr eine zornentbrannte Colleen lieber. »Noch eine Untersuchung vor dem Mittagessen?«

Isaiah nimmt einen tiefen Zug und bläst Rauch aus dem Mundwinkel.

»Ja, noch eine, und dann gehen Colleen und ich zu einem Arbeitsessen. Wir werden Sie heute Abend wieder brauchen, für die Bootsfahrt zur Probenentnahme. Wir wollen den Anschein erwecken, als hätte sich momentan nichts an dem, was wir tun, geändert.«

Von der Ecke der Veranda aus ist es möglich, die gesamte Küstenlinie zu überblicken, die Damson Bay ausmacht. Vivienne beobachtet, wie Autos auf die Parkplätze der Post und des Cafés fahren. Sie kann die Münder von Leuten sehen, die sich beim Aussteigen zum Gruß etwas zurufen, kann sehen, wie sie über irgendeinen Witz lachen, aber von hier aus sind sie stumm. Da ist das Geräusch des Regens, der auf das Teerdach rieselt und auf die hölzerne Veranda. Weiter oben am Hügel der Klang eines Quads. Isaiah löst sich von der Wand und fasst sie am Ellbogen, führt sie zur Vorderseite des Stores.

»Na schön, bringen wir es hinter uns.«

UNTERSUCHUNG: TEIL 2

Der Rand der Gefriertruhe gräbt sich in Viviennes Bauch, als sie sich über das Wasser beugt. Die Kreatur ist argwöhnisch geworden gegenüber ihren Fingern in den schwarzen Handschuhen, wie Tentakel, die in das blendend weiße Aquarium mit seinen glatten Wänden und nirgends einem Versteck eindringen, und es wird zunehmend schwierig, sie zu erwischen. Sie ist zu Ausweichmanövern übergegangen, zu immer schnelleren Achterfiguren und unvorhersehbaren Schnörkeln.

Vivienne taucht die Arme ins Wasser, und es fühlt sich an, als habe sie sie in einen Whirlpool getaucht, der Sog droht sie hineinzuziehen. Der Fisch schwimmt tiefer, als Vivienne vorhergesehen hatte, und Wasser strömt in Viviennes Handschuhe, durchnässt ihre Ärmel, die Vorderseite ihres Hemds und lässt ihre Finger so unbeholfen wie Ballons werden. Das Gummi und das Salzwasser brennen auf der empfindlichen Haut an der Innenseite ihrer Arme.

Auf der anderen Seite des Aquariums zählt Colleen bis drei, und gemeinsam stürzen sie vor und halten den Fisch an der nächsten Seitenwand fest. Vivienne denkt, dass es nicht allzu lang dauern wird, bis sie zu ihr ins Aquarium steigen müssen, um sie mit Gewalt herauszubekommen. Sie denkt an den blumenförmigen Schorf, der an ihren Händen heilt, die dünnen Schrammen an ihren Armen. Keine schöne Vorstellung.

»Jetzt!«, sagt Colleen, und sie heben an und schlurfen die drei Schritte zum Untersuchungstisch, die sich windende Kreatur jeweils an die Brust geklemmt. Isaiah tritt beiseite, als Colleen und Vivienne den Fisch mit Mühe auf dem Tisch ablegen. Er hält einen Biopsiepfeil. Der Pfeil ist ein zylinderförmiges Metallröhrchen, mit einem Haken an einem Ende und einer orangefarbenen Kappe auf dem anderen. Er steckt den Pfeil in eine Pistole und geht zur Zimmermitte.

»Haltet es so ruhig wie möglich. Ich werde von hier aus schießen. Ich will nicht riskieren, die Epidermis zu versengen.« Er stellt sich breitbeinig auf, wie ein altmodischer Revolverheld oder ein Mann, der gegen den Wind ankämpft. Er zielt, und Vivienne durchzuckt der Gedanke, dass sie, wenn man sie gefragt hätte, Isaiah nicht als Scharfschützen oder auch nur als passablen Schützen eingeschätzt hätte, und dann erklingt das laute Geräusch einer abgefeuerten Schusswaffe, und in ihre Kehle dringt Schießpulver, und die Kreatur bäumt sich unter ihren Händen auf.

Ein Geräusch, beinahe ein Kreischen, entschlüpft der Fischkehle, fast zu schwach, um wahrnehmbar zu sein. Vivienne beugt sich vor, um das Ohr neben das Maul voller hakenförmiger Zähne zu bringen. Das Geräusch war kurz und wird abgelöst von einem Gurgeln tief in ihrer Brust, das sich wie Wasser über der Flutgrenze anhört. Es ist der Klang des Ozeans, und Vivienne verspürt das jähe Verlangen, unter Wasser zu sein, in einen kühlen, sich bewegenden Ozean einzutauchen und von den Wellen überspült zu werden, während die Sonne irgendwo hoch oben scheint.

Ein Krampf durchläuft den Fisch. Vivienne hört sich selbst

winseln. Mit gerunzelter Stirn wirft Colleen ihr einen Seitenblick zu.

»Sie haben ihr wehgetan!« Vivienne sagt es lauter als beabsichtigt.

Der Pfeil ist für Cetacea gedacht, Wale und Delfine, die auf dem offenen Ozean an einem Boot entlangschießen. Er dient dazu, von Tieren in Bewegung Gewebeproben zu entnehmen, und der Pfeil ist an einer langen Neoprenschnur befestigt, völlig überflüssig in dem kleinen Raum. Die Schnur ist ein Accessoire, bloßer Modeschmuck. Isaiah löst sie vom Ende des Pfeils und beginnt, sie aufzuwickeln. Der Pfeil ragt wie eine Geburtstagskerze aus der Schwanzflosse. Die orangefarbene Kappe, die sich in ihr Fleisch gegraben hat, ist hell wie eine Flamme.

Die Kreatur verharrt reglos, auch wenn ihre Muskeln zwischen Viviennes Händen beben. Sie glaubt, dass die Kreatur unter Schock steht, doch ihre Benommenheit ist nur vorübergehend. Als Isaiah den Pfeil herauszieht, erwacht die Kreatur wie aus einem Traum und schlägt mit dem Schwanz aus – die Frauen können sie nicht mehr halten. Vivienne spürt, wie sie ihnen entgleitet, aber ihre Hände finden nichts, was sich greifen ließe. Die Kreatur wirft sich auf den Holzboden, ein Koller aus krampfender Muskulatur, sich öffnenden und schließenden Kiemen. Die runde Wunde von dem Pfeil zwinkert zu ihr hoch, ein auf ihren Schwanz aufgesetztes pinkfarbenes Auge. Isaiah ruft: »Heben Sie es auf!« Er ist fast schon hysterisch. Von dem weitschweifigen, dozierenden Professor keine Spur.

Die Frauen haben die Szene versteinert beobachtet, doch Isaiahs Stimme bricht den Bann, und sie hasten auf sie zu. Die Bewegungen der Kreatur werden langsamer. Den Boden überzieht eine dünne Schicht aus Sand und uralten Sägespänen, sie klebt wie Mehl an ihrer nassen Haut. Der trübe Glanz ihrer Schuppen ist jetzt matt. Sie bücken sich, um sie aufzuheben.

Jemand hämmert gegen die Tür.

Keiner im Raum rührt sich.

»Alles in Ordnung da drinnen?« Eine Hand macht sich am Riegel zu schaffen, stößt gegen die mit dem Vorhängeschloss gesicherte Tür. »Ich habe einen Schuss gehört.« Noch ein Rütteln, noch ein Hämmern. »Die Tür klemmt.«

Es ist Thomas. Colleen streckt die Hand aus und packt Viviennes Kinn, zwingt es nach oben, bis sie sich direkt in Viviennes Blickfeld befindet.

»Sag was zu ihm«, zischt sie. Ihre Finger wie eine Kneifzange an ihrem Kieferknochen.

»Thomas?« Vivienne ruft so laut, dass Thomas sie durch die Tür hören kann.

»Alles in Ordnung bei euch da drinnen? Die Tür klemmt.« Er rüttelt wieder an der Klinke.

Vivienne spricht zwar mit Thomas, sieht jedoch Colleen an. Colleens Augen sind rot und hasserfüllt.

»Moment. Ich komme gleich.«

Die Frauen heben den Fisch hoch und marschieren schnell zum Aquarium, ein seltsamer, schlurfender Tanz. Schwingen sie ins Wasser. Eine dünne Sägemehlschicht treibt auf der Oberfläche. Vivienne tritt zu dem Stapel aus Pappkartons, den sie zur Seite geschoben haben, und macht sich daran, sie als Sichtschutz vor die Gefriertruhe zu schieben.

Isaiah löst sich aus seiner Starre. »Das kann Colleen erledigen. Gehen Sie an die Tür.« Blaffend.

Vivienne macht auf dem Absatz kehrt, während Colleen den Kartonstapel vor die Gefriertruhe schiebt. Isaiah dreht dem Raum den Rücken zu, um mit dem Körper abzuschirmen, was er tut, und geht daran, die Probe aus dem Pfeil zu entnehmen.

»Vivienne.« Isaiah wendet nicht den Kopf, um mit ihr zu reden. »Passen Sie an der Tür auf. Ich möchte, dass Sie Ihre Angelegenheit mit diesem Burschen draußen erledigen.«

~~~

Vivienne öffnet die Brettertür gerade so weit, dass sie sich in den Hof schieben kann. Colleen ist direkt hinter ihr und schließt die Tür so schnell wieder, dass beinahe Viviennes Haar eingeklemmt wird, der Riegel gleitet direkt neben ihrem Ohr an seinen Platz zurück.

Die diesige Luft im Hof einzuatmen, ist, als würde man eine Lunge voll Sprudelwasser inhalieren, kühl und klar und erfrischend. Das Gefühl des Nebels auf ihrem Gesicht wirkt belebend. Sie keucht dreimal, bevor sie in die Hocke sinkt, den Kopf zwischen den Knien und ihre Unterarme auf den Oberschenkeln. Sie trägt immer noch die schwarzen Nitrilhandschuhe, und ihre Ärmel und die Hemdvorderseite sind nass.

»Himmel, Viv! Alles in Ordnung? Was zum Teufel geht da drinnen vor sich?«

Sie atmet noch einmal tief ein und zermartert sich das Hirn nach irgendwelchen Wörtern, die überzeugend klingen, die Thomas beruhigen, die ihn fort von dem Quell des Argwohns führen. Sie zieht die Handschuhe aus.

»Bloß fix und fertig wegen der Hitze da drinnen, das ist alles. Colleen macht sich Sorgen, dass die Instrumente sich verziehen.« Das stimmt nicht. »Sie hat den Holzofen auf volle Pulle.« Aus dem Metallschornstein dringt kein Rauch.

Sie drückt die Daumen und hofft, dass es ihm nicht auffällt. Ihre Wangen sind rot vom Lügen.

»Ich habe einen Schuss gehört.« Thomas verbringt die Vormittage im heidebewachsenen Ödland oben hinter der Stadt und kommt mit gefangenen Kaninchen, zusammengebundenen Wildenten, ölverschmierten Trottellummen nach Hause. Er weiß, wie ein Schuss klingt.

»Das ist bloß eines der Instrumente, die wir benutzen. Es ist an einer Art Pistole angebracht und macht so ein lautes Peng.«

»Ein Instrument? Hat sich jedenfalls wie eine Waffe angehört.«

»Ja.«

»Und die Tür ist abgesperrt. Das ist nicht sicher, weißt du, wenn ein Feuer ausbricht. Diese alten Stores brennen wie Zunder.«

»Das hat der Professor so bestimmt. Er hat's mit Schutzvorrichtungen. Und wohl auch Sicherheit. Er will nicht, dass jemand reinspaziert, während wir gerade Untersuchungen durchführen.«

»Oder während ihr Instrumente abfeuert.«

»Während wir die Art von Instrumenten benutzen. Definitiv.«

»Nun, ihr solltet gleich auch mal darüber nachdenken, wie sicher es ist, eine Schusswaffe abzufeuern, während man in einem hundert Jahre alten Holzhaus eingesperrt ist.«

»Thomas, ich versuche hier bloß, wieder zu Atem zu kommen. Das Letzte, was ich jetzt brauchen kann, ist eine Standpauke von Sparky dem Feuerwehrhund. Ich bin fix und fertig.« Das entspricht der Wahrheit. »Ich glaube, ich muss mich vielleicht übergeben.« Auch wahr. Sie schluckt heftig gegen die Gallenflüssigkeit in ihrem Rachen.

»Es tut mir leid, Viv. Ich will dir nicht die Hölle heißmachen.« Er geht neben ihr in die Hocke. »Wenn du so weit bist, fahren wir dann zum Laden auf ein Gatorade oder eine Flasche Wasser oder so?«

»Ja, weißt du was, das wäre gut.« Sie hält es für keine schlechte Idee, Thomas vom Labor wegzubekommen. Rasch steht sie auf, sofort ist ihr schwindlig. Thomas erhebt sich ebenfalls und packt sie am Arm, als sie ins Taumeln gerät.

»Wir lassen uns Zeit, Viv. Erst, wenn du so weit bist.«

»Ich bin so weit.«

»Ach ja?«

»Sicher.«

Thomas schwingt das Bein über den Sitz des Quads, und Vivienne klettert hinter ihn. Das nasse Hemd klebt an ihrem Rumpf. Knurrend erwacht das Fahrzeug zum Leben. Thomas zieht den Choke und lässt es aufheulen – einmal –, bevor er das Tempo drosselt und langsam auf dem Hof des Stores wendet. Er nimmt auch den Kiesweg gemächlich, und der Rhythmus des Bikes ist wie das sanfte Vibrieren des Boots an einem windstillen Abend. Vivienne schlingt die Arme um Thomas' Taille, eine Hand um das gegenüberliegende Handgelenk, und er berührt ihre Hände mit den Fingern, flüchtig, während der Fahrt. Einen kurzen Moment lang legt sie das Gesicht an seinen Rücken, der abgetragene Flanell seiner Woods-Jacke weich an ihrer Wange.

Sie halten vor May's Groceteria. An dem Lebensmittelgeschäft prangen das gemalte Pepsi-Logo und das bemalte Sperrholzschild, mit denen sie gerechnet hatte, als man ihr das erste Mal von dem Store erzählt hatte. Vivienne ist schon von dem Bike herunter und tritt unter Geklingel durch die Eingangstür, bevor Thomas Gelegenheit hat, sie zu fragen, was sie möchte.

EINE GEDULDSPROBE FÜR TAMA

Bradleys Kleidung liegt in einem Haufen auf den Fliesen, feucht vor Kondensation und Schweiß. Das Badezimmer ist voller Dampf und riecht nach Nässe und Hitze, der Spiegel ist beschlagen. Er muss die Dusche kochend heiß laufen gelassen haben, seine Haut muss rot gewesen sein, als er auf die Matte hinaustrat. Wasser perlt von den Wänden, die Tür hinunter. Ein Rest Wärme hält sich noch, aber bei offener Tür wird das Zimmer rasch klamm. An der Decke wächst eine Schimmelblüte aus der Ecke. Tama spielt mit dem Gedanken, die Kleidung auf dem Boden liegen und sie grün und flaumig werden zu lassen, wie eine Art Amok gelaufene Zimmerpflanze.

Derzeit ist Bradley morgens vor Sonnenaufgang wach und aus dem Haus, beeilt sich, um einen Lauf vor dem Morgenansturm im Café einzuschieben. In jeder anderen Stadt würde das vielleicht als früh gelten – um halb fünf oder um fünf unterwegs zu sein –, aber hier erklingen bereits die Geräusche von Bootsmotoren und Möwen, Vögel machen sich bereit für ihren Tag auf dem Wasser, und Fischer haben ihr Tagewerk erledigt, bevor sie für eine Tasse Kaffee zum Café hochschlendern, wenn es um sechs öffnet.

Sie überlegt, die Treppe hinunterzurufen und ihm zu sagen, er solle zurück nach oben kommen und sein Zeug aufheben, dass er kein Kind und dass sie nicht seine Mutter sei. Und wenn sie es täte, würde er zwei Stufen auf einmal nehmend die Treppe hochspringen, schuldbewusst und verdrossen. Ihr ein schiefes Lächeln schenken und den Kopf auf die Art einziehen, die früher charmant gewesen ist. Ihr sagen, dass es ihm leidtue, er habe es vergessen, er sei nur kurz nach unten, um nach dem Spielstand zu sehen, bevor sie zur Arbeit aufbrechen.

Aber an diesem Morgen hat sie weniger Nachsicht mit seinem Charme als mit seiner Schlampigkeit, also bückt sie sich und hebt die Shorts und das T-Shirt auf, die Strümpfe und die Unterhose und trägt sie zum Wäschekorb. Als sie noch frisch verheiratet waren, bewirkte Bradleys Charme so einiges. Mithilfe seines Charmes brachte er sie zum Lächeln, wenn sie traurig war, brachte sie zum Lachen, brachte sie dazu, nicht wütend auf ihn zu sein. Augen, die über einen lächerlichen Blumenstrauß lugten, wenn ihm irgendeine Kleinigkeit verziehen werden sollte. Dank seines Charmes ist er jungenhaft geblieben, versteht Spaß, zwinkert weiter Frauen zu. Ist bereit, sich zu amüsieren. Neben ihm hat sie das Gefühl, dramatisch zu altern, überall im Gesicht Linien und Fältchen, während er jung geblieben ist. Sie fragt sich, ob er es auch bemerkt hat.

Jetzt wirken das Zwinkern und die Scherze ermattet, und sie weiß nicht, warum er sich noch die Mühe macht. Man würde meinen, er wäre es leid, ständig zu versuchen, sie zu bezirzen, aber dem ist nicht so. Es ist immer noch seine Standardreaktion. Ihr zuzuzwinkern und mit der Hand über ihr Gesäß zu streichen, wenn er im Gastraum an ihr vorübergeht. Das Geschirrtuch beiseitezulegen, ihre Hand zu ergreifen und sie neben dem kalten Herd herumzuwirbeln. Sie nach den Vorbereitungen in der Küche für den nächsten Tag an sich zu ziehen, um sie auf die Wange zu küssen. Oder auf die Lippen.

Sie hat gesehen, dass er mit Colleen läuft und sein Charisma wie Marmelade über ihr verteilt, dick und klebrig. Dass seine Augen jedes Mal bei ihrem Anblick aufleuchten. Sie hatte ihn nicht für den Schlag Kerl gehalten, der sich eine ältere Geliebte zulegen würde.

Tama winkt ihnen manchmal von der Veranda des Cafés zu, wenn sie aufbrechen, um eine Runde um den Ort zu laufen, nach oben über die Beerenhügel. Jeder in der Stadt sieht die beiden. Bradley dreht sich immer um und winkt zurück, aber von Colleen kommt kein Gruß, und wenn Bradley zu langsam losläuft, lässt sie ihn einfach zurück.

Tama wirft einen Blick auf ihre Armbanduhr. Es ist an der Zeit, den Herd einzuschalten, die Lichter im Café anzuknipsen. Sie sammelt die gebrauchten Handtücher vom Boden ein, beim Bücken schmerzt ihre Hüfte. Sie klappt den überquellenden Wäschekorb auf und stopft sie hinein.

EIN FENSTER ÖFFNEN

Vivienne lässt sich von Thomas beim Mitarbeiterhaus absetzen.

»Ich werde mich ein bisschen frisch machen, und dann komme ich vorbei. Sag deinem Dad, er soll sich mit dem Kamm durch die Haare gehen.«

Sie hatte beabsichtigt, ihre Marmeladenbesuche auszusetzen, bis die Situation mit der Kreatur gelöst war, als sei der Fisch bloß eine komplizierte Matheaufgabe, die sich mit genug Zeit ausknobeln ließ, sodass x gleich y war. Doch im Moment kommt ihr jeder Vorwand gelegen, um den Nachmittag nicht im Store verbringen zu müssen. Thomas fährt mit dem Quad auf die Straße, und Vivienne lehnt sich über die Küchenspüle und schiebt die Spitzengardine beiseite, um ihm nachzusehen. Er verschwindet die Straße entlang, und sie dreht sich vom Fenster weg zum Wohnzimmer.

Auf dem Teppich sind Isaiahs Habseligkeiten verstreut. Ein ramponierter Koffer liegt offen auf dem Boden, und Kleidung quillt daraus hervor. Das Haus besitzt zwei Schlafzimmer, und es hatte sich groß genug angefühlt, als da nur Colleen und sie waren, aber die Anwesenheit eines zusätzlichen Körpers hat den Platz schrumpfen lassen. Isaiah hat auf dem Sofa geschlafen. Er hat sich nicht die Mühe gemacht, sein Bettzeug zusammenzufalten, und der Abdruck seines Körpers ist immer noch sichtbar, das Kissen hat die

Form seines Kopfes beibehalten. Eine Pyjamahose liegt in einem Haufen auf der Sitzfläche des Lehnstuhls, und die Luft ist vom Duft seines Aftershaves gesättigt, ein waldiges Aroma, das eher an Pine-Sol-Haushaltsreiniger als an echte Bäume erinnert. Eine halb leere Kaffeetasse steht verlassen auf dem Polsterhocker, an der Oberfläche eine Schicht aus geronnener Milch. Es gibt keine Sitzgelegenheit.

Vivienne schließt ihre Schlafzimmertür und zieht sich aus. Sie kleidet sich rasch um, fischt ein T-Shirt und einen Kapuzenpulli aus einem Wäschekorb mit sauberer Wäsche, um möglichst schnell ins Freie zu kommen. Trotz des feuchten Abends kippt sie auf dem Weg nach draußen das Fenster im Wohnzimmer.

Sobald sie auf der Straße ist, drosselt sie das Tempo und nimmt sich Zeit, die Straße entlangzuspazieren, am Café vorbei. Genießt die frische Luft und das Gefühl ihres sich bewegenden Körpers. Sie macht Atemzüge wie eine Tiefseetaucherin, die sich darauf vorbereitet, unter die Wasseroberfläche zu gleiten. Schiebt die Kapuze in den Nacken und legt den Kopf zurück. Nebel lässt sich auf ihrem Gesicht nieder. Sie leckt sich die Lippen und schmeckt Salz.

Thomas' Haus ist hinter einer kleinen Anhöhe verborgen, ein hellbraunes zweistöckiges Haus mit Vinylverkleidung an den Seiten und weißen Vinylfensterläden. Vorn befindet sich ein ordentliches Quadrat aus gemähtem Rasen und an einer Seite eine Kieseinfahrt, aber es gibt keine Sträucher oder Topfblumen. Keine Ringelblumen säumen den Weg. Für zwei Leute ist das Haus eigentlich zu groß. Vivienne klopft an die dünne Glastür, die Stahltür dahinter steht bereits offen. Durch die Scheibe kann sie in eine kleine Diele sehen. Thomas' Woods-Jacke und ein abgetragener blauer Overall hängen an Haken an der Wand.

Thomas kommt mit einem Grinsen an die Tür. »Herein, herein.«

Sie schlüpft aus den Turnschuhen und tapst hinter ihm her. Im Haus riecht es nach Dosensuppe. Ihre nackten Füße sind voller Schweiß und geben klebrige Geräusche von sich, als sie über den Boden geht. Thomas trägt Strümpfe und ist lautlos. Sie sieht ihn zum ersten Mal ohne Schuhe.

In der Küche steht ein runder, an die Wand geschobener Kieferntisch mit dazu passenden Stühlen aus Kiefernholz. In der Tischmitte liegen auf einem roten Geschirrtuch die Einzelteile eines zerlegten Toasters. Thomas' Vater steht an der Arbeitsplatte und schüttelt Oreo-Kekse aus einer Zellophanpackung auf einen Teller. Er trägt eine Jogginghose und ein T-Shirt und eine offene Kapuzenjacke in Tarnfarben. Die Kekse fallen kreuz und quer aus der Packung, wie Holzabfälle, die hinten von einem Truck geladen werden, ganze Kekse gemischt mit Hälften und Krümeln. Der Wasserkessel pfeift, Dampf steigt hoch bis zur Decke.

»Ich mach das schon.« Thomas nimmt den Kessel vom Herd und schaltet die Platte aus. »Viv, das ist mein Dad, Clem. Dad, das ist Vivienne.« Er schiebt den Tisch von der Wand und zieht einen zusätzlichen Stuhl hervor.

Clem streckt die Hand aus, die Finger starr wie eine Vogelklaue, die einen unsichtbaren Ast umklammert. Vivienne schüttelt nur die Spitzen seiner Finger in ihren, sein Griff so sanft, als wäre er tatsächlich ein Vogel, der Griff einer Meise. Sie lässt seine Hand los.

»Für Sie«, sagt sie und hält ein Glas mit Honig-Moltebeeren-Marmelade in die Höhe. Er mustert das Etikett eingehend, und Vivienne stellt das Glas auf den Tisch. Ihr Blick schweift überallhin, bloß nicht zur verknöcherten Klaue am Ende seines Arms.

»Stören Sie sich nicht an dem alten Ding«, sagt er mit heller Stimme. »Ist nur ein bisschen steif geworden, mein Kind. Kommt keine Schmiere in die Gelenke, wie früher einmal.«

Trotz der Hand ist Clem überhaupt nicht der gebrechliche Alte, mit dem Vivienne gerechnet hat. Nicht gut beieinander, hatte Mrs. Parsons gesagt. Hat ja wohl Arthritis, nicht wahr? Nicht gut beieinander hieß es auch von Mrs. Snow. Ich weiß nicht, wie er im Winter klarkommen soll, wenn Thomas wieder an der Uni ist. In natura wäre Clem eine solide Erscheinung, nicht groß, aber mit breiten Schultern, als habe er ein Leben lang Waggons ein Gleis entlanggeschleppt. Oder Fischnetze eingeholt.

Er lacht, als sie danach fragt. »Hab natürlich ein bisschen gefischt, aber war von Beruf Elektriker. Hab an Drähten gezogen, nicht an Netzen.«

Sie setzen sich an den Tisch und widmen sich der Teezubereitung. Vivienne angelt den Teebeutel sofort heraus und drückt ihn an die Seite ihrer Tasse. Angesichts der Farbe, die durch das heiße Wasser quillt, wird ihr übel. Sie gießt einen Schluck Kondensmilch in ihre Tasse und rührt um, bis die Flüssigkeit einen cremig weißen Ton annimmt. Clem hat Probleme mit dem Zucker, sein Löffel zittert, und Zuckerkörner tanzen über die harte Tischoberfläche.

Vivienne dreht den Kopf weg, um auf keinen Fall hinzustarren. »Was passiert mit dem Toaster? Eine OP?« Das zerschlissene rote Geschirrtuch, auf dem sich die Teile befinden, ist jetzt zusammengeschoben, ein Zipfel hängt über die Tischkante. Vivienne kneift die Augen zusammen, und das Tuch wird zu einer roten Pfütze, der Toaster verblutet einsam auf dem Tisch.

Thomas schlingt beide Hände um seine Tasse. »Wenn der

Toaster nicht funktioniert, wird der Herr hier im Winter verhungern.«

»Wäre es nicht einfacher, einen neuen zu besorgen?«

Thomas zuckt mit den Schultern. »Ist mir in Fleisch und Blut übergegangen.«

»Wie kommst du überhaupt damit voran?« Clem späht in die Eingeweide des Toasters.

Thomas nimmt das Kabel in die Hand, als wiege er sein Gewicht ab. »Das sieht gut aus. Die Kontakte sehen gut aus. Ich versuche, jeden Belag von den Heizschlaufen zu kratzen, und dann schauen wir mal. Ich hoffe, dass es damit getan ist.« Behutsam legt er das Kabel auf das Geschirrtuch zurück. »Ich dachte nicht, dass du es die Woche noch herschaffst.« Letzteres an Vivienne gerichtet.

»Ihr wart die Nächsten auf der Liste. Ich arbeite mich rückwärts durchs Alphabet, und ich bin bis Davis gekommen.« Vivienne beugt das Gesicht in den Dampf, der von der Tasse aufsteigt. »Und ich habe eine Pause vom Store gebraucht.«

»Zweifellos.«

»Woher weißt du, dass das Kabel nicht innen defekt ist?« Clem betrachtet immer noch den Toaster, die Arme vor der Brust verschränkt. Er beugt sich vor und klemmt das Kabel mit dem Unterarm fest, inspiziert die Kontakte, die laut Thomas' Urteil in Ordnung sind.

»Dad, es ist makellos. Sieh doch.«

»Du solltest es ersetzen. Es lässt sich nicht immer sagen.«

Thomas drückt den Daumen an seine linke Schläfe. »Ich werde es zuerst mit dem Heizelement probieren. Das erspart mir eine Fahrt zum Baumarkt.«

Clem richtet sich auf und versetzt dem Toasterhaufen einen kleinen Schubs. Das Kabel fällt nach unten und baumelt hin und her, der Stecker knallt gegen das Tischbein. Clems Löffel fällt klappernd auf die Küchenfliesen. Er greift nach unten, um ihn aufzuheben, und stößt mit der Schulter an die Toasterteile. Thomas stürzt vor, um das Gerät zu packen, bevor alles zu Boden fällt. »Allmächtiger, Dad!«

»Fluch nicht hier im Haus.«

Vivienne beugt sich seitlich von ihrem Stuhl, um den Löffel aufzuheben, nach dem Clem angelt, den er aber nicht erwischt. Vor Verlegenheit schießt ihr die Röte ins Gesicht. Sie legt den Löffel sorgfältig neben Clems Tasse und rutscht rasch wieder ganz auf ihren eigenen Stuhl, die Ellbogen eng am Körper.

Clem berührt den Löffel mit einem krummen Finger. »Danke, meine Liebe.« Thomas ordnet den Toaster wieder auf dem Geschirrtuch an, wobei er das Kabel zu einer akkuraten Schlange aufrollt. Anschließend lehnt Clem sich in seinem Stuhl zurück und richtet seine Aufmerksamkeit auf Vivienne. »Und Sie arbeiten sich durch die Stadt. Wie läuft's mit Ihren Fragen, Mädchen? Bringen Sie in Erfahrung, was Sie wissen wollen?«

Die direkte Frage überrascht Vivienne. Die Leute in der Bucht gehen sonst bei ihren Erkundigungen umständlicher vor.

»Es läuft ganz gut. Aber ich glaube, ich stelle vielleicht die falschen Fragen. Ich meine, Veränderungen bei Witterungsverläufen und Eisbedingungen, Bestandsrückgänge bei verschiedenen Arten. Viele dieser Informationen findet man in Zeitungsartikeln oder alten Aufzeichnungen.« Clem nimmt einen Oreo-Keks vom Teller und knabbert daran. Vivienne legt ihren Ellbogen auf den Tisch und stützt das Kinn auf die Handfläche. Aus dem Augenwinkel kann sie sehen, dass Thomas einen Keks auseinandergedreht hat und jetzt von einer Hälfte die Creme ableckt. »Ist Ihnen da draußen etwas aufgefallen, irgendeine Veränderung?«

Thomas verschlingt die gerade entblößte Schokoladenkeksscheibe in einem Bissen.

»Nichts Neues. Bloß die gleichen Dinge, die schon immer da waren. In größeren oder kleineren Mengen, wissen Sie?« Clem spricht langsam, als habe die Starre, die seinen Körper befallen hat, auch seine Sprache verlangsamt. »Ich war nie jeden Tag auf dem Wasser. Wie schon gesagt bin ich nicht Fischer von Beruf. Und heutzutage setze ich kaum je einen Fuß in ein Boot.« Er rührt lange seinen Tee um. »Nun, es ist komisch. Ich meine, mir sind der Anstieg der Quallen und diese leuchtenden Gezeiten und all das aufgefallen, aber was einem als Erstes in den Sinn kommt, ist der Müll.«

»Der Müll?«

»Gehen Sie runter und sehen Sie sich die Flutgrenze an. Oder zwischen den Felsen drüben bei Ihrem Store. Plastikflaschen und Coladosen. Einkaufstüten, die um Ankerketten verheddert sind.« Er bringt seine Tasse an die Lippen, seine Hände so zittrig, dass Vivienne befürchtet, er werde sich die brühend heiße Flüssigkeit aufs Hemd schütten. »Der Müll hat sich verändert. Das ist mir aufgefallen. Die Menschen haben schon immer Sachen ins Wasser geworfen, das Ende des Piers war so etwas wie unsere Mülldeponie, aber es war nicht von Dauer. Wenn die ganze Bucht ihre Sachen gepackt hätte und fortgegangen wäre, hätte es nach zwei Jahrzehnten kaum mehr eine Spur von uns gegeben. Zerbrochene Flaschen zu bunten Scherben abgeschliffen. Boote zu Gras verrottet, Taue im Wasser aufgelöst. Selbst ein Motorblock rostet weg, wenn man ihm genug Zeit gibt.

Jetzt hat man überall dieses ganze Plastik, und es wird immer schwieriger, uns verschwinden zu lassen.«

Thomas hört wortlos zu. Leckt Cremespuren von der zweiten Hälfte seines Oreo-Kekses und tunkt den Keks in seinen Tee.

»Einmal habe ich einen Kabeljau unten am Anlegeplatz aufgeschnitten und ein Wirrwarr aus Gummibändern in seinen Eingeweiden gefunden. Und ich weiß, ein paar der Jungs haben auf den Filetiertischen schon alles gehabt, von den Verschlüssen an Brotverpackungen bis hin zu kleinen bunten Plastikteilchen. Früher war es unser Schicksal, uns aufzulösen, genau wie alles andere auch. Das ist der natürliche Gang der Dinge. Alles, was von einem übrig bleibt, ist ein Name auf einem Grabstein, obwohl Salzluft und Erosion auch den verschwinden lassen. Jetzt hinterlassen wir Müll, der noch unsere Enkelkinder überdauern wird. Wir haben endlich den Weg zur Unsterblichkeit gefunden. Durch Abfall gesellen wir uns zu allem Uralten aus der Tiefe.«

»Zu allem Uralten. Was denn zum Beispiel?« Vivienne dreht sich, um ihn direkt ansehen zu können.

Thomas antwortet für ihn. »Zum Beispiel Riesenkalmare und Felsen und alte Skelette.« Er fegt sich Kekskrümel von den Fingern. »Ich bin wohl nicht der einzige Philosoph in der Familie, oder?«

»Ach, manchmal kann ich mich nicht mehr bremsen.« Clem schüttelt den Kopf über seine eigenen Grübeleien. Er stößt sich mit seiner Vogelklaue vom Tisch ab und geht steifbeinig durch die Küche. »Einen Moment, mein Kind, ich hol was aus der Vorratskammer, bevor ich's vergesse. Thomas, du wirst sie doch wohl eine Minute lang unterhalten können?«

Thomas sieht seinem Vater nach, wie er um die Ecke schlurft, bevor er das Wort ergreift. »Eine ganz schöne Plaudertasche, wie?«

Nach einer Minute kehrt Clem mit einem Glas Elchfleisch zurück, rosa Fleisch gegen das Glas gedrückt, oben eine Schicht Fett. »Ein fairer Tausch für diese piekfeine Marmelade, was meinen Sie?«

IN ALLEN EINZELHEITEN

Colleen und Isaiah sind von Papier umgeben. Ausdrucke von Datensätzen und farbige Diagramme und ein Stapel Wissenschaftsjournale. Die Überreste ihres Mittagessens liegen in dem Durcheinander verstreut – zerknitterte Papiertüten und Wachspapier. Isaiah redet auf Colleen ein und macht sich Notizen, reißt Blätter von einem gelben Schreibblock. Er schwafelt, seine Sätze unvollständig und wirr. Er bricht viele Gedanken ab, und diese unausgegorenen Ideen übersäen den Store. Sie sind gefährlich schief aufgeschichtet oder zusammengeknüllt und zu Boden geschleudert worden wie Laubblätter. Finster betrachtet Colleen die Unordnung. Ihr Computerbildschirm voller farbiger Tabellen und Kalkulationen, ein Moleskine-Notizbuch offen neben ihr, damit sie schnell vereinzelte Beobachtungen festhalten kann. Jede Seite eine systematische Liste und eine Reihe ordentlicher Häkchen.

Zwischen ihnen liegt ein Kalender, jeder Monat zeigt einen anderen Ort auf der Welt. August ist Holland. Tulpen auf einem Feld und eine Windmühle wie ein Windrädchen vor dem Himmel. Colleen umkreist sorgfältig Daten mit dem Stift, während sie arbeiten. Isaiah macht noch einmal Kreise mit einem schwarzen Permanentmarker darum, bis sie wie unordentliche Bullaugen aussehen, dann sprenkelt er die Bullaugen beim Sprechen mit Punkten – schrotschussartig. Klopft zum Nachdruck mit der Markerspitze auf das Papier.

Colleen greift nach dem Kalender und zählt die Monate des folgenden Jahres.

»Ein oder zwei Monate vom Einreichen zur wissenschaftlichen Begutachtung bis zur Veröffentlichung. Wenn wir einen Aufsatz bis Ende September so weit fertig haben, wird er vielleicht erst im Spätherbst gedruckt. Auf keinen Fall sollten wir so lange mit der Bekanntmachung warten.«

Isaiah kritzelt auf seinem gelben Schreibblock herum. »Dann eben eine Pressekonferenz? Lieber früher als später.« Er hat eine Art Vogel gezeichnet und ein geometrisches Muster, das für Colleen wie Gekrakel aussieht. Sein Stift hält auf dem Papier inne. »Ich werde ein neues Sakko brauchen.«

Colleen trinkt einen Schluck Kaffee. Er ist kalt. »Zuerst müssen wir eine Besprechung mit der Institutsleitung vereinbaren. Sicherstellen, dass sie eingeweiht sind. Und wir müssen darauf vorbereitet sein, dieses Gespräch zu lenken. Die Universität wird ihre eigenen Vorstellungen davon haben, wie sie hiermit umgehen wollen, und wir dürfen uns nicht ausbooten lassen.«

Ihr kommt es auf schnelles Handeln an. Je weniger Zeit Isaiah hat, um sich als Gesicht des Projekts zu imaginieren, umso besser. Sein akademischer Ruf ist eher zweifelhaft. Seine Arbeit gilt als nicht sonderlich originell, mit leichter Tendenz zur Schlampigkeit. Und dann gibt es da dieses verpfuschte Adria-Projekt, mit so großen Löchern in seiner Forschungsmethodik, dass sich darin ein Truck versenken ließe. Geflüster um eine Affäre mit einer jungen Italienerin, die für das Feldforschungsteam übersetzt hat. Aperol Spritz und Sex an Bord des Forschungsschiffs.

»Das wird nicht passieren. Forschung taucht nicht einfach spontan auf.« Isaiahs Gekritzel ist zu einem Nest aus Zweigen gewachsen. Der Vogel brütet ein Trio krummer Eier aus. »Sie müssen es jemandem zuschreiben.«

»Es muss uns zugeschrieben werden. Nicht der Leitung des Biologie-Instituts. Nicht demjenigen, wer auch immer heutzutage Schecks für Ozeanforschung unterschreibt.«

»Glauben Sie wirklich, dass das passieren könnte? Dass sie uns hinausdrängen? Wir machen uns gut. *Erfahrener Wissenschaftler, der im Verborgenen ackert, macht einmalige Entdeckung.* Großartiger Erzählbogen.«

Colleen sieht zu ihrem Computerbildschirm, ihren Notizen, den Spinnweben in den Ecken des Stores. Überallhin, damit Isaiah ihren skeptischen Blick nicht bemerkt. Sie darf ihre Zeit nicht damit verschwenden, seinen verletzten Stolz zu richten. Sie versucht, das Gespräch wieder auf Kurs zu bringen.

»Eine schnelle Pressekonferenz wäre am besten. Dazu können wir die Universität an Bord holen. Mit dem Argument, dass etwas durchsickern könnte. Betonen, dass man uns zuvorkommen wird, wenn wir bei unseren Aktivitäten hier erwischt werden und ein Wort davon nach außen dringt. Als Erster im Ziel bedeutet Stipendien. Geld für mehr Forschung. Infrastruktur.« Sie lässt den Blick durch das Innere des Stores schweifen.

»Hören Sie mal, Col.« Colleen kann die Kurzform nicht leiden, verbessert ihn jedoch nicht. Isaiahs Beine zucken jetzt. »Wenn wir uns darum Sorgen machen, dass etwas durchsickern könnte, glaube ich, haben wir bereits ein Problem. Sie werden etwas wegen des Mädchens unternehmen müssen.«

Ein Stirnrunzeln. Colleen ist nicht daran gewöhnt, von

jemandem Befehle erteilt zu bekommen, noch nicht einmal von Isaiah. Sie ist diejenige, die in einer zugigen Bretterbude über ein Mikroskop gebeugt dagesessen und Fische in Gefriertruhen gestopft hat, während er Krabbencocktails gegessen und sich Drinks hinter die Binde gekippt und Studentinnen in Neoprenanzügen nachgestellt hat. Sie hat nicht die Absicht, sich vorschreiben zu lassen, was sie tun soll.

»Was meinen Sie damit, *etwas* wegen ihr *unternehmen?* Was schlagen Sie vor, sollen wir unternehmen? Sonst gibt es niemanden, und wir werden auf keinen Fall in den nächsten zwei Tagen eine wissenschaftliche Hilfskraft auftreiben. Die wachsen nicht gerade auf Bäumen. Es war schwierig genug, Vivienne zu bekommen. Und ich habe zwar nicht unbedingt das Allerletzte zusammengekratzt, als ich sie eingestellt habe, aber ich war definitiv am Bodensatz angelangt.«

Isaiahs Zucken ist schneller geworden. Er sieht aus, als werde er sich vom Stuhl vibrieren. Colleen überlegt, dass sie seinen Kaffeekonsum reduzieren muss. Bradley fragen, ob er Isaiahs Kaffee durch entkoffeinierten ersetzen kann.

»Sie ist ein Risiko. Wenn sie bei uns einen auf PETA macht, ist sie ein Risiko. Es gibt alle möglichen Postdocs, die für eine Chance, frühzeitig bei dieser Entdeckung einzusteigen, über Leichen gehen würden.«

Colleen kann sie sich vorstellen. Alle mit Bart, den sie nicht zu stutzen wissen, und Wanderschuhen im Labor, als würden sie durch feindliches Terrain laufen – auf Krater vorbereitet, die sich plötzlich im Resopalboden öffnen, oder auf Klapperschlangen. Sie alle haben silberne Reisebecher bei sich, die, wie sie sich vorstellt, noch nie eine Spülmaschine von innen gesehen haben.

»Ich glaube, Sie interpretieren zu viel in diesen kleinen Ausbruch heute Morgen. Vivienne ist jung. Sie steckt voll von diesem weltfremden Idealismus, aber Sorgen muss man sich wegen ihr keine machen.« Colleen hegt kein Interesse daran, noch jemanden auf diese Party einzuladen. »Sie erfinden ein Problem, das es nicht gibt.«

Isaiah lehnt sich in seinem Stuhl zurück, balanciert ihn auf den hinteren Beinen. Colleen wartet darauf, dass er umkippt. Er massiert sich die Kopfhaut, während er zur Decke blickt, die Verkörperung eines Menschen, der ganz woanders ist. Als er die Hände wegnimmt, stehen seine Haare ab wie das Vogelnest in seiner Skizze.

»Ich werde trotzdem ein Wörtchen mit ihr reden.«

»Wie Sie wollen.«

Isaiah lässt den Stuhl wieder auf alle vier Beine krachen. »Okay. Sie haben recht. Wir müssen bereit sein, wenn das hier publik wird. Wir müssen die Räumlichkeiten in St. John's fertig haben, und wir müssen den Transport in die Wege leiten. Wenn wir noch länger warten, sprechen wir nicht mehr über Lebendaquarienoptionen, sondern über Präparation und Aufhängung. Sollte es allerdings so weit kommen, möchte ich lieber Plastination ausprobieren anstatt der Präparation des Skeletts.«

Colleen schlägt die Seite in dem Moleskine-Notizbuch um und beginnt, ein weißes Blatt zu beschreiben.

Isaiah schwafelt weiter, indem er jeden Gedanken äußert, der ihm in den Sinn kommt. »Ich will so viele Fakten und Zahlen, wie wir sammeln können: Meeresverhältnisse, Algendichte, Witterungsverläufe, Temperaturen, Ozeanströmungen. Ich würde dieses Ding wahnsinnig gern mit dem Vorkommen von Phytoplankton in Zusammenhang bringen. Sehr schick.«

Sein Finger tippt einen galoppierenden Stakkatorhythmus auf den Tisch. Er beugt sich vor, Ellbogen auf den Knien, sein Gesicht so dicht an Colleens, dass sie sieht, wie sein linkes Auge zu zucken beginnt. Jetzt sucht sie bewusst nach seiner Kaffeetasse. Wenn nötig, wird sie sie zu Boden fegen.

»Vielleicht können wir Sie hier draußen mit einem ferngesteuerten Unterwasserfahrzeug ausstatten.«

Colleen blickt auf. »Hier draußen? Am nützlichsten werde ich im Labor in St. John's sein.« Mit diesem Gedankengang hat sie gerechnet.

»Sie müssen ergänzende Daten sammeln, um sicher zu sein, dass alles an diesem Ende im Griff ist. Wir stellen ein Team für St. John's zusammen.«

»Ich glaube nicht, dass das funktionieren wird. Von hier draußen wird die Mitarbeit mehr als schwierig sein. Die Internetverbindung ist mies. Und ich will ganz gewiss keine Daten und Manuskriptentwürfe per Küstentaxi hin- und herschicken.«

»Keine Sorge. Wir holen Sie noch vor Herbstende hier raus. Und wir können Sie einmal die Woche oder so mit den Daten in die Stadt kommen lassen. Damit Sie eine Pause von der Wildnis haben. Und wegen Manuskriptentwürfen müssen Sie sich keine Sorgen machen. Darum werde ich mich an meinem Ende kümmern. Fangen Sie lieber an, darüber nachzudenken, wie wir dieses Ding nennen werden.«

»Isaiah.« Colleens Körper ist reglos, während ihr Supervisor sich auf seinem Platz windet. »Isaiah, ich bekomme mehr als eine Coautorschaft bei diesem Artikel, nicht wahr? Ich werde beteiligt sein. Wir veröffentlichen diesen Fund gemeinsam. Als ein Team.«

»Ein Team.« Isaiah blinzelt irritiert. Colleen kann sehen,

dass sich seine Gedanken überschlagen, so sicher, als wäre die Vorderseite seines Schädels wie eine Tür aufgeschwungen und hätte das Räderwerk seines Gehirns enthüllt. »Selbstverständlich werden Sie Teil des Prozesses sein. Ich meine, wir sind ein Team. Aber, Col, ich glaube, wir müssen an die Optik denken. In Zukunft wird es besser sein, wenn ein einzelner Name an dem Fund hängt. ›Forscherteam der Universität XY?‹ Nicht einprägsam genug.«

Ein Knall auf der hinteren Veranda bewahrt ihn vor weiteren gehetzten Erklärungen. Isaiah springt auf. Sein Stuhl poltert zu Boden. Er weicht einen Schritt zurück, während Colleen sich an den Labortisch lehnt, um die Geschirrtuchvorhänge, so dünn, dass sie fast durchsichtig sind, beiseitezuschieben. Sie späht durchs Fenster. Nichts zu sehen außer der grauen, nebligen Nacht.

»Wahrscheinlich bloß diese verfluchte streunende Katze.«

Sie schiebt die Geschirrtücher wieder über das Stück Wäscheschnur, das als Gardinenstange dient, und bemüht sich, das Fenster zu bedecken.

»Ich schaue nur mal eben nach.« Isaiah geht zur Tür, ohne den umgefallenen Stuhl aufzuheben. Er ist so transparent wie die Vorhänge, ein aufkommender Irrsinn dringt aus ihm heraus wie Licht durch die Löcher in dem fadenscheinigen Stoff. Colleen folgt ihm bis zur Tür und nimmt das Vorhängeschloss vom Haken. Drückt es zusammen, bis es einschnappt, und sperrt sich im Store ein.

Sie geht zum Labortisch, die Stelle zwischen ihren Augenbrauen massierend. Steckt die Kappe auf ihren Stift und wirft ihn auf ihr Notizbuch. Bei ihrem Gespräch mit Isaiah hatte sie sich zwar ein anderes Ergebnis erhofft, aber überrascht ist sie nicht. Seine emotionale Verfassung schwankt irgendwo zwischen der Paranoia, die ihm wie ein glatter

Nerz auf der Schulter sitzt, dann um sein Schlüsselbein gleitet, und einer sich aufblähenden Gewissheit, er könne dieses Schiff allein steuern. In die Felsen wird er es setzen, wenn man es ihm allein überlässt. Noch eine Sache, um die sie sich kümmern muss.

Die Gefriertruhe summt in der Ecke. Colleen nähert sich ihr, Hände in den Taschen. Sie hat die Male gesehen, die Viviennes Arme übersäen. Die Frau hat wohl noch nichts von Selbsterhaltung gehört und schafft es immer wieder, sich und ihre Finger in Beißnähe des Exemplars zu bringen.

Das Tier dreht seine endlosen Runden in der schneeweißen Zelle. Glänzt in der Düsterkeit. Sie fragt sich, ob es in dem beengten Raum allmählich den Verstand verliert. Sie hat von Laborratten gehört, die Anzeichen von Schizophrenie erkennen lassen, von Papageien, die sich obsessiv die Federn ausrupfen, bis ihr Gefieder kahle Stellen aufweist und aus rosaroter Haut Blut hervorquillt.

Colleen versucht, sich das Muskelspiel unter der Epidermis der Kreatur vorzustellen. Eine Kollegin, die sie während der Promotion kennen gelernt und zuletzt vor zehn Jahren gesehen hatte, ist Tierphysiologin und verbringt ihre Tage damit, irgendwo in Montana überfahrene Wölfe und Bären zu sezieren. Sie schneidet mit einem Skalpell saubere Linien in Tierkadaver und schält Haut ab wie bei Bananen. Den ganzen Tag beschäftigt mit den geraden Muskelfasern unter ihren Fingern, während sie die unendlich faszinierende Tatsache des tierischen Bewegungsapparats untersucht.

Doch heutzutage muss man unbedingt groß herauskommen. Oder, alternativ, klein herauskommen. Sich einen Namen zu machen, bedeutet, den Kosmos zu vermessen oder sich auf den Spielplatz der Atomwissenschaft zu begeben. Zellteilung. DNA. Zellkerne unter einem Mikroskop miteinander vergleichen. Mitochondrienstränge entwirren wie ein Wollknäuel, das das Kätzchen in die Pfoten bekommen hat. Auf der wissenschaftlichen Bühne ist kein Platz für das Mittelgroße.

Etwas hämmert gegen die Schuppenwand, das Geräusch erklingt dicht am Boden, unter dem Fenster mit den Vorhängen. Drei Schläge rasch hintereinander, sodass die Instrumente auf dem Labortisch erschüttert werden. Kopfschüttelnd fragt Colleen sich, was Isaiah da auf der hinteren Veranda treibt. Sie nimmt an, dass die orangefarbene Katze die Oberhand gewonnen hat.

Die Bewegungen des Fisches sind so erhaben, dass sie wie ein Mantra sind, ein Gebet. Sie zu beobachten, ähnelt dem Abzählen der Perlen an einem Rosenkranz, dem Drehen einer Gebetsmühle. *Motus orationis.* So sollten sie das Tier nennen. *Gebet in Bewegung.* Colleen streckt den Arm nach unten, um es zu berühren, als es vorbeigleitet, trotz des Risikos, sich die Hand zu verletzen.

SPLITTER UNTER DER HAUT

Hinter der von innen abgesperrten Brettertür kann Vivienne Stimmen hören. Sie hebt die Hand, um anzuklopfen, und lässt sie dann wieder sinken. Colleen und Isaiah ahnen noch nichts von ihrer Anwesenheit, und wer weiß, wann sie wieder wegdarf, wenn sie erst einmal drinnen ist. Fünf Minuten, denkt sie. Eine Zigarette. Und dann wird sie hineingehen. Sie entfernt sich von der Tür und schleicht um die Ecke des Stores. Die Nacht ist neblig und warm, die Luft so vollgesogen mit Wasser, dass es auf ihrem Gesicht, auf ihrer Kleidung kondensiert. Feuchtigkeit verleiht ihrem Sweatshirt einen Glanz.

Sie geht auf Zehenspitzen, rollt jeden Fuß von der Ferse zu den Zehen ab, Ferse zu den Zehen, wie ein Teenager, der sich zu spät nach Hause schleicht, oder wie eine Einbrecherin. Die Planken sind rutschig. Feuchte Haarsträhnen kleben an ihren Wangen. Sie biegt um die Ecke und erschreckt eine orangefarbene Katze. Die Katze hat eine Feldmaus gefangen. Die Maus ist noch am Leben, wird unter den Pfoten der Katze festgehalten und windet sich. Die Katze macht einen Buckel und faucht, und Vivienne weicht zurück und verliert das Gleichgewicht, knallt gegen die Rückwand des Gebäudes. Nach kurzem Zögern nimmt die Katze mit der Maus im Maul Reißaus und stürzt davon, um sich im hohen Gras zu verstecken.

Die Begegnung mit der Katze hat Lärm verursacht, ein kleiner Vorfall auf der hinteren Veranda, und die Wände des Stores sind dünn. Vivienne hält lauschend inne, duckt sich unter das vermodernde Fensterbrett und fragt sich, ob man sie gehört hat. Jemand bewegt sich zwischen der Glühbirne, die von der Decke hängt, und dem Fenster und wirft kurz einen Schatten zu ihren Füßen. Durch die dünnen Wände kann sie das leise Gemurmel hören, aber von der Stelle unter dem Fensterrahmen, wo sie kauert, lässt sich nicht sagen, ob jemand durch das Fenster in die Nacht hinausgespäht hat.

Sie sitzt im Schneidersitz auf der Veranda, den Rücken an der Schindelwand mit ihrer abblätternden Farbe. Das silbrige Holz der Veranda hat den Nebel aufgenommen und lässt die Rückseiten ihrer Beine durch die Jeans hindurch feucht werden. Sie zieht den Pulli aus und setzt sich darauf, versucht, nicht völlig durchnässt zu werden. Das Holz ist spröde und weich. Behutsam fährt sie mit der Hand darüber, auf der Hut vor Splittern. Unter dem nebelverhangenen Himmel liegt das leuchtende Meer verschleiert da, das weiche Licht eines Schals über einer Lampe.

»Hey, Viv.« Es ist Isaiah. Vivienne fährt zusammen. Sie hat ihn nicht kommen gehört. »Ich wollte mich nur kurz mit Ihnen unterhalten.«

Sie dreht sich um, will zu ihm hochsehen, doch das kurze Stück vom Hof zur hinteren Veranda liegt in völliger Dunkelheit da, nichts als pechschwarze Umrisse. Ein Schatten stößt sich von der Wand ab, schält sich von der Hausecke. Isaiah wischt über den Verandaboden, bevor er sich neben ihr niederlässt. Der Ozean pulsiert vor Licht. Irgendwo hinter ihnen der einsame Ruf des Leuchtturms.

»Heute ist viel passiert.«

Vivienne bohrt den Daumennagel in das weiche Holz der Veranda, hinterlässt halbmondförmige Pockennarben. Isaiah sitzt neben ihr, die Ellbogen auf den angewinkelten Knien. Wasser schlägt plätschernd gegen das Ufer.

»Sie müssen das begreifen, Vivienne. Das hier ist groß. Es wird alles verändern.«

Langsam schüttelt Vivienne den Kopf. Ihre Stimme ist leise. »Ich begreife schon genug. Eine Riesenentdeckung, natürlich.« Sie atmet ein. »Aber das Ding da drinnen, dieser Fisch, was auch immer sie ist, sie weiß, was vor sich geht. Sie empfindet. Sie hat ein Bewusstsein. Was tun wir ihr an? Wir dürfen ihr das hier nicht weiter antun.«

Isaiah streckt die Hand aus und beginnt, beinahe geistesabwesend, auf ihr Knie zu klopfen. Eine aufgeregte Botschaft im Morsealphabet, als könne er vielleicht über seine Fingerspitze und ihre Kniescheibe die Gedanken aus seinem Gehirn an ihres schicken. Drahtige schwarze Haare lugen aus seinem Ärmelaufschlag hervor.

»Es erscheint so. Dass es ein Bewusstsein hat. Aber, Viv«, sagt er bedauernd, »es ist ein Fisch. Und hier draußen sind unsere Möglichkeiten begrenzt. Wir sind nicht in … wir betreiben Feldforschung. Wir müssen das Beste aus den Gegebenheiten machen. Und das hier ist ein Durchbruch. Es wird unser Leben verändern.«

Das Holz unter ihrer Hand wirkt samtig. Sie zupft mit dem Nagel daran herum, und es schält sich in silbrigen Fäden von den Brettern. Sie spürt, wie sich ihre Kehle zusammenschnürt. Die Tränen in ihrer Stimme. »Sie hat Schmerz empfunden. Sie hat so offensichtlich Schmerz empfunden.«

»Vivienne. Sie wissen doch, dass ein Fisch nicht auf die gleiche Weise wie wir Schmerz empfindet. Sein Nervensystem ist nicht so hoch entwickelt.« Seine Hände beginnen, langsam zu kreisen. »Sie sind von der Situation überwältigt. Panisch. Und Sie projizieren diese Gefühle auf den Fisch.«

»Aber es gibt Regeln, denen Sie eigentlich folgen sollen. Es gibt ethische Überlegungen. Und es wird Leute geben, vor denen Sie irgendwann Rechenschaft ablegen müssen.« Sie macht Anstalten, aufzustehen, für sie ist die Unterhaltung beendet. »Ich muss an die Arbeit. Bin schon spät dran.«

»Welche Leute?« Isaiah drückt ihre Schulter nach unten, hindert sie am Aufstehen. Seine Stimme hat ihren belehrenden, pedantischen Tonfall verloren. »Hören Sie mir zu.« Er ist wütend. »Es gibt niemanden, vor dem ich Rechenschaft ablegen muss. Solange wir hier draußen sind, habe ich das Sagen. Ich stelle die Regeln auf.«

Isaiah legt die Hand auf Viviennes Oberschenkel, das Gewicht seines Arms hält sie auf der Veranda fest. »Vivienne. Sie müssen mir zeigen, dass Sie das begreifen.«

Die Hand ist unerwartet. Sie ist schwer, ein totes Gewicht. Leichte Panik steigt in ihr auf.

»Wir können vorerst kein Wort hierüber verlauten lassen. Es muss Stillschweigen bewahrt werden.« Isaiahs Stimme ist nachdrücklich. Er beugt sich über sie, seine Hände packen jetzt ihre beiden Oberschenkel, sein Gesicht wenige Zentimeter vor ihrem. Das Licht des Mondes glitzert von seinen Augen wie von Steinen. Er drückt nach unten, zwingt sie, sitzen zu bleiben. Ihm kann nicht bewusst sein, was er da tut. Er demonstriert die Schwere seiner Worte durch das Gewicht seines Körpers. Seine Worte verfestigen sich, werden wie bleierne Kanonenkugeln an seine Fingerspitzen geschmiedet. Vivienne wird unter dem Gewicht seiner Worte und seiner Hände platt gedrückt.

»Das müssen Sie begreifen. Sie dürfen nichts hiervon verraten. Niemandem. Nicht Ihrer Familie oder Ihrem Freund. Nicht diesem Burschen, der hier herumhängt.« Seine Stimme ist so sanft. »Vivienne. Sagen Sie mir, dass Sie das begreifen.«

»Ich begreife sehr wohl. Ich begreife, dass das, was Sie da drinnen treiben, nicht richtig ist. Sie können ihr das nicht antun.«

Sie versucht, seine Finger von ihren Oberschenkeln loszueisen, aber er hält sie so fest, dass sie ganz sicher Blutergüsse bekommen wird. Sie will nach hinten rutschen, aber sie befindet sich schon an der Wand. Es gibt keinen Ausweg. Sie stemmt sich gegen seine Brust. Warmes Fleece unter ihren Fingern, und unter dem Fleece feste Muskulatur. Sie stößt heftiger zu. Seine Hände fahren zu ihren Oberarmen und packen zu.

Und dann ist er auf ihr, und ihre Hände sind zwischen ihren Körpern eingeklemmt, die Finger gespreizt, und sie versucht, ihn wegzustoßen, kann aber keinen Druck ausüben, findet keinerlei Hebelkraft, und er ist riesengroß, und sie ist klein, und sie spürt ihr Herz schlagen und sein Herz schlagen, und immer noch versucht sie, ihn wegzustoßen, aber er ist auf ihr, und die unebenen Schindeln der Wand sind in ihrem Rücken, ihr T-Shirt ist hochgerutscht, und sie spürt jeden Wirbel, während die Schindeln gegen die Xylophonknochen ihrer Wirbelsäule reiben und Haut abschürfen. Sie wehrt sich unter ihm, doch er hält sie mit dem Gewicht seiner Worte fest, die zum Gewicht seines ganzen Körpers geworden sind. Er umfasst ihre beiden Hände mit einer Hand, und der Druck an ihren Gelenken zwingt ihre Finger zu flattern. Ihr Kopf auf der Höhe seiner Schulter. Sein grüner Fleecepullover ist weich an ihrer Wange. Kieferngetränktes Aftershave und Schweiß.

Isaiahs Stimme ist ein Flüstern über ihrem Ohr. »Ich habe das Sagen. Ich bestimme die Regeln. Nicht die Universität. Kein gottverdammter Ethikrat. Nicht Colleen. Das hier wird meinen Ruhm begründen. Nicht in irgendeinem unbekannten Institut, sondern in der Literatur. Man wird meinen Namen kennen. Dieses Tier wird meinen Namen *tragen*. Ich habe euch einfach machen lassen, aber damit ist jetzt Schluss.«

Er lehnt über ihr. Er füllt den ganzen Raum um sie herum aus. Er ist alles, was Vivienne sehen und riechen und hören kann.

»Sie wissen, was ich bin, nicht wahr? In Wissenschaftskreisen? Für meine Kollegen?« Beim letzten Wort grinst er höhnisch. Sein Mund ist direkt in ihrem Blickfeld. Seine unteren Zähne sind schmal und gelb, in seinem Kiefer zusammengedrängt. Sein Atem riecht schal. »Karrieren werden über Drinks gemacht, wussten Sie das? Forschungsstipendien werden über Hähnchenflügeln und einem Pitcher mieses Biers entschieden. Und wissen Sie, was? Ich werde nie eingeladen. Ich werde niemals eingeladen.«

Er lässt Viviennes Hände los und packt sie zwischen den Beinen, und seine Hand ist so heiß und hart wie ein Bügeleisen. Sie zuckt zurück, aber seine Hand auf ihrer Schulter, seine Hand auf ihrer Leiste klemmen sie fest, und sie kann sich nicht bewegen. Es gibt keinen Ausweg. Sie ballt die Hände zu Fäusten und schlägt einmal gegen die Wand. Eine Schaufel, die an der Seite des Stores lehnt, fällt polternd um. Die Hand an ihren Genitalien drückt zu, sie spürt, wie Isaiahs Finger sich am Saum ihrer Jeans bewegen.

»Ich werde bekommen, was ich haben will.« Er versetzt ihr einen nicht unsanften Stoß nach hinten und lässt dann von ihr ab.

Vivienne gibt sich große Mühe, beim Aufstehen nicht sein Gesicht anzusehen. Sie sieht überallhin, nur nicht in sein Gesicht – zu dem zotteligen Stück Wiese, wohin die Katze entflohen ist, und der Holzmaserung der Verandaplanken und zu ihren Schnürsenkeln und zu den sich kräuselnden Wellen. Atem schöpfen kann sie nicht. Sie spürt einen Splitter, der tief in ihrer Handfläche steckt. Isaiah bietet ihr seine Hand, um ihr vom Boden aufzuhelfen. Sie ballt die Hände zu Fäusten, umschlingt den Bauch mit den Armen.

Er zuckt mit den Schultern. »Wie Sie wollen.«

Das Licht vom Fenster wirft ein kleines Quadrat vor ihre Füße. Sie hört Colleen im Store herumgehen. Vivienne versucht, nicht Isaiahs Gesicht anzusehen, das kurz aufleuchtet. Sie versucht, ihn nicht zu sehen, aber sie tut es. Sie tut es.

DARF SIE NICHT EINFACH MAL IN DIE BADEWANNE STEIGEN?

Als Vivienne die Stelle ergattert hatte, hatte sie damit gerechnet, dass Colleen und sie in einem Bilderbuchhaus wohnen würden: Wäscheleine im hinteren Garten, Lattenzaun, Kanonenofen in der Küche. Stattdessen wohnen sie in einem teilweise renovierten Bungalow aus den Sechzigerjahren. Renoviert im Sinne von Vinylverkleidung und quietschenden Laminatböden und einer neuen Mikrowelle. Ein Thermostat an der Wand schaltet die Heizleisten am Boden ein. Das *teilweise* betrifft das Badezimmer. Bei ihrer Ankunft hatten sie eine formlose Hausbesichtigung gemacht, und als sie zum Badezimmer kamen, lehnten sie zu beiden Seiten des Türrahmens und spähten hinein, ohne einzutreten. Das Badezimmer rosa wie das Innere einer Meeresmuschel.

»Wenigstens kein Teppichboden«, sagte Colleen, auch wenn der Klodeckel einen flauschigen rosafarbenen Bezug hatte und eine flauschige rosafarbene Matte den Sockel der Toilette umschmiegte und auf dem Spülkasten eine flauschige rosafarbene Abdeckung lag. In der Ecke eine Plastikpuppe mit einem Häkelrock und einer Ersatztoilettenpapierrolle als Krinoline. Das Zimmer wenigstens war sauber geschrubbt, auch wenn der Fugenkitt alt aussah und ein rostiger, harter Wasserfleck vom Badewannenhahn zum Abfluss verlief.

Den ganzen Sommer über hatte keine von beiden je die Wanne volllaufen lassen. Es hieß rein ins Haus und wieder raus und rüber zum Store und ein Abstecher ins Café und raus aufs Wasser und nach Carbonear für Einkäufe, und wem blieb schon Zeit für mehr als eine kurze Dusche? Schließlich waren sie zum Arbeiten hier. Und was hätte Colleen davon gehalten, wenn Vivienne sich in der Badewanne gerekelt hätte, während sie im Nebenzimmer noch schnell das Ende der Spätnachrichten sah? Ihren Ärger darüber, mit dem Zähneputzen warten zu müssen, weil ihre Mitbewohnerin in der Wanne lag, kann Vivienne sich lebhaft vorstellen.

Jetzt verriegelt Vivienne die Tür, ein leises Klicken, mit der Absicht, ihren Körper – ihre Arme, ihre Brüste, ihre Füße – in brühend heißes Wasser zu tauchen. Sie plant, nach unten zu sinken, bis ihr Hinterkopf die Emaille berührt, mit geschlossenen Augen, durch die Nase Bläschen ausstoßend. Bis sich der Splitter in ihrer Handfläche aus der Haut löst. Sie drückt den Knopf am Türknauf. Schüttelt den Kopf angesichts des Gedankens, ein Schloss, das man mithilfe eines Fingers absperrt, könne irgendetwas fernhalten. Sie schaltet das Licht ein, aber die Belüftung, laut wie ein Flugzeugmotor beim Abflug, ist mit demselben Schalter verbunden, und sie knipst es wieder aus. Bei einem solchen Lärm würde man noch nicht einmal ein Kojotenrudel herannahen hören, und Gott weiß, dass sie es hören will, wenn Colleen die Einfahrt hochkommt.

Thomas hat behauptet, gleich außerhalb des eigentlichen Dorfes würden Kojoten lauern. Es hatte auf der ganzen Insel Neufundland noch nie Kojoten gegeben, aber in den letzten Jahren waren sie über die vereiste Belle-Isle-Straße von Labrador eingewandert. Oder sie waren auf einer Eisscholle herübergetrieben worden. Oder sie hatten sich in einer Bootskajüte versteckt, blinde Passagiere mit scharfen Zähnen. Sie waren in den Straßen von St. John's gesichtet worden, hinter Joggern auf den Wanderpfaden und in dem einsamen Wäldchen hinter dem College. Hier waren sie auch gesehen worden, wenn man Thomas Glauben schenkte. Von Schatten zu Schatten tapsend und in den Beerenfeldern und hinter dem Müllcontainer auf dem Parkplatz der Post. Wie würden sich Kojoten an der Tür anhören? Würden sie kratzen und knurren oder leise wie Schatten zur Tür schleichen? Vivienne hofft, dass sie in Sicherheit ist, sie hofft, dass der schwache Türknauf hält. Eigentlich sollte sie nicht in Gefahr schweben – Kojoten haben schließlich keine Daumen, nicht wahr? Wie sollen sie dann hereinkommen?

Sie steht lange auf dem flauschigen Badvorleger und mustert reglos den Türknauf. Sieht nach unten und stellt fest, dass sie den Vorleger später zur Waschmaschine schleifen muss, er ist mit schlammigen Fußabdrücken übersät, denn sie hat vergessen, ihre Stiefel auszuziehen. Ihr Blick wandert zum Spülkasten, und sie beobachtet, wie ein Kondensationstropfen nach unten gleitet. Beobachtet sich selbst, wie sie den Tropfen beobachtet, bis ihr klar wird, was sie tut, und sie sich wachrüttelt.

Sie prüft den Zustand der Wanne. Die Schiebetür in ihrer Metallschiene bedeckt eine trübe Schicht. In der Ecke hat sich ein Klumpen schleimiger Seife gebildet. Er klebt an der Emaille, das weiß sie. Sie beugt sich vor und steckt den Stöpsel in den Abfluss, dreht das Warmwasser auf und lässt es laufen. Dampf füllt das Badezimmer. Es gibt kein Schaumbad, keine Badekugeln, kein Epsom-Badesalz. Das Wasser ist hart, es riecht nach Eisen, und Vivienne weiß, dass es sich hinter den Wänden durch die Kupferleitungen frisst.

Sie zieht die Stiefel aus, die Hose und Strümpfe. Wirft ihre Unterwäsche auf den Kleiderhaufen in der Ecke. Ihr gelingt der alte Trick, den Verschluss an ihrem BH zu öffnen und ein Ende durch den linken Ärmel ihres T-Shirts zu ziehen und das andere Ende durch den rechten, sodass sie ihn auszieht, ohne sich ganz zu entkleiden. Der Verschluss kratzt an ihrer wunden Haut. Im Spiegel erblickt sie ihr Gesicht. Sie besteht ganz aus Augen. Sie ist eine Studie in Kontrasten: weißes Gesicht, dunkle Zöpfe, die ihr Gesicht umrahmen. Weißes T-Shirt, und der dunkle Bluterguss, den sie abbekommen hat, als sie die Kreatur in ihrer Fischkiste auf den Anlegeplatz gehoben hat, verfärbt ihren Wangenknochen. Sie ist eine Schwarz-Weiß-Fotografie. Ein Standbild aus einem Stummfilm.

Bloß dass dann Farbe in das Einzelbild dringt. Sprenkel von blauer Farbe, die Farbe der abblätternden Schindelwand am Store, bestäubt ihr Haar wie Konfetti. Vivienne dreht sich um, will den Schaden an ihrem Rücken begutachten, verdreht sich, um über die Schulter und in den Spiegel des Badezimmerschranks zu sehen. Die Haut an ihrer Wirbelsäule ist aufgeschürft. Blut, das wie Mohnblumen ihr Rückgrat hinunter aufgeblüht ist, ist bereits zu Sepiabraun eingetrocknet. Viviennes Hals knickt in dieser Haltung ab, ihre steifen Muskeln wollen die sanfte Drehung nicht mitmachen. Sie zupft am Saum ihres T-Shirts, um es sich über den Kopf zu ziehen, aber das Blut ist getrocknet, das Hemd klebt an ihrem Fleisch, und der Stoff zieht an ihrer verletzten Haut, weshalb sie halb angekleidet in die Badewanne steigt.

Das Wasser ist zu heiß, um darin zu stehen. Vivienne

steigt wieder aus der Wanne, ihre Beine und Füße wie zwei rote Kniestrümpfe. Sie dreht den Kaltwasserhahn auf. Lässt das Wasser in Achterfiguren kreisen, um es zu mischen, bevor sie wieder hineinsteigt und unter Wasser versinkt, bis nur noch ihr Gesicht der dunstigen Luft ausgesetzt ist. Dann taucht sie unter die Oberfläche ab, sodass Wasser über den Wannenrand schwappt, und hält die Luft an, bis das Wasser überall an ihr gleichermaßen brennt. Durchbricht die Oberfläche und legt den Kopf auf dem kalten Emaillerand ab und denkt an die Kreatur in ihrem Aquarium, das eine Gefriertruhe ist.

FREIRAUM

Der nächste Morgen dämmert hell und windig herauf. Vivienne wartet, bis sie das Klicken der Haustür und zwei Paar Stiefel hört, die die Eingangsstufen hinuntergehen, und dann das Grollen des grünen Trucks, der aus der Einfahrt biegt, bevor sie sich auf den Weg in die Küche macht und den Schalter am Wasserkocher umlegt. Was sie braucht, überlegt sie, während sie im Zimmer auf und ab geht, ist, ein bisschen hier herauszukommen. Wenn auch nur für den Morgen. Was sie braucht, ist ein Puffer zwischen ihr und dieser Situation. Was sie braucht, ist ein wenig Freiraum, wie der Spalt, den man in Einmachgläsern bei Marmelade oben lässt.

Früh an einem Nachmittag, früh im Sommer hatte sie einmal Tama in der Küche des Cafés angetroffen. Die Eingangstür war abgesperrt und *Sorry, We're Closed* bedauernd nach außen gedreht. Vivienne war ums Haus zur Hintertür gegangen, die mit einem Keil offen gehalten wurde, um die Feuchtigkeit aus der schwülen Küche entweichen zu lassen. Es war zu früh in der Saison für Beeren oder Äpfel, und Vivienne konnte sich nicht vorstellen, was Tama gerade einmachte. Dennoch war sie dort in der Küche, während der Laden nach der Mittagszeit geschlossen hatte. Dunkelrot vor Hitze, mit einem auf dem Herd brodelnden Topf, ein Haufen klein geschnittener Rhabarber vor ihr.

Dosen mit Gewürzen. Die Küche roch wie ein indischer Basar.

Vivienne war ohne anzuklopfen hineingegangen, was Tama so erschreckt hatte, dass sie mit dem Löffel in ihrer Hand nach ihr geworfen hatte. Vivienne wurde an der Brust getroffen, und Rhabarber-Chutney hatte die Vorderseite ihres T-Shirts beschmiert und war zu Boden gespritzt. Tama hatte sich entschuldigt: Es tue ihr so leid, sie wisse selbst nicht, was sie sich dabei gedacht habe, unfassbar, um Himmels willen, es sei ja nicht so, als gäbe es Bären im Wald, die jeden Moment hereinschlendern und sie in einem Stück verschlingen könnten, oder als versteckten sich kriminelle Gangs in den Werkzeugschuppen, nur auf die eine Gelegenheit wartend, sich ins Haus zu schleichen und ihre Backwaren zu stehlen, und außerdem würde sie gewiss auch nichts in die Flucht schlagen, indem sie mit einem Löffel danach warf. Sie wischten die Schweinerei vom Boden auf, und Tama hatte darauf bestanden, ihr ein ausgeblichenes rotes T-Shirt zu leihen, das weich und abgetragen war, während sie Viviennes T-Shirt nahm, um es in der Maschine zu waschen. Kein Problem, es gebe sowieso eine Wäscheladung Hand- und Tischtücher. Die Maschine tuckerte in der Küchenecke vor sich hin. Das T-Shirt roch nach einem unvertrauten Waschmittel.

Vivienne war dann geblieben, um beim Einmachen zu helfen. Es war ihr Nachmittag für Marmeladenbesuche, aber was für ein Clou, wenn sie warmes Chutney mitbringen könnte. Colleen war verschwunden. Es würde ihr ganz bestimmt nicht auffallen, wenn Vivienne zu spät in den Store zurückkehrte.

Tama erklärte die Sache mit dem Freiraum, nachdem Vivienne bereits drei Gläser mit Chutney vollgelöffelt und die

Deckel draufgeschraubt hatte. Das heiße Metall versengte ihr die Finger, das kochend heiße Obst quoll an den Seiten hinunter, bevor Tama ihr die Gläser abnahm und die Deckel lockerte. Die machen wir noch mal, sagte sie. Wenn man keinen Freiraum lässt, quillt die Marmelade unter dem Deckel hervor, und dann ist er nicht mehr dicht. Bakterien gelangen hinein und kontaminieren den Inhalt.

Freiraum. Kopfraum. Sie musste ihren Kopf freibekommen. Sie musste ihren Kopf genau richtig aufsetzen, wie beim Anbringen der zweischichtigen Deckel auf den Rändern der Marmeladengläser; damit nicht alles in ihrem Innern herausquoll und schlecht wurde. Sie musste ein Weilchen von hier fortkommen, um eine gewisse Distanz aufzubauen. Sie würde Thomas suchen. Sie würden den Truck nehmen. Es gab etwas in Carbonear zu erledigen. Zwar waren sie erst dort gewesen, aber sie würde es dringend klingen lassen. Es klingen lassen, als hätte sie etwas vergessen. Colleen gegenüber würde sie es nicht erwähnen. Lieber Vergebung erflehen als um Erlaubnis bitten.

BÜCHEREIBÜCHER

In Carbonear will Vivienne die Stadtbücherei besuchen und eine Ladung Bücher abholen, die sie aus der Hunter Library in St. John's bestellt hat. Die Hunter bedeutet gedämpfte Teppiche und wunderbar Furcht einflößende Bibliothekarinnen, die Strickjacken und Perlen und Brillen tragen, aber die Bücherei in Carbonear ist im Gemeindezentrum, zusammen mit den Rathaussälen und dem Stadttheater, und auf dem Parkplatz scheinen immer Kids mit Skateboards herumzulungern, die Tricks vollführen. Kinder sitzen auf dem Teppich und lesen Dr. Seuss, und alte Männer stützen einen Ellbogen auf den Tresen und erzählen der wasserstoffblonden Bibliothekarin Geschichten, während diese mit spitzen Acrylfingernägeln auf die abgegebenen Bücher tippt, die sie aus dem Umlauf austrägt. Die Bücherei in St. John's ist irgendwie mit diesen berüchtigt leisen Bibliotheken verwandt, die es in London und Oxford geben muss, aber die Bücherei in Carbonear ist eine enge Cousine eines Bauernmarkts oder eines herbstlichen Kirchenbasars.

Die Bücherei befindet sich im ersten Stock. Vivienne steigt die Treppe hoch, und ihre Schritte hallen in dem düsteren Foyer aus Beton wider. Hinter den Türen des Büchersaals scheinen die Neonröhren jedoch taghell. Vivienne greift sich den Bücherstapel, den sie bestellt hat, während sie mit dem Zeh den Rhythmus der klackernden Nägel der Bibliothekarin mitklopft. Sie lässt sich eine Plastiktüte geben und stopft die Bücher hinein, schleppt sie zurück nach unten durch das tönende Treppenhaus und durch das riesige Foyer, wo jedes Geräusch verstärkt wird. Draußen scheint die Sonne.

Thomas hatte auf dem Parkplatz gewendet, und sie war, beinahe bevor er gehalten hatte, aus dem Truck gesprungen. Auf der Fahrt nach Carbonear hatte sie kaum etwas gesagt, und dann auch nur, um Thomas zu erklären, dass sie eine Weile brauchen werde, bestimmt eine Stunde. Er verlor kein Wort über ihr Schweigen, sagte bloß, das passe ihm gut, denn es gebe da einen Mann, den er wegen eines Anhängers sehen wolle, außerdem spiele er mit dem Gedanken, bei Sharon's Take-out einen Teller Fish and Chips zu essen. Sie könne ihn anrufen, wenn sie zuerst fertig sei, und wenn nicht, würde er draußen im Truck warten.

Es erinnert sie daran, wie ihr Opa immer im großen Crown Victoria vor der Tür des Dominion-Supermarkts zurückblieb oder vor dem Einkaufszentrum, während ihre Oma zum Einkaufen hineinging. Er setzte nie selbst einen Fuß in die Läden, sondern saß nur geduldig mit heruntergekurbeltem Fenster da und wartete auf ihre Rückkehr. In einem kurzärmeligen Button-up-Hemd, ungeachtet des Wetters, und mit Hut, das Radio eingeschaltet. Sobald er Nan kommen sah, sprang er jedes Mal aus der Fahrertür und nahm ihr die Einkäufe ab, um sie in den Kofferraum zu verladen. Vivienne kann immer noch seinen Hinterkopf von der Rückbank aus sehen und seine Art zu sitzen, eine Hand auf dem Lenkrad trommelnd, im Rhythmus des Radios. Er wechselte kaum je ein Wort mit Vivienne, reichte aber jedes Mal einen Lutscher oder eine Handvoll Bonbons nach hinten, plauderte mit den Taxifahrern, die sich auf dem Gehsteig die Beine vertraten, eine rauchten und auf einen Fahrgast warteten.

Thomas ist nirgends zu entdecken. Noch mal eine halbe Stunde, schätzt sie, bis sie ihn zu Gesicht bekommt. Vivienne schleppt die Sobeys-Tüte voller Bücher zu Butt's Gas Bar, einer Tankstelle mit zwei Zapfsäulen auf der anderen Seite des Parkplatzes, und trägt sie dann wieder zurück, wobei nun eine zweite Plastiktüte an ihrem Handgelenk baumelt. Sie nimmt an einem Picknicktisch auf dem Rasen neben dem Theater Platz. Auf der anderen Seite der Rasenfläche befinden sich ein kleiner Teich mit einem Holzsteg und einem Brunnen und der alten Bahnhof. Die Gleise sind vor langer Zeit entfernt worden, aber an dem Bahnsteig steht immer noch ein Eisenbahnwaggon, frisch gestrichen und neu aussehend, als könnte er jeden Augenblick tuckernd zum Leben erwachen und einen wer weiß wohin bringen. Alles mit Blick auf die Bucht und das schmucklose, prosaische Diamantenglitzern von Sonne auf Wasser.

Vivienne holt den Inhalt aus der Tankstellentüte: eine Flasche Sprite und ein Aero-Schokoriegel. Sie legt die Schokolade so hin, dass sie perfekt zu den parallelen Linien der Lattenoberfläche des Picknicktisches ausgerichtet ist, und angelt das größte Buch aus ihrer prall gefüllten Einkaufstüte, legt es auf den Tisch.

Das Buch ist gewaltig, beinahe dreißig Zentimeter im Quadrat, und es ist alt. Alt genug, um nach Schimmel und Staub zu riechen. Es war vom Magazin im Keller hochgebracht worden. Vivienne ist noch nie im Magazin im Keller der Bücherei gewesen und kennt niemanden, der schon einmal dort war. Sie stellt es sich tief unter der Erde und kalt vor. Die Bibliothekarinnen müssen jedes Mal, wenn sie nach unten steigen, sämtliche Knöpfe an ihren Strickjacken schließen. Sie fragt sich, ob sie vielleicht in dem Magazin im Keller landen würde, wenn sie den Zug ohne Gleise nehmen könnte, der von ihrem Picknicktisch aus betrachtet auf der anderen Seite der Grünfläche parkt.

Geliehen hat sie sich den Nachdruck eines Bestimmungsbuches für Meereslebewesen aus dem viktorianischen Zeitalter. Es ist voller Stiche von Muscheln und Seeanemonen, Walen und ihrer winzigen Planktonbeute. Sie blättert langsam darin herum, hält inne, um sich detaillierte Zeichnungen vom Skelettaufbau eines Herings und den Schnitt einer Nautilusmuschel anzusehen. Sie greift nach der Flasche Sprite. Beim Öffnen zischt es, ein Dunst aus sprudelnden Bläschen, als sie den Plastikring aufbricht. Die Autorin hat jede Illustration mit krakeligen, förmlichen Lettern und elegant aufragenden römischen Ziffern beschriftet. Der Band beginnt mit Pflanzen – Seegräsern und Tang – und führt weiter zu wirbellosen Tieren, Mollusken, Schalentieren, Knochenfischen. Es folgen Haie und Säugetiere. Sie trinkt einen großen Schluck, während sie sich langsam bis hinten durch das Buch durcharbeitet, ganz allein an einem Picknicktisch in der Sonne.

Das letzte Kapitel trägt die Überschrift *Bisher unbestätigte fantastische Kreaturen der Tiefe*. Es gibt Kreaturen mit reihenweise Zähnen, Fische mit Beinen, Kraken und Seeungeheuer. Alle mit aufwendig imaginierten Anatomien, höchst wunderlichen Skizzen des Skeletts. Und endlich, endlich eine Kreatur, die wie ihre eigene aussieht. Etwas mit einer gewissen, wenn auch nur entfernten Ähnlichkeit zu dem Fisch, der in einer umgebauten Tiefkühltruhe in einem behelfsmäßigen Labor mehrere Buchten weiter verkümmert. Sie lässt das Buch aufgeschlagen, damit das Licht daraufffällt. Das Bild ist in Farbe, aber es ist matt. Von einem Leuchten keine Spur. Kein Glänzen eines Panzers oder von Juwelen. Sie überlegt, das Buch kurze Zeit bei diesem Bild aufgeschlagen zu lassen, damit diese imaginierte Kreatur den Sonnenschein aufsaugen und der Geruch des salzigen Ozeans in die Seite sickern kann. Sie fände es schön, wenn der Windhauch etwas Farbe in ihre blassen Wangen bringen würde. Sie fände es schön, wenn der Klang von Wellen und Seemöwen sich wie Staub darüberlegen würde, eine Lasur aus Meer und Geräuschen und Sonnenschein, den sie vielleicht zwischen den Seiten einfangen und in den düsteren Kerker entlassen könnte, wo ihre Kreatur verschmachtet. Sie fährt mit dem Finger über den Buchrücken und spürt, wie er unter ihrer Fingerspitze knackt. Sie holt zwei runde Strandsteine von einem Blumenbeet, um das Buch offen zu halten, während sie über den Tisch nach dem Schokoriegel greift.

Das Problem ist offensichtlich, sobald sie ihn aufreißt: Der Riegel ist in der Hitze der Sonne geschmolzen. Ihre Finger sind auf der Stelle klebrig und süß, und eilig steht sie vom Tisch auf und geht zum nächsten Abfalleimer, um die Verpackung wegzuwerfen. Sie leckt sich gerade Schokolade von den Fingern, während sie nachsieht, ob sie auf die offenen Buchseiten gekleckert hat, da spürt sie eine Hand auf dem Arm. Ein Schrei entfährt ihr, und sie stößt einen Körper von sich, der direkt neben ihr ist, beinahe über ihr. Sie stößt sich ab und versucht wegzulaufen, doch ihre Kniekehlen prallen gegen den Sitz des Picknicktisches, und ihre Füße stolpern über das Tischbein, sie kann sich nicht befreien, in ihrer Panik fällt sie beinahe hin. Und dann sind da zwei Hände auf ihr, halten sie am Bizeps, halten sie aufrecht, und eine Stimme sagt: »Viv. Vivienne. Alles okay? Ich bin's. Ich bin's nur.« Und es ist Thomas, nur Thomas, und seine Hand verhindert, dass sie hinfällt. »Ich wollte dir keinen Schreck einjagen.«

Vivienne reißt sich von ihm los. Weicht zurück, bis sie ihn vollständig sehen kann, von Kopf bis Fuß, in einem Blick. Weicht zurück, bis er so weit weg ist, dass er nach vorn stürzen müsste, um sie zu packen, wenn er sie denn packen wollte.

»Hey«, sagt er. »Alles in Ordnung?«

»Du hast mich erschreckt.« Sie spürt ihr Herz schlagen. Sie bleibt auf Abstand, bereit, die noch so leichte Berührung eines Fingers an der Schulter abzuwehren, die Andeutung einer Hand an ihrem Arm, aber Thomas bleibt, wo er ist, er rührt sich nicht. Wortlos dreht er sich zum Picknicktisch. Und Vivienne wird von einer anderen Panik befallen.

»Was sehen wir uns denn da gerade an? Meereswesen?« Er gleitet mit dem Finger den kaputten Buchrücken entlang. Das Buch liegt zuvorkommend offen da. Er tippt unter die Illustration, liest die Überschrift. Fährt den Umriss des Schwanzes nach, der Schwanzflossen, des imaginierten Skelettaufbaus, der wie das verzweigte Wurzelsystem einer fantastischen Pflanze gezeichnet ist. Sie kann seine Geste nicht deuten. Sie weiß nicht zu sagen, ob er versucht, dem Bild in dem Buch ein Signal zu senden, oder ob er versucht, durch die Fingerspitzen eine Botschaft zu erhalten. Ob er Lust oder Liebe ausdrückt oder ob er Trost spendet. Ob er versucht, die Gedanken der Kreatur in der Illustration zu lesen, ob er spürt, dass sie ihm etwas mitteilen will. Sein Finger fährt hoch, um ihre gemalte Wange zu berühren, um die Stelle zu berühren, wo ein Angelhaken sich in zarter Haut, die so leicht einreißt, verfangen könnte, und Vivienne wird aufgerüttelt. Sie ist von seinem Finger hypnotisiert worden, aber jetzt ist sie wieder wach.

Mit zwei Schritten ist sie am Tisch, schiebt ihre Strandsteinbriefbeschwerer beiseite, klappt das Buch zu und will es nach unten in ihre Sobeys-Tüte stopfen. Es verfängt sich, als sie es hineinschiebt, eine Ecke ragt aus dem Plastik hervor. Sie greift nach ihrer Sprite und geht auf den grünen Truck zu.

Vivienne ist auf der Rückfahrt genauso still, wie sie es auf dem Weg nach Carbonear gewesen ist. Sie sagt kein Wort und starrt aus dem Fenster. Thomas schaltet das Radio ein und summt auf dem Weg durch das windige Ödland zu dem Countrysender mit.

KRANKHEIT:
TEIL 1

Vivienne schlurft den langen Hügel vom Haus zum Store hinab. Das Buch hat sie unter dem Bett versteckt, so behutsam in einen weichen Baumwollschal gewickelt, als läge es in einem seidenen Leichentuch. Die Straße ist von losem Gestein und kleinen, murmelrunden Kieseln bedeckt, und am steilsten Teil des Abhangs spürt sie, wie ihr Fuß ausrutscht, spürt ihren Körper nach unten gleiten, ihre Arme durch die Luft rudern. Sie ist eine Comicfigur, ihr Körper hebt kurz vom Boden ab, eine Cartoonwolke wirbelt hinter ihr auf. Sie stellt sich vor, wie der Wind ihr zweidimensionales Ich ergreift. Stellt sich vor, wie er ihren Papierkörper über die quadratischen Häuser und das geflickte Bitumenschindeldach des Labors bläst, ein verblasster Reklamezettel, der über die Bucht weht. Bis sie nur noch ein winziger Punkt am Horizont ist.

Sie fängt sich, bevor sie hinfällt, die Gummisohle ihres Turnschuhs gibt ihr Halt auf dem Pflaster. Ihr Herz hämmert, und sie bleibt stehen, um wieder zu Atem zu kommen, um zu warten, bis das Schwindelgefühl sich legt, das über sie hinwegfegt wie Fledermäuse, die eine Höhle verlassen, flatternde Flügel an ihrem Herz, ihrer Lunge. In der heißen Sonne schwitzt sie, aber der ewige Wind bläst, und schon bald fühlt sie sich wegen des Schweißes klamm wie ein Fisch. Sie reibt sich mit den Händen übers Gesicht.

Ihre Augen sind voller Sand und jucken nach einer Nacht schlechten Schlafs und stundenlangem Autofahren. Oben vom Hügel aus ist das Labor klein. Ein Puppenhaus.

Das Schlimmste ist der Gang über den grasbewachsenen Hof, voller Angst, jemand werde die Tür öffnen, bevor sie sie erreicht. Das Schlimmste ist, die Hand auf den Riegel zu legen. Sich eine Hand auf der anderen Seite vorzustellen. Das Schlimmste ist die Tür.

Vivienne steht auf der Stufe, ihre Hand schwebt über der Klinke, bevor sie die Tür weit aufreißt und über die Schwelle ins Labor tritt. Der Sonnenschein des späten Nachmittags folgt ihr hinein, ergießt sich über den staubigen Boden. Colleen sitzt am Labortisch und gibt Datensätze in eine Excel-Tabelle ein. Isaiah krümmt sich über ein Mikroskop und späht in das Okular. Viviennes Schatten, lang und geschmeidig, erstreckt sich über den Raum und berührt ihn. Unter angewidertem Schaudern bewegt sie sich, damit ihr Schatten stattdessen über die Gefriertruhe streicht.

Sie rechnet damit, dass er bei ihrem Eintreten aufsteht. Sich umdreht und zu ihr wendet, mit vor der Brust verschränkten Armen. Sie rechnet damit, dass er die Füße aufstellt, bereit, sie in eine Ecke zu boxen. Dass er die Fäuste hebt. Stattdessen beachtet Isaiah sie kaum. Er dreht den Kopf lange genug, um ihre Anwesenheit zu registrieren, bevor er wieder in die hintergrundbeleuchtete Welt auf dem mikroskopischen Objektträger zurückkehrt. Vivienne ist unsicher, wie sie vorgehen soll. Sie ist kampfbereit. Sie rechnet mit einem Gegner. Eine Made des Zweifels windet sich in ihren Kopf.

Worauf sie nicht vorbereitet ist, worauf sie vorbereitet sein sollte, ist Colleen. Colleen ist in zwei Schritten von ihrem Stuhl aufgesprungen und bei Vivienne. Sie ist ein Bulle, ein Nashorn, ein dampfender Güterzug. Ihre Augen glühen rot wie Kohlestücke. Zwar schreit sie nicht, aber sie redet laut, artikuliert jedes Wort sehr deutlich. Die Made gräbt sich auf der Suche nach einem Versteck tiefer in Viviennes Gehirn.

»Wo bist du gewesen?« Colleens Worte sind das Brüllen einer auf sie zukommenden Lokomotive. »Du warst den ganzen Tag weg. Ich weiß ja nicht, was du glaubst hier draußen zu tun, aber du bist zum Arbeiten hier. Arbeiten. Du bist nicht hier, um dich zu amüsieren, du bist nicht hier, um irgendeine Art von Protest zu veranstalten. Du wirst nicht fürs Schmollen bezahlt. Du wirst nicht dafür bezahlt, bis zehn Uhr vormittags zu schlafen und dir dann einen schönen Tag zu machen.«

In der vergangenen Nacht hatte sie einfach keine Ruhe finden können. Die Sonne lugte schon durch die Lamellenjalousien, bevor sie endlich eingeschlummert war. Vivienne war in der Badewanne geblieben, bis das Wasser fast ganz kalt war. Das getrocknete Blut an ihrem T-Shirt hatte sich im Wasser aufgelöst, aber das Hemd klebte an ihrer Haut, als sie es über den Kopf zerrte. Als würde sie einen Tintenfisch von sich abziehen. Und nachdem sie es endlich geschafft hatte, war es direkt im Mülleimer gelandet. Sie war ins Bett gekrochen und hatte zitternd dagelegen, Finger und Zehen runzelig, und ihr war die ganze Nacht hindurch nicht warm geworden. Im Morgengrauen war sie eingedöst und hatte zwei Stunden lang unruhig geschlafen, doch in ihren Träumen hatten die Kojoten es durch die Tür geschafft. Oder hatten sie ein offenes Fenster gefunden?

»Wenn wir nicht schon so tief in dieser Sache stecken würden, würde ich dich auf der Stelle rausschmeißen und zu Fuß nach St. John's gehen lassen. Beweg gefälligst deinen Hintern.« Colleen macht auf dem Absatz kehrt und stampft zu dem offenen Laptop zurück.

Vivienne steht ganze drei Minuten lang im Türrahmen, bevor sie sich rührt. Niemand sagt etwas. Die Sonne ist warm in ihrem Nacken, und sie versucht sich zu erinnern, ob sie sich mit Sonnencreme eingeschmiert hat. Colleen und Isaiah wirken vertieft. Sie sind das Abbild fleißiger Arbeit und Hingabe, während sie Vivienne aktiv ignorieren. Isaiah betrachtet die Galaxie auf dem Mikroskopobjektträger. Colleen trägt Zahlen in die Tabelle ein, ihre Finger hämmern so fest auf die Tastatur ein, dass es sich anhört, als würde sie an einer altmodischen Schreibmaschine mit unnachgiebigen Tasten sitzen und nicht an ihrem schicken Laptop. Vivienne betritt den staubigen Raum, dreht sich zu der Ecke, in der sich der Tiefkühlhaltetank befindet.

»Wohin gehst du deiner Meinung nach?« Colleen spricht, ohne von ihren Datensätzen aufzublicken.

Vivienne erstarrt, eine Hand auf dem Bauch.

»Du fährst mit dem Boot raus. Ich will einen vollständigen Satz Proben vom Testgelände. Wassertemperaturen, Quallen- und Algendichte, Artenproben.«

»Ich wollte nur nachsehen, wie es ihr geht.«

»*Ihr* geht es prima. *Du* musst dich bereit machen, um im Boot rauszufahren.«

»Ich bin schon auf dem Sprung. Es dauert nur eine halbe Minute.«

Colleen knallt den Laptop zu, wirbelt herum und sieht Vivienne an, die Hände auf den Oberschenkeln, als werde sie sich jeden Augenblick auf sie stürzen.

»Dem Tier geht es gut. Es ist nicht mehr nötig, dass du dich mit *ihr* beschäftigst. Du musst an die Arbeit.«

»Ich würde nur … Ich würde mich besser fühlen, wenn ich schnell einen Blick auf sie werfen könnte. Ich möchte gern sagen können, dass alles mit ihr in Ordnung ist.«

Colleens Augen verengen sich. »Was heißt *sagen?* Mit wem hast du geredet?« Sie erhebt sich. »Bist du deshalb nach Carbonear gefahren?«

»Nein. Mit niemandem. Ich habe es niemandem erzählt.« Vivienne weicht in Richtung Hof zurück. Jetzt beide Hände auf dem Bauch.

»Dieser Thomas? Hast du mit dem geredet? Ich habe gesehen, was für Gespräche du mit diesem Thomas führst. Immer die Köpfe zusammengesteckt. Was hast du ihm erzählt?«

»Nichts.« Es fällt Vivienne schwer, Luft zu bekommen. Sie hat das Gefühl, gleich zu hyperventilieren.

Colleen tritt einen Schritt näher. Vivienne zieht den Kopf vor der anschwellenden Woge von Colleens Zorn ein. Draußen rumpelt ein Auto am Store vorbei, Kies knirscht unter den Reifen, ein Honky-Tonk-Countrysong schwebt aus dem offenen Fenster. Das Fahrzeug und die Straße wirken sehr weit weg.

Vivienne hatte damit gerechnet, von Isaiah belagert zu werden. Dass er sie mit zweideutigen Worten überflutet, finster und anzüglich grinsend. Sie hatte damit gerechnet, dass er versucht, sich durch ihre Verteidigung zu schlängeln, ihr verletzliches Herz zu treffen. Jetzt hat sie das Gefühl, sich auf die falsche Katastrophe vorbereitet zu haben, und befürchtet, dass die Festung, die sie um sich errichtet hat, wie ein Wellenbrecher in einem Wintersturm zerbersten wird, falls Colleen sich in eine richtige Raserei steigert.

»Du gehst nicht mal in die Nähe von dem Ding.« Colleens Finger fährt durch die Luft in Richtung Kühltruhe. »Du kannst genauso gut vergessen, dass *sie* existiert.« Die Welt dreht sich schneller. Der Klang der Brandung ist ohrenbetäubend.

»Oh, lassen Sie sie doch in Ruhe, Colleen.« Isaiahs Stimme ist beschwichtigend. »Wir hatten gestern Abend ein gutes Gespräch. Sie weiß jetzt Bescheid.«

Und einfach so ist das Meer wieder ruhig. Colleen hört auf zu brüllen. Das jähe Schweigen ist eine physische Gewalt. Es drückt gegen Viviennes Trommelfelle, und ihre Ohren pochen. Der Schmerz des Schweigens verursacht ihr ein Schwindelgefühl. Isaiahs Gesicht ist eine Studie in Gelassenheit. Beflissen. Die Made, die sich hinter ihrer Stirn ausruht, teilt sich in zwei Hälften, und jede Hälfte regeneriert sich. Die Maden vermehren sich wie Bakterien, bis sie eine sich windende Masse sind, die jegliche Gewissheit in ihrem Gehirn zerfrisst.

Colleen blickt von Isaiah zu Vivienne. Sie mustert die beiden, wie eine Wissenschaftlerin ein Exemplar mustert, wie sie alle vielleicht einen Objektträger unter dem Mikroskop mustern würden. Sie tritt zwischen Vivienne und die Kreatur.

»Raus. Du musst aufs Wasser. Ein vollständiger Satz Biomarker.«

Vivienne greift nach einem Klemmbrett. Dreht sich um und geht ohne ein Wort wieder durch die Tür. Ihr Schatten macht Platz für das Quadrat aus Sonnenschein. Der Raum wird heller.

Colleen wendet sich an Isaiah. »Ich hoffe, Sie haben ihr nicht zu viel versprochen, damit sie den Mund hält.«

RAUCH IN DEN AUGEN

Erst am folgenden Nachmittag kann Vivienne dem Labor für eine Stunde entkommen, erst da kann sie dem langen Strahl von Colleens Augen, die jede ihrer Bewegungen verfolgen, entfliehen. Sie beendet die Verarbeitung der Proben vom Morgen und isst rasch ein Sandwich im Mitarbeiterhaus. Der Bungalow ist erstickend, als würde die Luft aus den Zimmern abgesaugt.

Das Haus steht auf halber Höhe des Hügels, der die Bucht überragt. Colleen hat die Pfade auf der Südseite der Stadt zu ihrem Jogginrevier erklärt. Sie wählt lange Ellipsen vorbei an den Hütten und Forellenteichen in den Außenbezirken, fängt Bradley wie einen Mond in ihrer Flugbahn ein und schleift ihn mit sich. Deshalb schnürt Vivienne ihre Laufschuhe zu und bricht nach Norden auf. Sie klettert zum höchsten Punkt des Festlands und wendet dem Meer den Rücken zu. Mit den Augen folgt sie der Hauptstraße, bis diese über dem Horizont verschwindet. Sie fragt sich, ob ihre Anrufe bei Eliza wegen des schlechten Empfangs in der Bucht fehlschlagen.

Vivienne folgt schlammigen, von Quads festgefahrenen Wegen und Kaninchenpfaden, die die Hügel wie Spinnweben überziehen. Sie folgt Vertiefungen im Gras, die zu undurchdringlichen Dickichten aus Himbeersträuchern und Erlen führen und zu verlassenen Häusern, deren Öfen nur von der Sonne beheizt werden. Quadratische Umrisse von Steinmauern flüstern Geschichten vergessener Menschen in die Ohren von Kaninchen und Füchsen. Die Geschichten sind wie Seufzer, nicht zu unterscheiden vom Rascheln der Gräser im Wind. An manchen Stellen gibt es immer noch Vieh, das auf offenen Weiden grast: eine Herde nervöser Schafe und zwei pelzige Ponys; ein paar vereinzelte Ziegen, trittsicher und wagemutig. Sie klettert, bis ihre hinteren Oberschenkelmuskeln so laut kreischen, dass sie gezwungen ist, sich hinzusetzen und eine Weile auf sie zu hören. Sie spürt das winzige Reißen von Muskelfasern, kann hören, wie sie sich wieder verknüpfen. Ihre Beine sind seit ihrer Ankunft in der Bucht kräftiger geworden.

Sie klettert, bis sie die Gartenruine des Kaufmannshauses oben auf dem Kamm erreicht. Auch hier gibt es Stimmen, die hinter Lupinen hervor oder von den Blättern eines Kirschbaumes mit ihr sprechen. Aus dem Augenwinkel erblickt sie einen Rumpf in einem Baum, in der Brise baumelnde Beine. Sie versucht, ihn wegzublinzeln, aber als sie wieder hinsieht, sind die Beine immer noch da. Eine Geistererscheinung. Das verwegene Gespenst eines erhängten Seeräubers oder die Wiedergängerin einer entehrten Maid, die einst Selbstmord beging. Dann erst bemerkt Vivienne, dass die nackten Schenkel und Waden in Arbeitssocken und robusten Wanderstiefeln stecken.

»Tama! Du hast mich zu Tode erschreckt. Ich dachte, du wärst ein Geist.«

»Ich bin ein Geist. Komm nach oben, Maid.«

Vivienne klettert neben sie. Im Auf-Bäume-Klettern ist sie offensichtlich aus der Übung. Die Frauen sitzen in der großen Eiche auf einem Ast mit einem Durchmesser, so dick wie ein Zaunpfahl, und schauen zu, wie die Sonne am

Himmel versinkt. Es ist beinahe an der Zeit für die nächste Schicht im Labor, Vivienne riskiert, zu spät zu kommen. Dennoch bleibt sie. Von dem Ast aus können sie den endlosen Ozean sehen, eingerahmt von zitternden Blättern. Die Äste über ihnen neigen sich in ihr Blickfeld, die Blätter tanzen. Sie rascheln wie Seidenschals. Erzählen Geschichten wie Scheherazade.

Tama zieht eine Thermosflasche Limonade hervor. Sie schraubt den Deckel ab und reicht sie Vivienne. In der Glaskanne treiben grüne Blätter.

»Was ist das?« Vivienne späht hinein, ein Auge zusammengekniffen. Schnuppert.

»Basilikum. Es ist Limonade mit eingelegtem Basilikum.«

»Davon habe ich noch nie gehört. Basilikum in Limonade.« Vivienne sieht Tama mit Zweifel in den Augen an.

Tama lacht. »Du hörst dich an wie diese Frauen, denen du die Marmelade schenkst. Die Leute mögen es nicht, wenn man mit den Klassikern Murks treibt.«

Sie lassen ihre geisterhaften Beine baumeln, während sie aufs Meer hinausschauen.

Tama spricht, indem sie den Faden eines nicht existierenden Gesprächs aufgreift. »Du musst aber zugeben, dass es seltsam ist. Den ganzen Sommer hier abzuhängen, ein junges Ding wie du. Niemand kommt zu Besuch. Ganz allein an diesem einsamen alten Ort.«

»Damals schien es eine gute Idee zu sein.« Geradezu eine notwendige Idee, sobald Eliza ihr einmal durch die abgesperrte Tür gesagt hatte, sie solle sich nicht mehr blicken lassen.

»Du vermisst doch jemanden. Dieses Mädchen, bei dem du immer anrufst.«

Vivienne hatte darauf gebaut, dass Eliza sie vermissen

würde. Sie vermissen und anflehen würde, nach Hause zu kommen.« »Ich habe einen ziemlichen Schlamassel zurückgelassen.« Sie pflückt ein Blatt. Zerteilt es mit dem Fingernagel. »Ich war wohl eifersüchtig. Eliza hat viele Freundinnen und Freunde, sie ist mit der Uni fertig, sie hat eine Karriere. Ihr Leben hat eine *Richtung*. Sie weiß, *wo sie hinwill*.«

Neidisch, weil Eliza das Pik-Ass zu haben schien, wohingegen Vivienne nur eine Handvoll Joker in Händen hielt. Das war es, was immer hinter ihren Streitereien steckte, auch wenn Vivienne sich nicht sicher war, ob es zu der Zeit einer von ihnen klar war. Vivienne blind für ihre eigenen Fehler, und Eliza nicht bereit, Viviennes Kleinlichkeit zu glauben. Unfähig, die Eifersucht zu sehen, die Vivienne aus den Ohren und den Augen und, ganz besonders, dem Mund kroch und die Tentakel nach ihr ausstreckte.

An jenem letzten Tag hatte Vivienne sie am Fenster gesehen, als sie die Straße zu Elizas Reihenhaus in der Queen's Road hinaufging, der Vorhang zur Seite geschoben.

»Ich habe dich angerufen«, sagte Eliza, die Vivienne an der Tür entgegenkam. »Ich habe immer wieder bei dir angerufen.« Sie zog Vivienne nicht in die Arme und bedeckte ihr Gesicht auch nicht mit Küssen. Sagte ihr nicht, dass sie sie den ganzen Tag vermisst habe. Vivienne fragt sich, ob sie sie mittlerweile vermisst.

Eliza trug ein eng anliegendes grünes Samtkleid und goldene Ohrringe, die so lang waren, dass sie ihr Schlüsselbein berührten, wenn sie den Kopf zur Seite neigte, wie sie es tat, wenn sie angestrengt dem Radio lauschte, beide Hände auf der Küchenarbeitsfläche. Sie sah zum Lautsprecher, als säße die Moderatorin der CBC direkt vor ihr. Vivienne überhaupt nicht zurechtgemacht für wo auch immer es hingehen sollte. Verschwitzt in Shorts und Turnschuhen.

»Ich bin Ann begegnet. Wir sind den Signal Hill hochgelaufen und haben dann auf dem Heimweg ein Bier getrunken. Kein Ding. Ich bin in zehn Minuten fertig.«

»Von wegen fertig. Und ich bin jetzt schon spät dran. Bis später.« Und sie hatte sich zur Tür hinausgedrängt, während Vivienne rückwärts gegen die Wand taumelte, in die Kleiderhaken, von denen einer sich in die weiche Stelle unter ihrem Schulterblatt bohrte. In Viviennes Magen bohrten sich Klingen des Schmerzes.

Als Eliza nach Hause kam, stritten sie. Über den Kleiderhaken und Viviennes Zuspätkommen, den Mangel an Rücksichtnahme, das Zu-ernst-Nehmen der Dinge.

»Und die Dinge nicht ernst genug nehmen. Du musst allmählich den Dingen, die ich brauche, den Dingen, die ich will, Gewicht beimessen. Du kannst mich nicht immer nur wegstoßen, um Dampf abzulassen.« Eliza war verärgert, als sie zitternd vor der Wohnungstür standen, während Vivienne rauchte. Der Streit ebbte allmählich ab. Sie hatten sich durch alle überflüssigen Sätze und Anschuldigungen gearbeitet, bis sie endlich die wichtigen aussprachen. Die einzigen Dinge, die sie eigentlich sagen wollten. Rollende Wogen aus Nebel waberten über den Boden.

Die Formulierung *Dampf ablassen* ärgerte Vivienne, auch wenn sie später nicht sagen konnte, warum sie ihr so gegen den Strich ging. Wahrscheinlich, weil es stimmte. Sie hatte das Gesicht direkt vor Elizas gebracht, und Eliza hatte vielleicht geglaubt, Vivienne beuge sich zu ihr, um entschuldigend ihre Lippen zu berühren. Doch Vivienne hatte ihr eine Lunge voll Zigarettenrauch in den Mund, in die Augen geblasen. Elizas Kopf war zurückgezuckt, und sie hatte gehustet. Tränen quollen aus ihren Augen.

»Ich stoße dich nicht weg, um Dampf abzulassen. Du

wüsstest es, wenn ich bei dir Dampf ablasse.« Vivienne warf ihren Zigarettenstummel in den Rinnstein und kehrte ins Haus zurück, wobei sie die Fliegengittertür knallend hinter sich zufallen ließ.

Da ging Eliza in die Luft und schrie Vivienne an, sie habe genug. Sie rief ein Taxi und sagte ihr, sie solle am Morgen ihre Sachen abholen kommen. Sagte ihr, es werde ein Karton für sie auf der Veranda stehen, den sie auf dem Weg zur Arbeit mitnehmen könne.

»Und dieser Job hat sich ergeben, und es war ganz bestimmt nicht das, was ich für diesen Sommer geplant hatte, aber es gab Geld. Eine Bleibe für den Sommer.« Ihr Zimmer in dem Haus in der Freshwater Road hatte sie bereits gekündigt, denn es war ihr sinnlos erschienen, Miete zu bezahlen, wenn sie doch sowieso jede Nacht bei Eliza verbrachte. Ihre Mitbewohner hatten sofort eine Nachmieterin gefunden. Vivienne waren zwei Wochen geblieben, um eine neue Bleibe zu finden, bevor eine Pharmaziestudentin aus Malaysia ihr Zimmer bezog.

»Damals schien dieser Job die beste Option zu sein.« Sie ließ die Füße baumeln. »Ich hatte viel Zeit zum Nachdenken. Zeit allein ist nichts Schlechtes, wie sich herausgestellt hat.«

Tama reicht ihr die Limonade. Vivienne trinkt einen großen Schluck. »Aber du hast mit ihr gesprochen? Hat sie dir verziehen?«

»Das würde ich nicht sagen.«

»Verzeihen ist nicht so einfach.«

Vivienne dreht sich zu Tama, um ihr Profil zu betrachten.

»Was machst du überhaupt hier oben? Sich in Bäumen zu verstecken, scheint mir ein komischer Zeitvertreib zu sein.«

»Hier oben kann niemand deine Gedanken hören.«

»Hast du denn Gedanken, die niemand hören soll?«

Ein Winkel von Tamas Mund verzieht sich nach oben.

»Definitiv.« Jetzt ist Tama an der Reihe zu verstummen. Wie runde Steine liegt ihr Schweigen mitten in dem Gespräch verstreut. »Es gibt Gedanken, die niemand hören soll, über Dinge, die niemand bemerken soll. Weißt du, was ich meine?«

Vivienne denkt an Colleen und Bradley, die in Sichtweite jedes Fensters in der Bucht als Zweiergespann laufen gehen. Sie denkt an die Leute, die früh genug auf sind, um sie zu bemerken. Der Hummerfischer, der Fleischwurst und Eier brät, bevor er das Haus verlässt, um seine Fallen hochzuziehen. Der alte Mann, der die Katze hinauslässt. Die Cafébesitzerin, die Kaffee kocht. Sie denkt an die Kreatur und ihre goldenen Schuppen und an das silbrige Holz der Veranda hinter dem Store.

»Vielleicht weiß ich, was du meinst. Ich glaube schon.«

KRANKHEIT:
TEIL 2

Vivienne ist den Hügel schnell genug wieder unten, um sich nicht zu verspäten, sie ist auf den Schlag pünktlich. Mit einem Stirnrunzeln blickt Colleen auf die Armbanduhr, als Vivienne in den Store kommt und die Tür hinter sich weit offen lässt. Sie setzt schon zu einer Rüge an und runzelt die Stirn noch heftiger, als ihr klar wird, dass Vivienne es gerade noch rechtzeitig geschafft hat. Vivienne ist jetzt diejenige, die brüsk sein kann.

»Ich bin so weit.« Sie vollführt eine rasche Drehung, schnappt sich Vorräte und Ausrüstung. Hängt sich je eine Tasche über die Schultern und klemmt sich einen Plastikeimer auf eine Hüfte.

Isaiah blickt von seinem Mikroskop auf. »Hilfe gefällig, Kleine?« Sie reagiert nicht. Geht klappernd aus der Tür wie eine Handlungsreisende.

Vivienne hat das Gefühl, als sei ihre Fassade, das Ich, das sie der Welt präsentiert, ein Meteorologe, der Live-Berichte an ihr Unterbewusstsein sendet. Sie steckt mitten in einer Kaltfront, einem atmosphärischen Tiefdruckgebiet. Angesichts der Naturgewalten, denen sie sich aussetzt, ist sie nicht passend angezogen, sie hat weder Wintermantel noch Fäustlinge mitgebracht. Sie weiß nicht, wie sie mit der Polarluft umgehen soll, die Colleen ausstrahlt und die viel schlimmer ist als der feuchtkalte Sarkasmus, den sie normalerweise von ihr abbekommt, oder das unruhige Tief, das Isaiah darstellt. Sie hat Angst vor jähen Luftdruckveränderungen. Vor der beißenden Kälte. Vor Eis, tückisch und glatt. Vielleicht, überlegt sie, kann sie die beiden mit ihren eigenen Waffen schlagen und sie erfrieren lassen, aber sie fürchtet, nicht lange genug durchzuhalten. Sie fühlt sich so zerbrechlich, dass sie glaubt, ein Windstoß könne ihr das Genick brechen.

Vivienne weiß, am besten sollte sie das Weite suchen. Sie war schon mit Colleen nach Damson Bay gefahren, aber Colleen fährt nirgendwohin, bis sie mit allem hier fertig ist. Und Vivienne ist sich sicher, dass sie nicht zwei Stunden lang auf der Rückfahrt in die Stadt dicht neben Isaiah sitzen und nach seinen herumkrabbelnden Krebsfingern schlagen könnte. Sie fragt sich, ob Thomas sie den ganzen Weg bis nach St. John's bringen würde. Oder zurück nach Carbonear. In Carbonear könnte sie einen Bus nehmen oder einen Platz in einem der Taxis buchen, die dreimal die Woche mit Fahrgästen und Paketen nach St. John's fahren. Sie könnte sich hineinquetschen zwischen jemanden, der zu einem Facharzttermin ins Health Sciences Centre muss, und einen Karton voller Hummer, die verzweifelt mit den Scheren an der Pappe kratzen. Oder sie könnte sich von einem der Buchtbewohner, die jeden Tag zur Arbeit pendeln, mitnehmen lassen. Sie könnte sich am Benzin beteiligen.

Aber was dann? Sie hat kein Dach über dem Kopf. Bis zum Semesterbeginn ist es immer noch fast einen Monat hin. Sie hat noch nicht wegen einer Wohnmöglichkeit im Herbst herumtelefoniert. Später wird sie ein paar SMS verschicken. Um zu sehen, ob jemand einen Tipp wegen einer WG oder eines Einzimmerapartments hat. Schlimmstenfalls kann sie ein Zelt im Pippy Park aufschlagen, bis sich etwas anderes findet. Vielleicht ein paar Stunden beim Bootshaus am Long Pond arbeiten. Sie kann es nicht erwarten, von hier fortzukommen, aber sie ist auf das Geld angewiesen. Wie lange würde es dauern, bis das Institut ihr einen Scheck ausstellt, wenn sie vorzeitig abbricht?

Wegen der Fischkisten kommt sie noch einmal ins Haus und zieht sie rückwärts nach draußen in den Hof, wobei sie gegen die Schwelle stößt. Sie versucht, nicht zu der Gefriertruhe in der Ecke zu sehen, während sie ihren Fluchtplan schmiedet. Colleen folgt ihr, die Schlüssel des Trucks am Finger herumwirbelnd. Sieht Vivienne beim Beladen der Ladefläche zu, ohne ihre Hilfe anzubieten.

»Um wie viel Uhr planst du wieder da zu sein? Das muss ich wissen für den Fall, dass du nicht wieder auftauchst und ich die Küstenwache rufen muss. Wir wollen schließlich bei Gott nicht, dass du vermisst wirst.«

»Sollten hin und zurück zwei Stunden sein.«

Trotz Viviennes Bemühungen, ihre Gefühle zu verbergen, ist ihr Gesicht offen, ihre Emotionen hell reflektierend wie ein Alu-Behälter in der Sonne. Colleen glaubt, dass sie nicht genug geschlafen hat. Sie bemerkt die Blässe von Viviennes Gesicht, trotz der sommerlichen Bräune, die Ringe unter den Augen, das vorspringende Kinn. Das Knistern von Kränkung, das sie wie statische Elektrizität umgibt.

Colleen quittiert Viviennes zeitlichen Rahmen mit einem Nicken und schreibt mit dem Zeigefinger eine imaginäre Notiz auf ihre Handfläche. Sie klettert ins Fahrerhaus, um zu warten, während Vivienne die restliche Ausrüstung auf den Truck lädt. Die Fahrt verläuft unter vollständigem Schweigen, auch wenn in stummen Wogen Ärger von Colleen ausgeht und eine Gegenströmung aus Schmerz und

Verwirrung von Vivienne herüberwäscht. Die Wellen prallen aufeinander und brechen sich zwischen ihnen. Beide Frauen ignorieren sie und blicken geradeaus durch die Windschutzscheibe. Am Ende der kurzen Strecke vom Store zum Anlegeplatz ist Vivienne ganz klebrig vor Gefühlen.

Colleen lässt den Truck im Leerlauf, während Vivienne hinten auslädt, und klopft durch ihr offenes Fenster an die Seite der Tür. Schreit Vivienne an, die Fischkisten und Plastikeimer von hinten aus dem Truck zum Boot trägt.

»Lad einfach alles direkt auf den Kai aus. Ich kann nicht den ganzen Tag warten, während du eine Sache nach der anderen ins Boot räumst.«

Sie fährt los, sobald Vivienne die Ladeklappe hochknallt. Rumpelt außer Sicht, ohne sich noch einmal umzusehen. Vivienne bleibt zurück und kommt sich auf dem Kai wie ein Flüchtling vor. Ganz allein, ihr kleiner Stapel aus Paketen neben ihr aufgetürmt. Beim Verstauen ihrer Ausrüstung im Boot lässt sie sich Zeit und bindet dann die Festmacherleine vom Pfosten los. Sie reißt am Starterseil, bis der Motor anspringt, und fährt vorsichtig vom Kai.

Der Abend ist ruhig, der Ozean ereignislos. Die kupferfarbene See unspektakulär in ihrer Schönheit. Sonnentupfer sprenkeln das Wasser, und Vivienne hat das Gefühl, auf einer Schüssel glänzender Pennys zu sitzen, die so wenig wert sind, dass man sie aus dem Verkehr gezogen hat. Sie lässt das Boot um die Spitze der Bucht gleiten und hält auf die Schornsteine des versunkenen Schiffs zu, gleich am Leuchtturm vorbei. Während die Sonne am Himmel untergeht, verschwinden die Pennys, und das Wasser erlangt seine alltäglichen Juwelenfarben wieder – Smaragd, Saphir, Lapislazuli, Türkis, Turmalin. Der Ozean erstreckt sich über endlose, eintönige, wunderschöne Meilen.

Unter der Oberfläche herrscht, wie sie weiß, ermüdende Routine. Kapelane schießen in silbrigen Schwärmen herum, und Kabeljaue, nach monatelanger Völlerei mit dicken Bäuchen, verfolgen sie träge. Haie sind auf der Jagd. Miesmuscheln und Venusmuscheln bilden unebene Perlen aus Sand. Alles geht seinen Gang. Die Lichtverhältnisse sind zu hell, als dass man sehen könnte, wie die leuchtenden Algen ihr abendliches glänzendes Kunststück vollführen. Stattdessen sind sie bloß Schwärme mikroskopischen Unkrauts, die die Bucht ersticken und einen glitschigen Film auf Viviennes Händen hinterlassen, während sie sich über Bord beugt, um Proben zu entnehmen. Die Landefeuer von Quallen sind verschwunden, ersetzt durch gallertartige Kleckse, die Angelgeräte verschmieren und Außenbordmotoren verstopfen.

Vivienne lässt sich bei der Arbeit Zeit, bewegt sich von einer Falte in der Küstenlinie zur nächsten. Die Sonne rutscht wie Butter den Himmel hinunter. Sie entnimmt Proben und katalogisiert und markiert Dinge in einer Tabelle und tuckert weiter zur nächsten Stelle. Im kommenden Jahr werden da wohl Taucher und ferngesteuerte Unterwasserfahrzeuge, Robotertechnik mit Kameras sein. Heute Abend kann sie sich nicht vorstellen, dass etwas Spektakuläres aus diesem Gewässer auftaucht – nur schleimige, kaltblütige Ungeheuer. Wolken kriechen, wie Katzen auf dem Bauch, über den Horizont. Der Wind riecht nach Regen.

Sie puttet in die Bucht, wo sie die Kreatur geangelt hat. Stellt den Motor aus und lässt das Boot treiben. Sie blickt über Bord. Im Schatten der überhängenden Klippe ist das Wasser trüb, sämtliche Vorgänge unter der Oberfläche, die sie sich vorstellt, unsichtbar. Sie wirft ihre Handleine aus, und der Pilker sinkt, während die grüne Schnur dahinter sich wie Seidenfaden entspult. Ein paarmal zieht sie halbherzig daran, aber die Leine treibt dahin. Dann fühlt sie, dass sie sich an irgendetwas am Boden verhakt. Sie geht über das ganze Boot, zieht die Leine vorsichtig über Fischkisten und Sitze, bis sie den Bug erreicht. Spürt, dass der Haken sich wieder löst. Sie lässt sich neben dem Staufach nieder und schließt die Augen. So muss ein schiffbrüchiger Matrose sich fühlen, stellt sie sich vor.

Vivienne ist von allem, was passiert ist, überwältigt, von Erschöpfung, von der Angst und der Verwirrung, die sie wie Nebel umgibt. Von der Erleichterung, zum Glück allein in einem Boot auf dem Wasser zu sein. Die untergehende Sonne ist warm auf ihren Lidern, und sie schlummert ein. Im nächsten Augenblick hat sie einen Schwarzweißtraum. Dass sie auf offener See treibt, im Schneidersitz auf einem mit Seilen zusammengebundenen Floß. Das Floß ist schlecht konstruiert, und Vivienne befürchtet, dass schon beim kleinsten Seegang zerbersten wird. Hier befindet sie sich außer Sicht von Land oder dem Schiff, das sie vielleicht hierhergebracht hat. Sie zieht sich auf alle viere, um den Horizont von jedem Winkel aus abzusuchen, aber da gibt es nichts außer dem endlosen Meer – keine Vögel, keine Eisberge, keinen Unterwasservulkan, der eine Insel hervorgebracht hat. Sie sitzt am Nabel der Welt, und in jeder Himmelsrichtung liegt nichts. Da hört sie ein Geräusch. Es ist der Wind oder das Geschrei gespenstischer Matrosen. Sie spitzt die Ohren.

Unter der Wasseroberfläche, und gerade außerhalb der Reichweite des Floßes, ein Lichtblitz. Vivienne krabbelt bis ganz an den Rand ihres wackligen Floßes und lugt in die Schwärze. Da ist etwas, glänzt wie Silber. Sie kann nicht erkennen, ob es sich um einen Fischschwarm handelt –

Heringe oder Makrelen – oder die Rüstung eines lange verstorbenen Eroberers. Das Floß neigt sich. Sie packt das grobe Holz mit einer Hand und streckt die andere aus, um zu berühren, was immer da gerade außer Sichtweite liegt. Ihre Hand taucht ins salzige Meer. Die Sonne hat zwar die Haut des Ozeans, die ersten drei Millimeter, erwärmt, aber Vivienne spürt, wie die Gefühlskälte der Tiefe von irgendeinem unergründlichen Graben in ihre Handfläche ausstrahlt. Und dann greift etwas nach ihrer Hand. Es zieht sie hinein.

Sie fährt aus dem Schlaf auf und stößt mit dem Kopf gegen die Innenseite des Boots. Etwas zerrt an der Leine. Benommen und unsicher auf den Beinen steht sie auf und zieht die Leine hoch, eine Hand nach der anderen. Es ist schwer, und sie zieht schnell, weil sie hofft, was auch immer sie gefangen hat, mit etwas Schwung übers Dollbord ziehen zu können. Ihr Herz hämmert. Es hat sich innerhalb von Sekunden von einem leisen Adagio zu einem kaninchenartigen Presto gesteigert. Sie beobachtet, wie ein Schatten erscheint, und springt zurück, als sie ihren Fang ins Boot zerrt, wobei sie beinahe das Gleichgewicht verliert. Es ist ein gewaltiger, sich windender Seeskorpion. Voller Warzen und hässlich, sieht er aus wie ein nasser Tumor, und es würde sie nicht überraschen, unförmige Wucherungen mit Haaren oder Zähnen aus seinem Fleisch sprießen zu sehen. Er glotzt sie mit hervortretenden Augen an und klappt die fleischigen Lippen auf und zu. Zuckend schiebt er sich am Boden des Boots entlang. Vivienne zieht den Haken aus seiner Lippe, bevor sie ihn mit dem Wurfanker am zerklüfteten Schwanz packt und in hohem Bogen zurück ins Meer schleudert. Sie wird ihn nicht als Exemplar behalten, trägt seine Existenz nicht auf ihrem Blatt ein. Stattdessen wirft sie den Motor an und fährt zum Anlegeplatz zurück. Der Bug des Boots ist schaumig vor Algen, der Motor wühlt im Kielwasser Quallen auf.

Colleen ist bei ihrer Ankunft nicht am Kai, deshalb bindet Vivienne das Boot allein fest und stapelt ihre Fischkisten und Eimer aufeinander. Ein Boot voller Fischer mit ihrem abendlichen Fang winkt ihr von weiter unten am Anlegeplatz zu. Sie nehmen Fische aus und trinken Blue Star. Sie winkt zurück, geht aber nicht den Anlegeplatz auf einen Plausch hinunter, sondern tut stattdessen so, als sei sie in ihre Zahlen und Diagramme vertieft, während sie auf den grünen Truck wartet. Als Colleen vorfährt, hat die Erschöpfung längst Besitz von ihr ergriffen. Sie verbringt fünf mühselige Minuten damit, den Truck hinten zu beladen, bevor Colleen aus dem Fahrerhaus springt, um ihr zu helfen, die größeren Sachen auf die Ladefläche zu hieven. Sie fahren schweigend zum Store, obwohl sich die Wogen der Spannungen gelegt haben und auf dem Wasser zwischen ihnen nur noch leichter Wellengang herrscht.

Der Store liegt bei ihrer Ankunft dunkel da.

»Wo ist Isaiah?« Vivienne wollte das nicht fragen, doch die Wörter sind ihr entschlüpft, bevor sie weiß, dass sie da sind.

»Musst du unbedingt sein Kommen und Gehen verfolgen? Organisierst du jetzt seinen Terminkalender?« Doch Colleen lenkt ein. »Zurück zum Haus. Du schiebst in den nächsten beiden Tagen die Nachtwache. Von jetzt an lassen wir das Exemplar nicht mehr allein. Trotz der Installation unseres ausgeklügelten Sicherheitssystems.« Sie schüttelt den Kopf über das Vorhängeschloss. »Hier könnte ein Kind mit einer Haarklammer einbrechen, wenn es will.«

Vivienne zuckt mit den Achseln. Eine Nacht im Store zu verbringen, ist ihr weit lieber, als mit offenen Augen und nur einer Bettdecke zum Schutz gegen jeden, der vielleicht im Dunkeln zu ihr stolpert, in ihrem Zimmer zu liegen. Das Kind mit seinem Haarklammerdietrich bereitet ihr keine Sorgen.

Colleen stürzt sich auf die Einzelheiten. Sie arbeitet ihre Liste ab wie eine gehetzte Mutter bei der Einweisung des Babysitters. Geht sie blitzschnell durch, damit sie aus dem Haus kommt, bevor es Tränen gibt. »In der Ecke steht ein Feldbett mit einem Schlafsack. Du hast ein Upgrade von der Gartenliege bekommen.«

»Okay. Ist gut.«

»Bearbeite, was du heute Abend eingesammelt hast, bevor du dich hinlegst. Deine Arbeitsschicht geht bis ...«, Colleen sieht auf die Armbanduhr. »Zehn. Keine Gesellschaft. Ich will nicht hören, dass Thomas hier gewesen ist.«

Vivienne stellt ab, was sie getragen hat, und geht auf die Tiefkühltruhe in der Ecke zu. Sie hat die Kreatur seit dem Morgen mit dem Biopsiegewehr nicht mehr gesehen. Zwei ganze Tage lang. Colleen hat immer wieder dazwischengefunkt und Vivienne von ihr ferngehalten, um sie zu bestrafen. Doch da sie nun die Nachtwache zugeteilt bekommen hat, scheint sich der Punkt erübrigt zu haben. Colleen tritt ihr in den Weg, bevor sie das Aquarium erreicht. Sie ist noch nicht ganz bereit nachzugeben.

»Sobald du die Proben bearbeitet hast, musst du Daten in die Tabelle eintragen. Du solltest die Zeit nutzen und heute Abend anfangen, auch daran zu arbeiten.«

»Das kann ich machen.« In ihrem müden Zustand sind Vivienne und Colleen in eine alte Routine verfallen, einen praktikablen Umgang miteinander. Vivienne sieht eine Gelegenheit, die sich wie eine klaffende Höhle auftut. Sie hatte nicht geglaubt, mit Colleen darüber reden zu können, was sich in der Dunkelheit auf der Veranda hinter dem Store zugetragen hat. Aber sie sind allein, und vertrauen darf sie ihr doch wohl bestimmt. »Colleen. Kann ich etwas mit dir besprechen?«

»Vivienne. Ich will es nicht noch einmal hören. Wir arbeiten daran, diese Kreatur nach St. John's zu bringen, und sobald wir sie dort haben, können wir sie in ein richtiges Aquarium verlegen. Das hier ist vorübergehend.«

Vivienne weiß nicht, wie sie Colleens Redefluss Einhalt gebieten und das Gespräch in die von ihr gewünschte Richtung lenken soll.

Colleen redet immer noch. »Montagmorgen werden wir Vorkehrungen mit dem Labor in der Stadt treffen, um es nach St. John's zu transportieren, und zwar in etwas, das keine Fischkiste ist. Und auch keine Tiefkühltruhe. Und kein Wäschekorb oder was für ein verrücktes Ding wir sonst noch zusammenzuschustern meinen. Ich muss vielleicht hinfahren und ein paar Angelegenheiten von dort aus koordinieren. Allmählich läuft uns die Zeit weg.«

»Du und Isaiah, ihr fahrt beide?«

»Schon wieder seine Privatsekretärin.« Verärgert lässt Colleen die Knöchel knacken, beantwortet Viviennes Frage allerdings. »Ich fahre. Er wird bleiben. Wir hätten gern einen von uns hier.«

»Dann würde ich lieber mit dir mitkommen.«

»Du würdest lieber mit mir mitkommen? Im Truck? Du würdest lieber mit mir im Truck mitkommen?« Colleen betrachtet sie skeptisch.

»Ich fühle mich hier unbehaglich. Allein.«

»Seit wann? Du bist schon den ganzen Sommer hier draußen. Dieses Ding wird nicht aus der Tiefkühltruhe kriechen und dich auffressen.«

»Ich fühle mich in seiner Gegenwart unbehaglich.« Sie atmet durch. Mustert die Maserung des Holzbodens. »Ich will hier nicht allein mit ihm sein.«

»Mit wem?«

Bei der Frage blickt sie auf. »Mit Isaiah.«

»Isaiah? Was soll das denn heißen?« Colleen sieht Vivienne in die Augen. Ohne zu blinzeln. Vivienne stellt sich vor, dass sie auf diese Weise auch in ein Mikroskop späht. Sie fragt sich, ob die Mikroorganismen dieses riesenhafte Auge sehen können, das, ohne zu blinzeln, auf sie herabstarrt. Sie fragt sich, ob sie alle an die Ränder des Objektträgers schwimmen und versuchen, diesem Starren zu entkommen.

»Die Dinge stehen nicht gut zwischen uns.« Das sind nicht ganz die richtigen Worte. Sie versucht es abermals. »Er war nicht nett.«

»Trotz allem, was du denken magst, muss er nicht nett zu dir sein.«

»Nein. Muss er nicht.« Selbst Vivienne sieht ein, dass das stimmt. »Aber er hat sich unangemessen verhalten.« Sie bringt es nicht über sich, laut auszusprechen, was vorgefallen ist. »Er hat etwas versucht. Er hat versucht, mir etwas anzutun.«

»Er hat versucht, dir etwas anzutun.« Colleen glotzt. Mustert ihr Gesicht, wie sie es vielleicht bei einem Blutstropfen auf einem mikroskopischen Objektträger täte.

»Es ist passiert. Ich denke es mir nicht aus.« Viviennes Stimme ist kleinlaut. Vor dem Fenster schreit eine Möwe.

»Vivienne.« Zur Abwechslung brüllt Colleen einmal nicht. »Ich sage ja nicht, dass es nicht passiert ist.« Sie lässt die

Hände sinken. »Nur macht es keinen Unterschied. Es macht keinen Unterschied, dass du es dir nicht ausdenkst. Da steht dein Wort gegen seines.« In ihrer Stimme ist keine Spur von Ärger oder Groll. Sie spricht so leise. »Willst du wirklich herumlaufen und das den Leuten erzählen? Es wird dir nichts nützen. Es wird dem Projekt nichts nützen.«

Die Frauen stehen einander zugewandt da, im Abstand von dreißig Zentimetern. Ihre Körper in spiegelbildlicher Haltung, die Arme hängen an den Seiten herunter.

»Ich weiß, du glaubst, dass du dich besser fühlen wirst, wenn du den Leuten davon erzählst. Du glaubst, dass da draußen jemand ist, der dir irgendwie helfen kann. Aber Vivienne. Niemand wird dir übers Haar streichen und dir sagen, dass es gut werden wird, dass alles in Ordnung kommt. Du glaubst, das wird geschehen. Das wird es nicht.«

Vivienne ist schwindelig. Sie verspürt einen steigenden Druck im Kopf. Ihr Gehirn fühlt sich an, als habe es sich ausgedehnt und sei zu groß für ihren Schädel geworden. Blut hämmert gegen Knochen. Und sie ist müde. Sie muss sich hinlegen. Sie glaubt, dass sie ohnmächtig auf den Boden fallen wird, wenn sie sich nicht unverzüglich hinlegt.

Colleen redet immer noch. »Jemand anderem davon zu erzählen, wird die Dinge für dich nicht besser machen. Deine Geschichte wird wie einer dieser Delfine sein. Hast du sie gesehen? Die Delfine?« Sie verwendet ihre einsichtigste Stimme. Vivienne erkennt die Stimme kaum wieder. »Unten in einem der Carolinas. Oder vielleicht in Florida. Dieser Delfin schwamm direkt an den Strand, wo die ganzen Collegestudenten sich während des Spring Break besoffen haben, und jemand hat ihn bemerkt und an Land gezerrt, und jeder hat sich mit ihm fotografieren lassen, jeder hat ein Selfie gemacht und die Titten daran gerieben, und ehe sie sich's versahen, war er tot. Zerfleischt.«

Viviennes Blick huscht auf der Suche nach dem Feldbett durch den Raum.

»Das passiert mit deiner Geschichte, wenn du sie publik machst. Das werden sie dir antun. Es gibt da draußen Leute, die sie in der Luft zerfetzen werden. Die dich zerfetzen werden.«

Vivienne fragt sich, ob es einer von diesen Schlafsäcken ist, bei denen man den Reißverschluss über dem Kopf zuziehen kann. Einer von denen, aus denen man sich einen Kokon bauen und in die man verschwinden kann.

»Ich sage das nicht aus Gemeinheit, Vivienne. Ich will nicht hartherzig klingen.« Colleen schüttelt einmal den Kopf. Als hätte sie soeben etwas Bedauerliches gesehen. Wie einen platten Reifen. Oder ein auf dem Highway getötetes Kaninchen. »Ich bin bloß pragmatisch. Ich bin froh, dass du es mir erzählt hast. Ich bin froh, dass du es dir von der Seele geredet hast. Und ich werde sicherstellen, dass sonst nichts mehr passiert, während du hier draußen bist. Aber was soll es bringen, jemand anderem davon zu erzählen? Leuten, die sagen werden, dass du es dir ausgedacht hast, besonders wenn die Neuigkeiten von dem Exemplar bekannt werden. Sie werden sagen, dass du versuchst, Aufmerksamkeit zu erregen. Sie werden dich als Schlampe bezeichnen. Sie werden es dir ins Gesicht sagen. Sie werden fünfzigmal pro Nacht bei dir zu Hause anrufen und es dir am Telefon sagen. Und ganz egal, wem du es erzählst, mit dem Teil wirst du allein fertigwerden müssen. Ich meine nur: Sei pragmatisch. Denk darüber nach, was du tust. Denn weißt du, nicht jeder ist ein guter Mensch.«

Colleen streckt die Hand aus, um Vivienne an der Schulter zu berühren. Viviennes Arm zuckt zurück, und sie schiebt sich an ihr vorbei, will die Kreatur in der Tiefkühltruhe betrachten. Die Luft entweicht in einem Schwall aus ihrer Lunge.

Sobald Colleen die Nachtwache erwähnt hatte, war Vivienne in den Sinn gekommen, dass sie versuchen könnte, die Kreatur für sich zu gewinnen. Kurzzeitig hatte sie sich dabei gesehen, wie sie sie mit Kapelanen aus dem Bottich neben dem Labortisch füttert und ihr die Nacht hindurch Dinge zuraunt. Sie hatte daran gedacht, sie mit Geschichten einzulullen. Sie möchte dem Fisch erzählen, welche Farbe das Meer heute hat. Von den Sonnen-Pennys in der Bucht, und sie würde sie nicht wie wertlose Währung klingen lassen, sondern wie einen Schatz, ganz knapp außer Reichweite. Sie will über die Quallen plaudern, die die Bucht erobern, und die Möwen und den Dornhai auf seiner Pirsch um das alte versunkene Schiff mit seinem Garten aus Seetang, der wie Bänder in der Gezeitenströmung schaukelt. Vivienne hofft, sie vielleicht durch ihren Tonfall und ihre Körpersprache davon überzeugen zu können, dass sie eine Freundin ist, keine Feindin. Dass sie, solange sie hier draußen ist, auf ihrer Seite steht. Sie hofft, ihr Seeungeheuer vielleicht davon überzeugen zu können, dass sie es nicht im Stich lassen wird.

Doch der Anblick, der sich ihr bietet, reißt sie schockartig aus ihrem Tagtraum. Die Kreatur liegt auf dem Boden des Aquariums, das Wasser schmutzig grau. Ihre glänzende Rüstung, ihr beschuppter metallischer Brustpanzer ist trübe. Vivienne hält sie für tot. Ihre eigene Lunge versagt den Dienst. Sie fühlt sich, als würde sie ersticken.

Sie atmet aus, als die Kreatur zuckt und eine langsame Runde in der Tiefkühltruhe schwimmt, bevor sie wieder zu Boden sinkt. Keine elegant-wütenden Kreise. Kein wildes Zappeln. Kein Zorn. Die kreisförmige Wunde, wo der Pfeil ihr Fleisch durchbohrt hat, ist rot und sieht entzündet aus. Der Fisch erhebt sich erneut, unter Anstrengung, und dreht noch eine apathische Runde. Vivienne fährt mit der Hand durch das Wasser, und diesmal wittert die Kreatur sie. Sie schießt zwar zur Oberfläche, auf die Finger zu, die Vivienne im Wasser treiben lässt, aber sie trifft nicht, als sei ihre Tiefenwahrnehmung ausgehebelt. Ihre Kiemen flattern unregelmäßig. Die Wunde in ihrer Wange ist eine pulsierende Beule von der Größe eines Seeigels. Als sie sich von Viviennes Hand abwendet, stößt sie sich das Gesicht an der Seite der Tiefkühltruhe an. Der Furunkel platzt auf, und zäher grünlicher Eiter explodiert aus der Seite ihres Gesichts. Sie weicht zurück, wie eine Schnecke sich bei der Berührung eines Fingers in ihr Haus zurückzieht. Ihr Ausflug an die Oberseite des Aquariums scheint sie erschöpft zu haben, und sie sinkt wieder zu Boden. Eine Haut aus grauen Schuppen bedeckt die Wasseroberfläche.

HINTER DEM RASENTRIMMER

Colleen lehnt an einem druckimprägnierten Pfosten, das Holz glatt unter ihrer Wange. Der chemische Geruch des Pfostens vermischt sich mit den Gerüchen aus dem Café, dem scharf-säuerlichen Geruch von Essig und irgendwelchen Kräutern, die sie nicht näher bestimmen kann. Sie steht unter der hinteren Veranda des Coffeeshops, von der Küche aus nicht zu sehen. Durch die Fliegengittertür sind Tamas effiziente Bewegungen zu hören, während sie hin und her eilt: das Geklapper von Geschirr, Wasserhähne, die auf- und zugedreht werden, das Klirren von Metallutensilien. Der Radioempfang ist unstet, der Sound verrauscht; traditionelle Countrysänger mit raueren Stimmen als nötig, die gleitenden Noten von Steel-Gitarren biegen sich wie Löffel. Und dennoch lässt Tama die Abendsendung laufen. Vermittelt den unangebrachten Optimismus, dass sie – früher oder später – ein klares Signal hereinbekommen wird.

Colleen bleibt in den Schatten, vor ihrem geistigen Auge Viviennes blasses Mondgesicht, als sie die Tür verriegelt hat. Sie fragt sich, ob sie sich vor der Dunkelheit fürchtet. Zwar hat sie Vivienne vorgegaukelt, sie werde sich nach dem Store auf direktem Wege mit Isaiah treffen, doch erst muss sie sich um andere Angelegenheiten kümmern. Ein paar Dinge klären. Sie hört Bradley, seine Stimme übermütig und laut, als er die Küche betritt. Der Lärm, den Tama bei der Arbeit verursacht, ist Teil der natürlichen Klanglandschaft des Cafés, selbst das Quietschen ihrer Turnschuhe, das metallische Schaben von Rührbesen an Schüsseln. Sie ist nicht leise – Colleen kann ihre Bewegungen nach Gehör mitverfolgen, doch ihre akustische Gegenwart in dem Raum ist Teil der umgebenden Geräuschkulisse. Bradley hingegen poltert und scheppert. Er stört den Rhythmus, den Tama einhält, bringt den Takt durcheinander. Colleen bekommt mit, dass er quer über den Boden läuft – er muss seine schweren Stiefel tragen –, seine Schritte lassen einen Löffel, der in einer Teetasse auf der Veranda zurückgelassen wurde, wie eine Triangel in einem Orchester erklingen. Er bleibt stehen, um sich mit Tama zu unterhalten. Das Gespräch ist unausgeglichen, Dröhnen und Gemurmel, Dröhnen, Gemurmel, und dann bricht er in einem Schwall kindlicher Energie durch die Tür. Die Veranda wackelt, als er die Treppe heruntersprint.

Colleen tritt von dem Verandapfosten weg ins Licht. Bradley erblickt sie. Die Augenbrauen hochziehend, breitet er die Finger weit aus und kommt auf sie zu, als wolle er ihren Brustkorb packen. Sie runzelt die Stirn und legt einen Finger an die Lippen. Zeigt auf einen schattigen Platz hinter dem Haus. Bradley ignoriert diese Anweisung und zieht sie an sich, gibt ihr einen Kuss auf den Hals. Sie stößt ihn von sich und schleicht zum hinteren Teil des Gartens. Auf dem Weg dreht sie sich nicht um, vergewissert sich nicht, ob er ihr auch folgt.

Hinter der Veranda befindet sich ein dicht bewachsenes Rasenstück mit ein paar Holztischen, die in der Mitte Löcher für Sonnenschirme haben, obwohl es für deren Einsatz gewöhnlich zu windig ist. Die Stühle sind für die

Nacht unter der Veranda gestapelt und sehen aus, als könnten sie jeden Moment umkippen. Hinter dem Rasen fällt der Garten zur Bucht hin ab. Tama hat mehrere Reihen Hochbeete geplant, doch bisher sind diejenigen, die sie gebaut hat, noch leer. Es gibt nur wenige Töpfe, in denen Kräuter – Basilikum und Petersilie – angepflanzt sind. Rechts davon ein Haufen Mutterboden mit einem Fell aus Unkraut und links ein winziger Schuppen und ein riesiger Plastikkomposter, um den herum ein paar zerbrochene Eierschalen verstreut liegen und hinter dem eine Rattenfalle hervorlugt.

Colleen setzt sich auf ein Hochbeet und blickt auf die Bucht hinaus, während sie mit den Schlüsseln des Trucks, die sie immer noch in der Hand hält, herumspielt. Das Café ist auf halber Höhe der abfallenden Schüssel gebaut, aus der die Damson Bay besteht. Die Hauptstraße über ihnen, und unten das Wasser und der Leuchtturm und der Anlegeplatz. Im Dunkeln ist die Stadt eine zerbrochene Schale aus Lichtern, am schartigen Rand mit einer glitzernden Gezeiteneinfassung. Bradley schiebt sich an ihr vorbei und legt sich auf ein Stück flach getretenes Gras am Rand des Gartens. Lehnt sich auf die Ellbogen zurück, verschränkt die Fußknöchel, einen über dem anderen. Er greift nach Colleens Hand, um sie auch nach unten zu ziehen. Sie sträubt sich. Das hier soll ein Treffen im Stehen sein, auf Augenhöhe, aber als ihr einfällt, wie gut sie vom hohen Gras verborgen werden, lenkt sie ein und lässt sich auf den Boden sinken, allerdings ohne sich hinzulegen. Die Knie hoch und den Rücken gerade, setzt sie sich ein Stück von ihm weg, sodass noch ein ausgewachsener Mensch zwischen sie passen würde – ein sittsamer Abstand, den nicht einmal eine Nonne auf dem Abschlussball der katholischen Highschool bemängelt hätte. Sie presst die Lippen zusammen. Von hier ist das Labor zu sehen.

»Kommst du nicht ein bisschen näher?«

Bradley streckt den Arm nach ihr aus, doch Colleen hebt die Hand wie eine Verkehrspolizistin an einem Fußgängerübergang, und er befolgt den Hinweis mit einem Grinsen. Bradley bildet sich etwas auf seine Frauenkenntnis ein, er betrachtet sich als erfahrenen Seemann, der die unberechenbaren Launen von Frauen deuten kann, er kreuzt geduldig gegen den Wind an. Colleen kann so gestochen scharf und unwirsch sein wie der erste winterliche Hauch von Schneeregen und so wechselhaft wie das Wetter, also setzt er sich zurück und wartet ab. Er macht sich bereit, den Kurs bei der geringsten Windveränderung zu wechseln. Er ist neugierig und aufgeregt, weil sie darum gebeten hat, sich hier zu treffen. Sein oberer Fußknöchel wippt erwartungsvoll. Colleen sieht Bradley nicht an. Sie beobachtet, wie ein Fahrzeug den Parkplatz des kleinen Ladens neben dem Strand verlässt und die Straße hochfährt, die die Stadt zweiteilt, bevor es in die Einfahrt eines zweistöckigen Hauses mit verblasster blauer Verkleidung biegt. Beim Sprechen wendet sie das Gesicht nicht zu Bradley.

»Von hier oben kann man alles sehen.« Sie zögert den Augenblick hinaus. Noch nicht ganz bereit, ihm zu sagen, dass Schluss ist.

»Hier oben ist es auf jeden Fall ziemlich ungeschützt. Vielleicht wäre ein etwas verstecktes Plätzchen besser.« Er verlagert das Gewicht auf die Hüfte, die ihr am nächsten ist, und schiebt den oberen Fuß auf sie zu. Berührt ihren Knöchel, ganz sanft, mit dem Zeh. »Wir wollen ja nicht, dass uns jemand sieht.«

Sie rührt sich nicht. Ein kleines Zugeständnis. Colleen

ist versucht, Bradley seinen Gedankengang in die Tat umsetzen zu lassen. Sie nimmt hin, dass er den Fuß an ihrem Knöchel und ihrer Wade entlanggleiten lässt. Nimmt hin, dass er dann statt des Fußes die Hand einsetzt, als er ihr Knie erreicht. Seine Hand sucht sich ihren Weg den Oberschenkel hinauf und zwischen ihre Beine. Als er, durch ihre Kleidung hindurch, ihre Schamlippen nachfährt, lehnt sie sich zurück. Zwar erwägt sie, ihm Einhalt zu gebieten, denn sie steht unter Zeitdruck, aber der Sex mit Bradley ist gut, sogar sehr gut, und obwohl sie weiß, dass ihre gemeinsame Zeit abgelaufen ist, könnten vielleicht gerade noch genug Minuten übrig sein, um sich ins Gras zu legen oder ein kleines Versteck hinter dem Holzstoß zu suchen.

Bradley zieht die Finger weg, und endlich sieht sie ihn an, verärgert, weil er aufgehört hat. Er steht auf und lächelt auf sie herab, nimmt sie an der Hand und führt sie zu dem Schuppen. Der Boden neben dem Schuppen ist weich von Sägemehl. Ein halber Klafter Holz wartet darauf, gehackt zu werden. Sie gehen um den Hackklotz, in dem immer noch die Klinge der Axt steckt. Die Luft riecht nach Harz, und der Boden ist schwammig und feucht.

Der Schuppen ist nicht verschlossen. Holzreste sind ordentlich an einer Wand aufgestapelt, wie Totenschädel in einer Katakombe. Der Raum ist vollgestopft mit Werkzeugen und Gartenbedarf. Bradley zerrt eine Tüte Torf beiseite, um ein wenig Platz zu schaffen, und schiebt Colleen in die frei gewordene Ecke. Auf einer Seite wird sie von einer Schaufel und einem schweren Metallrechen flankiert und auf der anderen von einem Rasenmäher. Bradley presst seinen Leib an ihren, übt mit den Hüften festen Druck aus, sodass sie seine Erektion durch sämtliche Kleiderschichten spürt. Er tritt einen Schritt zurück, um die Jeans aufzuknöpfen, während Colleen aus der Hose schlüpft, doch sie streckt eine Hand aus, um ihn aufzuhalten, bevor er die Jeans über die Hüften schieben kann. Stattdessen zieht sie ihn wieder dicht an sich und drückt ihn nach unten, eine Hand auf der Schulter, die andere in sein Haar geschoben. Er schenkt ihr ein selbstzufriedenes Grinsen und fügt sich, indem er zu Boden sinkt. Colleen schließt die Augen, die Hand auf seinem Kopf, während er leckt und knabbert. Bei ihrem Orgasmus zieht sie an seinen Haaren. Bradley streift sie noch einmal mit der Zunge, als er merkt, dass sie fertig ist, und entlockt ihr einen unerwarteten Schrei. Er spricht von den Knien zu ihr hoch.

»Das höre ich gern, Frau Doktor.«

»Ach ja?«, antwortet Colleen, die mühsam wieder zu Atem kommt.

Er greift nach oben, um sie auf den Sperrholzboden zu ziehen, doch sie schüttelt den Kopf. Wieder dieses Grinsen, das vor Selbstzufriedenheit strotzt.

»Nein. Du hast recht. Der Boden ist mies.«

Er ist mies. Überall schlammige Fußspuren und Maschinenölkleckse von der Kettensäge und Klumpen von Schafdung. Er packt ihre Hüften und zieht sich daran in eine stehende Position.

»Keine Sorge. Ich hab schon eine Idee.«

Er ist schnell auf den Beinen. Hakt eine Hand unter ihr Knie und schiebt mit der anderen seine Boxershorts und Jeans über die Hüften.

»Vertikal haben wir es noch nicht probiert.«

Doch Colleen gleitet beiseite und weicht ihm aus, zieht ihre Cargohose hoch, während sie sich zur Raummitte zurückzieht. Halb entkleidet verliert Bradley das Gleichgewicht. Er streckt eine Hand aus, sucht Halt, erwischt jedoch den Griff des Rechens. Stolpert, als der Rechen und auch die Schaufel laut zu Boden poltern. Colleen hebt nicht die Hand, um ihm zu helfen.

»Zum Teufel noch mal! Was ist los?«

Bradley dreht sich mit verwirrten Augen zu Colleen um. Es fällt ihm schwer, aufzustehen und gleichzeitig seine Kleidung zu richten. In dem kleinen Raum kann er nicht recht Fuß fassen, und sich aufzurappeln ist komplizierter, als es aussieht. Colleen beobachtet seine Anstrengungen.

»Nichts ist los. Hör mal, Bradley.« Sie ist geschäftsmäßig. Brüsk und effizient, mit Blick auf die Uhr, während sie mit der Hand die Vorderseite ihrer Hose glattstreicht. Einen Blick nach unten wirft, um zu prüfen, ob die Knopfleiste an ihrem Hemd gerade sitzt. »Ich glaube nicht, dass ich das hier weiter tun kann.«

Sie zieht das Gummiband aus dem Haar und schnalzt es um ihr Handgelenk. Schüttelt das Haar aus, eine rotblonde Kaskade. Ihr Haar fällt so gerade und schwer wie Regen an einem windstillen Tag. Im Dämmerlicht des Schuppens leuchtet es matt, ein messingrotes Schimmern. Bradley sieht zu, wie es sich legt, als sei er Aladin in der Höhle und beobachte das Entrollen von mit Goldfäden durchwirkter Seide. Er ist verwirrt und bezaubert und verblüfft und auf einmal bestürzt. Er kann das, was sie sagt, nicht recht fassen. Hat Angst, dass er es richtig verstanden hat.

Colleen streicht sich das Haar mit den Handflächen glatt und bindet es zu einem strengen Pferdeschwanz zurück, der an ihren Schläfen zerrt. Sie teilt den Pferdeschwanz in zwei dicke Stränge und zieht sie auseinander, um sicherzugehen, dass er fest sitzt.

Bradley mustert ihr Gesicht und stößt ein schnaubendes Lachen aus.

»Himmel, im ersten Moment dachte ich schon, du meinst es ernst.«

Colleen sieht ihm direkt in die Augen.

»Ich meine es durchaus ernst. Ich kann das hier nicht mehr tun.«

»Du kannst das hier nicht mehr tun?« In Bradleys Stimme schwingen Verwirrung und Ungläubigkeit mit. Fassungslos sieht er sich in dem Raum um, als suche er in den Ecken, hinter dem Rasentrimmer nach Antworten. »Was zum Teufel war das gerade?«

RATTEN

Tama öffnet die Fliegengittertür mit einem alten Plastikeimer in einer Hand. Der Eimer quillt über, voller Zwiebel- und Ingwerschalen, mit schlaffen Rhabarberblättern, die wie Elefantenohren über die Seiten hängen. Insekten sausen über die Veranda, und die Luft ist von Klängen erfüllt. Sie hört das Summen von Stechmücken und die leisere Note von Flügeln, die gegen die Fensterscheibe schlagen. Das Café ist dunkelblau gestrichen, und Motten bedecken die tintige Verkleidung, sodass die Wand wie eine Bahn Brokat aussieht, die vor dem Himmel entrollt ist, der Stoff mit langsam schlagenden Flügeln pulsierend. Er bebt, ist lebendig. Tama klinkt die Tür schnell hinter sich zu. Das Letzte, was sie braucht, sind Flügel und Fühler in ihren Marmeladen, Facettenaugen, die nach draußen starren, als wären sie in Bernstein konserviert, darauf wartend, auf Toast gestrichen zu werden. Unter der Verandalampe liegen überall auf den Dielen tote Körper mit weißen Flügeln herum, wie Herbstlaub unter ihren Turnschuhen knisternd.

Sie steigt die Stufen hinunter und überquert den Rasen, vorbei an den Picknicktischen und ihren Kräutertöpfen. Das Gras ist taunass. Die Nacht ist schnell und kalt hereingebrochen, die Sonne ist davongeglitten wie ein zerplatztes Eigelb durch ihre Finger. Der Sommer lässt bereits Anzeichen erkennen, dass er in den Herbst hinüberrutscht.

In den Turnschuhen trägt sie keine Strümpfe, und innerhalb von Sekunden sind ihre Knöchel nass. Sie biegt um die Ecke des Schuppens und entfernt den Deckel des schwarzen Plastikkomposters, kippt den Inhalt ihres Eimers hinein. Die Tonne ist fast voll, auf der oberen Kompostschicht ein Durcheinander aus Grasschnitt und Kaffeesatz. Es herrscht ein süßlicher, erdiger Fäulnisgeruch. Regenwürmer verrichten dort, wie sie weiß, ihre Arbeit, bohren sich durch Apfelgehäuse und mampfen Salatstrünke, verwandeln Küchenabfälle in schwarze Tonerde. Der Deckel bereitet ihr Probleme, sie schafft es nie, ihn passgenau aufzusetzen. Da erstarrt sie. Ein Geräusch im Holzschuppen. Ein Klappern, weil etwas umfällt, da ist Tama sich sicher. Die Ratte.

Die Ratte ist schon den ganzen Winter über und bis in den Sommer hinein ihre Erzfeindin. Sie hatte sich durch ihr Knoblauchhochbeet gegraben und jede Knolle gefressen, und als Tama im Frühjahr die Pflanzkelle in das Beet gegraben hatte, war die Erde in einem tiefen Tunnel eingestürzt. Die Ratte hatte sich im Schuppen eingenistet und Grassamen und Dünger von einem Ende zum anderen verstreut. Tama hatte im Frühling Spreu gemischt mit Kügelchen aus Rattenkot vorgefunden, groß wie in Folie eingepackte Schokoladenostereier. Eine ganze Tüte Zedernholzspäne war ruiniert. Sie hatte alles in einen Müllbeutel gefegt und weggeworfen, dabei die staubige Luft eingeatmet. Als sie später am Tag die Nase putzte, war das Taschentuch schwarz gefleckt.

Die Ratte hat gezielt die Lebendfalle ignoriert, die hinter dem in den Komposter genagten Loch versteckt steht. Sie hat die gewöhnliche Rattenfalle, die mit Erdnussbutter und einem Stück Spiegelei lockt, gemieden. Bisher hat Tama sich davor gescheut, Gift auszulegen, denn sie will nicht, dass es in ihr Gemüse sickert, aber allmählich macht sie sich Sorgen, die Ratte könnte sich vermehren. Vor ihrem geistigen Auge sieht sie einen Wurf nackter Jungen, warm und behaglich in einer Höhle am Fuß des Gartens, die langen Schwänze umeinander geschlungen.

Behutsam legt sie den Deckel des Komposters ab, wobei sie versucht, kein Geräusch zu verursachen, und wägt ihre Optionen ab. Sie würde ihr gern mit einer Schaufel den Schädel einschlagen, aber die Schaufel steht im Schuppen, und sie ist sich nicht sicher, ob sie zu einem Kampf auf derart engem Raum bereit ist. Auf jeden Fall müsste sie bewaffnet in den Schuppen gehen. Die Ratte wird sich bedrängt fühlen, zur Bösartigkeit getrieben. Sie wird ihr mit ihren roten Augen entgegenstarren.

Sie sieht sich suchend nach einem dicken Stock um. Findet ein dünnes Scheit auf dem ungeordneten Holzstoß, die Rinde glatt an ihrer Hand, und schleicht auf die Schuppentür zu. Und bleibt jäh stehen. Eine Stimme. Stimmen. Sie hört Stimmen. Haben die Ratten jetzt zu reden angefangen? Hecken sie eine Verschwörung aus?

Aber natürlich tun sie das nicht, und gleich hat sie Bradleys dröhnenden Tenor herausgehört. Erkennt seine Stimme, obwohl sie durch die Wände gedämpft ist, obwohl sich ihre Ohren mit Flüssigkeit zu füllen scheinen und es ist, als höre sie ihn von unter der Oberfläche eines Schwimmbeckens. Das Wasser in ihren Ohren beeinträchtigt ihren Gleichgewichtssinn. Auf einmal ist ihr schwindlig, und sie streckt Halt suchend die Hand aus, die glatte Oberfläche des Komposters warm unter ihrer Handfläche. Sie erstarrt auf der Stelle, wie einer dieser Straßenkünstler, die stundenlang in einer Haltung verharren. Früher einmal hatte sie welche auf dem Leicester Square gesehen, und man wusste nie recht, ob sie aus Bronze oder Fleisch und Blut bestanden, bis man den Finger nach ihnen ausstreckte und sie sich drehten, um einen direkt anzusehen, und man mit einem kleinen Aufschrei zurücksprang.

Einzelne Wörter kann sie nicht ausmachen, auch wenn die Töne so klar wie die Noten auf einem Klavier sind. Tama hört Bradley flehen, demütig bitten, während seine Stimme immer lauter wird, immer schriller, bis sie wieder abflaut. Diesen Refrain kennt sie schon – Bradley, der sie anbettelt, nicht zu gehen, zu bleiben, er brauche sie, er könne nicht ohne sie leben. Sie kennt diese Leier auswendig. Die zweite Stimme folgt einer beharrlicheren, direkteren Melodie – vielleicht eine Zeile aus einem Militärmarsch. Etwas Entschiedenes und Endgültiges. Tama lauscht dem musikalischen Bogen der Unterhaltung, der Melodie, die an Tonhöhe und Lautstärke gewinnt und zu einem Crescendo anschwillt.

Und dann ist es vorbei. Eine letzte Kadenz, die jeglichen Streit beilegt, und in der jähen Stille fährt Tama aus ihrer Benommenheit hoch. Hastig drückt sie sich flach an die Seite des Schuppens, versteckt sich zusammen mit den Ratten, wie bei einem Hinterhalt, auch wenn sie in Wirklichkeit gar nicht gesehen werden möchte. Sie wartet ab, während die Tür quietschend aufgeht und sich wieder quietschend schließt. Gibt dem Paar aus dem Schuppen genug Zeit, den dichten Rasen zu überqueren, bevor sie um die Ecke späht. Bradley steht mit hängenden Schultern da, Hände in den Taschen, den Blick auf die hoch aufgeschossene Gestalt gerichtet, die am Rand des Grundstücks entlangmarschiert, fast, aber nicht ganz im Schatten der Bäume verborgen. Als seien Colleens Vorsichtsmaßnahmen nun irrelevant, als habe sie sich die ganze Episode mit Bradley längst aus dem Kopf geschlagen und stolziere jetzt in die Zukunft.

Tama weiß, dass sie Bradley erst in ein paar Stunden zu Gesicht bekommen wird. Gleich wird er ihr eine SMS schicken, er greift schon nach dem Handy, während er über die Einfahrt schlendert. Er wird einen spätabendlichen Spaziergang machen und am Anlegeplatz landen und den Mond über der Bucht betrachten. Sich in den frühen Morgenstunden nach Hause schleichen und am Küchentisch ein oder zwei Drinks genehmigen – etwas Starkes. Hochprozentiges, kein Bier. Er wird ins Schlafzimmer schleichen, die Kleidung zu Boden fallen lassen und ganz behutsam die Decke anheben. Nackt ins Bett kriechen und sich an sie schmiegen. Ihren Körper eng an seinen ziehen, eine Hand beim Einschlafen auf ihrer Brust. Tama lässt das Stück Holz, das sie hält, ins Gras fallen. Sie hat es so fest gepackt gehalten, dass sie mit den Fingernägeln eine Saftblase zum Platzen gebracht hat. Ihre Hände sind klebrig und riechen nach Bäumen.

VERSINKEN

Vivienne sitzt auf einem zur Gefriertruhe herangezogenen Stuhl, ihr Kopf ruht auf den Unterarmen. Mit einer Hand vollführt sie Achterfiguren in dem trüben Wasser und ruft vorübergehende Strudel hervor, die verschwinden, sobald sie die Fingerspitzen wegzieht, buchstäblich Stürme, die in ein Wasserglas passen würden. Den Abend hat sie damit zugebracht, ins Aquarium zu starren. Die Kreatur hat sich gelegentlich bewegt, ist träge Runden durch die Zelle geschwommen, doch diese Episoden sind von kurzer Dauer. Hauptsächlich versinkt sie, wie es scheint, für lange Strecken in Schlaf oder Bewusstlosigkeit. Trotzdem sieht Vivienne zu ihrer Erleichterung immer wieder, dass der Fisch sich bewegt, so schläfrig er auch ist. Momentan ist sie beruhigt, dass die Kreatur nicht ins Koma verfallen ist. Dass sie nicht tot ist.

Die Kreatur hat zu fressen aufgehört, und ihr Gesicht ist ausgemergelt. Vivienne war von der Bootsfahrt mit einer Hand voll lebender Krebse zurückgekehrt. Sie hatte sie in die Tiefkühltruhe geworfen, als Colleen zu ihrem Treffen mit Isaiah aufbrach, doch die Kreatur weigerte sich, sie anzurühren. Die Krebse, die das Raubtier witterten, krabbelten davon und drückten sich so weit wie möglich in die Ecken, vergeblich auf der Suche nach einem Felsen oder einem Wedel Seetang, um sich dahinter zu verstecken. Doch es hatte nicht lang gedauert, bis sie die Schwäche der Kreatur spürten, und statt zu versuchen, sich zurückzuziehen, staksten sie zielgerichtet über den Boden des Aquariums, so selbstsicher wie eine Gruppe Flamencotänzerinnen. Als sie anfingen, der Kreatur mit den Scheren in den Schwanz zu kneifen, war Vivienne gezwungen gewesen, ein Fischnetz zu suchen und die Krebse herauszuschöpfen.

Es ist erst ein paar Tage her, seitdem der Fisch in Hungerstreik getreten ist, aber der Aufbau seines Skeletts zeichnet sich jetzt schon durch die Haut ab, der elegante, knochige Rahmen seiner Schultern und des Schwanzes, die ausladend angeordneten Rippen. Vivienne zieht das Buch, das sie sich in Carbonear ausgeliehen hat, aus dem Rucksack und breitet es auf dem Schoß aus. Schlägt es bei der Tintenzeichnung auf, die sie mit einem Zettel markiert hat, und vergleicht den Körperbau. Fragt sich, ob das Bild der Fantasie der Künstlerin entsprungen ist, einem Hörensagen, oder ob es sich um die genaue Wiedergabe einer zeitgenössischen Sezierung handelt.

Als die Kreatur noch gesünder war, schwamm sie beinahe ununterbrochen herum, auch wenn es Momente der Reglosigkeit gab, die Vivienne immer ans Aquarium zogen. Das unvermittelte Fehlen des leisen Geräusches, das die Bewegungen des Fisches verursachten, ließ Vivienne dann, in deren Ohren die Stille dröhnte, von ihrem Platz am Labortisch aufstehen und nachsehen, ob es ihr gut ging. Sie näherte sich dem Aquarium voller Beklommenheit, die in Sorge und schließlich Angst umschlug. Die Kreatur lag jedes Mal auf der Lauer, den Schwanz wie eine silberne Feder aufgewickelt, und Vivienne war verblüfft, wie klein sie sich machen konnte. Die sehnigen Arme an den flachen Boden der Tiefkühltruhe gepresst, mit angespannter Muskulatur und bereit, zum Angriff nach oben zu schnellen. Ihre treibenden Seetanggliedmaßen waren ein idealer Sichtschutz, um sich dahinter zu verstecken. Vivienne begriff die Wirkung dieser evolutionären Anpassung in der kühlen Dunkelheit einer Meereshöhle oder im gesprenkelten Sonnenschein auf dem offenen Meeresboden. Zarte, flatternde Bänder, die Kreatur im Hinterhalt zusammengerollt.

In einem dieser angespannten, stillen Momente hatte das wellenförmige Seegras das Gesicht der Kreatur verdeckt, und Vivienne hatte mit einer Taschenlampe ins Aquarium geleuchtet, wobei der Strahl perfekt Sonnenschein durch Salzwasser vorgetäuscht hatte. In der Finsternis des Stores hatten die Arme des Fisches gesprenkelt gewirkt, ihre schuppige Haut funkelte vor Glanz. Sie sah der Kreatur in die Augen, als diese durch ihren falschen Wald spähte, und wurde auf einmal von Gefühlen – Scham und tiefer Betrübnis – überwältigt. Daraufhin bewegte sie die Taschenlampe weg und richtete den Strahl zur Decke. Der grelle Schein fing Staubpartikel auf, die wie Plankton in der Lichtsäule schwebten, während Vivienne zu Boden glitt, mit dem Rücken an dem weißen Aquarium. Tränen quollen zwischen ihren zusammengepressten Augenlidern hervor.

Jetzt ist der Fisch bleiern, ihr Gesicht in der Ecke vergraben, ihre animalische Wut versiegt. Die Arme treiben locker, als seien sie aus den Schultern ausgerenkt. Als seien sie Treibholz, das sich in einer Menge Seetang verfangen hat, bloß etwas Ballast und Schwemmgut. Ihre Trägheit verunsichert Vivienne, die immer noch damit rechnet, dass die Kreatur sich mit gefletschten Zähnen auf sie stürzt.

Vivienne hält Wache, während der Fisch schläft oder leidet oder träumt, und ihr Herz macht jedes Mal einen Satz, wenn sie halb aus ihrer Bewusstlosigkeit auftaucht. Sie beobachtet und summt die ganze lange Nacht hindurch vor sich hin. Erzählt der Kreatur von all ihren geheimen Verletzungen – von Eliza und ihrem schrecklich gebrochenen Herzen, von Isaiah und Colleen und ihrer Angst und Verwirrung, von dem verzweifelten Nebel der Einsamkeit, in den sie eingehüllt ist. Sie sagt dem Fisch: Drück meine Hand, wenn du mich hören kannst. Dann streckt sie die Hand in die Tiefe aus und entrollt die zarte Gliedmaße der Kreatur, die wie eine Faust gefaltet ist, wie Origami, entknittert sie sanft mit den Fingern. Sie hält sie, bis ihre eigene Hand von dem eisigen Wasser taub ist, die schlanken Fingerglieder der Kreatur immer noch schlaff. Als ihr Gesicht aus der Ecke hervortreibt, greift Vivienne nach unten, um den Fisch am Kinn zu fassen. Sie sagt: Blinzele einmal für Ja, zweimal für Nein. Aber die Reptilienlider – doppellidrig und träge – blinzeln nicht. Augen trübe, Pupillen erweitert. Ihr Gesicht ist glitschig, und Vivienne kann ihren Kieferknochen nicht festhalten. An Schlaf ist nicht zu denken.

SANDWICHES UND EINE THERMOSKANNE KAFFEE

Tama ist vor dem Fernseher eingeschlafen, in eine von ihrer Großmutter genähte Patchworkdecke eingewickelt. Sie hatte sich im Dunkeln einen alten Film angesehen – etwas mit Gene Kelly und einem sehr jungen Frank Sinatra. Beide sind in der Navy; sie steppen auf den Betten. Sie ist eingedöst und wird von Bradley bei seiner Heimkehr geweckt, doch sie bleibt leise mit geschlossenen Augen liegen, als er vorüberschleicht. Der Abspann läuft, und eine lebhafte Jazznummer spielt, während er Zähne putzt und die Klospülung betätigt, behutsam die Schlafzimmertür schließt. Sie hat das Filmende verschlafen und wird nie herausfinden, wer die Frau bekommt.

Da ihr Schlaf ohnehin ruiniert ist, geht sie in die Küche des Cafés, um mit den Backarbeiten für den Tag zu beginnen. Die Luft wird von Hefeduft erfüllt, während sie den Teig knetet und mit den Fingern formt, sodass auf jedes Blech drei rundliche Hügel passen. Während sie darauf wartet, dass das Brot backt, schaltet sie das Radio ein und wäscht das wenige Geschirr ab, das sie benutzt hat. Sitzt da und starrt aus dem Fenster, bis das Brot fertig duftet. Sie holt die Laibe aus dem Ofen und macht bei jedem mit den Fingerknöcheln die Klopfprobe, um zu hören, ob sie hohl klingen. Lässt sie von den Blechen gleiten und beschmiert jeden einzelnen mit Butter, solange er noch heiß ist, Wachspapier knittrig unter Fingerspitzen, die so schwielig sind, dass sie die Hitze nicht mehr spüren. Als ein halbes Dutzend Brotlaibe auf Metallrosten abkühlen, krustig und glänzend, sieht sie zuerst auf die Uhr und dann aus dem Fenster. Der grüne Pick-up hat sich nicht von seinem Platz neben dem angemieteten Bungalow wegbewegt.

Der Truck ist zu etwas geworden, das sie unwillkürlich wahrnimmt. Ihr Auge scheint automatisch davon angezogen zu werden, so wie sich ihre Aufmerksamkeit vielleicht auf einen beinahe unsichtbaren Fleck auf ihrem Hemd konzentrieren würde, der nur ihr jemals auffiele. Colleen hatte den Truck am Haus geparkt, bevor sie zu dem Rendezvous mit Bradley in Tamas Gartenschuppen gegangen war. Zweifellos der Meinung, es sei der Gipfel an Diskretion, ihn stehen zu lassen. Auf dem Rückweg war sie mitten auf der Straße geschlendert, im Blickfeld von jedem, der auf seinem Chesterfield-Sofa saß und die Spätnachrichten anschaute. Tama kann in die Küche des Bungalows sehen, die Jalousien sind nicht heruntergezogen, und sie hat Colleen und Isaiah beobachtet, während sie dort saßen und redeten und auf den Computer einhackten und aufstanden, um sich zu strecken, aber jetzt ist das Licht ausgeschaltet. Die Uhr zeigt 3:13.

Bradley ist nicht aus dem Schlafzimmer herausgekommen, um zu fragen, wann sie ins Bett geht. Sie kann ihn sich vorstellen, wie er in Embryohaltung auf der Matratze eingerollt liegt, deprimiert und fröstelnd, zu trübselig, um aufzustehen und sich eine zusätzliche Decke zu suchen. Tama zieht sich einen Kapuzenpulli an, auf dessen Vorderseite in weißen Druckbuchstaben VENICE steht, und packt eine Papiertüte. Das Café öffnet erst in einer Stunde.

Direkt an der Lattentür des Stores kämpft Vivienne mit einem marineblauen Anorak, das Vorhängeschloss, mit dem sie den Store von innen zusperren wird, über einen Finger gehakt. Sie war draußen eine rauchen gewesen und hatte den Anorak zum Schutz vor der Feuchtigkeit über ihren Pullover gezogen. Er besteht aus irgendeinem knittrigen Material, das ein Geräusch wie Zellophan von sich gibt. Sie fragt sich, ob es ein Nylon- oder Polyesterstoff oder irgendein Weltraumsynthetikmaterial ist, das Wasser abweist und vor UVA- und UVB-Strahlen schützt und wahrscheinlich WLAN-tauglich ist. Vielleicht Kevlar. Was auch immer es sein mag, es dröhnt in ihren Ohren. Die Jacke ist laut und zu groß, und Vivienne fragt sich, wem sie gehört, ihr jedenfalls nicht. Sie ist sich fast sicher, dass Colleen sie mitgebracht hat, und versucht, sich die Jacke an ihr vorzustellen. Es muss wohl diejenige sein, die Colleen sonst trägt, während sie in den frühen Morgenstunden am Anlegeplatz darauf wartet, dass Vivienne mit dem Boot zurückkehrt, diejenige, nach der sie greift, wenn es nieselt und sie zum Mittagessen ins Café gehen. Sie kann die Jacke beinahe knistern hören, wenn Colleen im Truck einen anderen Gang einlegt. Sie ist sich beinahe sicher.

Allerdings sieht der Anorak anonym aus, er könnte jedermanns Anorak sein, und sie will ihn so schnell wie möglich ausziehen. Es fühlt sich an, als würde er sie ersticken und ihre Luftröhre verschließen. Vielleicht hat sie zu viel geraucht. Vielleicht hat sie sich ausgeräuchert. Vielleicht ist Tabakrauch oder Nikotin oder irgendein anderes Zigarettengift in den Stoff der Jacke gesickert und reagiert mit dem Weltraummaterial, und sie erleidet gerade eine Gasvergiftung. Wahrscheinlich ist es der Teer. Oder das Formaldehyd.

Auf einmal wird ihr unerträglich heiß, und sie versucht, sich den Anorak vom Leib zu reißen, doch sie zerrt so gewaltsam an dem Reißverschluss, dass er sich im Stoff verkeilt, ungefähr drei Zentimeter unter dem Kragen. Sie denkt, wenn es ihr nur gelänge, ihn ein kleines Stück weiter nach unten zu bekommen, könnte sie die ganze Jacke nach unten über die Hüften ziehen und heraussteigen. Den Tränen nahe, steckt sie das immer noch an den Finger gehakte Vorhängeschloss in eine Tasche, um beide Hände frei zu haben, umklammert den Reißverschluss und zieht – und genauso plötzlich, wie er sich verklemmt hat, löst er sich und gleitet wie durch Butter nach unten. Sie streift die Jacke von den Armen und wirft sie an den Nagel, an dem sie gewöhnlich hängt. Sie verfängt sich und hängt schief da, sieht aus wie die Vogelscheuche vom Vorsommer, eine Vogelscheuche, die sich im Wind neigt, die Art Vogelscheuche, über die Vögel auf dem Weg zu einer Portion Samen lachen würden. Vor Erleichterung, jackenlos zu sein, ist sie ganz schwach. Sie hat das Gefühl, als könnten ihre Beine sie kaum tragen, und geht in die Hocke, eine Hand auf dem Boden, um nicht umzufallen.

Und so trifft Tama sie an: Viviennes Gesicht aufgedunsen und rot, fleckig, weil sie sich vorhin Tränen gestattet hat, und verschwitzt vom Kampf mit der Jacke. Auf dem Boden kauernd. Vivienne hört nicht, wie die Tür knarrend aufgeht. Und als sie jemanden über sich spürt, blickt sie wie ein gefangenes Tier nach oben. Vivienne muss den Kopf schräg nach hinten legen, um Tama von ihrer Position auf dem Boden aus vollständig sehen zu können, die – aus dem Nichts erschienen – in Wanderstiefeln und mit einer braunen Papiertüte in der Hand dasteht. Später wird sie sich fragen, ob es ihrem Gerangel mit der Jacke zuzuschreiben ist, dass sie nicht hörte, wie Tama die knarrende Tür geöffnet hat. Sie wird sich fragen, warum sie nicht wenigstens den Bügel des Vorhängeschlosses durch die Schlaufe gehängt hat.

Vivienne hat das Gefühl, als habe sie Wurzeln geschlagen, doch während ihr Körper unbeweglich bleibt, wandern ihre Gedanken in der Zeit rückwärts. Sie sitzt in der Einführung *Ozeanische Wirbellose*, der Kurs behandelt das Kapitel Muscheln. Sie spürt den weichen Sitz des Vorlesungssaals unter ihren Beinen, spürt die Resopaltischplatte kühl am Handgelenk. Sie sieht sich eine PowerPoint-Präsentation an, das Wort *sessil* nimmt den ganzen Bildschirm ein. Sie erinnert sich an die hohe Stimme des Profs, der immer in einem Paar grüner Gummistiefel in den Kurs gekommen war, an die Art, wie er das Wort lispelte. Er klickte zur nächsten Folie und verlas die Definition. *Sessiles Tier: ein über einen Stiel unbeweglich an einem Objekt festsitzender Organismus; z.B. Seepocken, Korallen, zweischalige Muscheln.*

Der Anblick von Tama hat Vivienne sessil gemacht. Sie ist eine Molluske, eine Miesmuschel, die sich an einen vom Meer umpeitschten Felsen klammert, bloß dass der Fels der salzfleckige Holzboden des Stores ist, und das Meer ist das Flüstern des Windes durch die erstaunlicherweise offene Tür. Tamas Gegenwart, mit ihren robusten Schuhen und ihrer Tüte, lässt jeden Tropfen von Viviennes Blut zirkulieren, wie einen Wirbel durch ihren Körper fahren. Die Gezeitenkraft, die ganze Felswände aushöhlt, vermag sie nicht zu bewegen, sie wird trotz des Sogs an Ort und Stelle festgehalten. Wie furchterregend, eine zweiklappige Muschel zu sein, die ihre Schale nicht gegen eine drohende Katastrophe schließen kann. Mitansehend, wie das Unglück über sie hereinbricht. Vivienne ist offen, all ihr zartes Fleisch entblößt.

Tama spricht, als läge nichts Ungewöhnliches vor, als fände sie es nicht seltsam, Vivienne verschwitzt und rot auf dem Boden des Stores kauernd zu entdecken.

Zuerst: »Sandwiches. Und eine Thermoskanne Kaffee. Du bist direkt zur Arbeit, nachdem ich dich gesehen habe, und ich war mir nicht sicher, ob du Gelegenheit hattest, etwas zu essen.« Die Stunde, die sie damit verbracht haben, oben auf dem Hügel in der Eiche die Beine baumeln zu lassen, wirkt ganz weit weg.

Und dann, als Antwort auf die anhaltende Panik in Viviennes Miene: »So schlimm ist es auch wieder nicht, oder?«

Tama stellt die Tüte ab, eine Sorgenfalte zwischen den Augenbrauen. Sie geht einen Schritt auf Vivienne zu. Nimmt Viviennes Hände in ihre und zieht sie auf die Beine. Sie stehen. Tama hält sie weiter fest. »Lass dir Zeit, Mädchen«, sagt sie. »Lass dir Zeit.« Summt ihr zu wie einem wilden Katzenkind. Vivienne erwägt ihre Optionen. Ein Riss hat sich geöffnet, eine unerwartete Gelegenheit hat sich aufgetan.

Viviennes Gedanken machen sich los und treiben frei dahin, und sie findet sich in einem Tagtraum wieder wie ein Fisch in einem Netz. Sie stellt sich vor, dass sie schwimmt, sie stellt sich vor, dass sie unter die Wellen gleitet. Sie spürt den Schock von Wasser auf der Haut, das beißende Salz, das in den Schürfwunden an ihrer Wirbelsäule, die noch nicht verheilt sind, brennt – sie ist immer noch wund und blutig, der Schorf löst sich nachts während des Schlafs, wenn sie in vom Meer gebeutelten Träumen segelt. Sie kann Salzwasser riechen. Sie spürt die dünne Schicht aus warmem Wasser an der Oberfläche, berührt die Anfänge der eisigen Tiefen mit den Zehen. Sie sieht das Spiel der Sonne im Wasser.

»Tama, was soll ich nur machen?«

»Vivienne.« Tama spricht sanft. Sie will schon sagen: Diese Frau. Ich weiß, dass du sie liebst. Aber du wirst eine andere finden, die du lieben kannst. Es gibt da draußen eine andere, die dich lieben wird. Stattdessen legt sie den Kopf schräg und betrachtet Vivienne nachdenklich. »Hier geht es nicht um Eliza, oder?«

Auf Tamas Frage hin ist Vivienne in Gedanken schlagartig wieder beim Store. In dem langen Moment, den sie dagestanden und sich an den Händen gehalten haben, ist ihr Eliza nicht in den Sinn gekommen. Sie weiß nicht recht, wie sie antworten soll. Als sie endlich etwas sagt, sind ihre Worte so schwach wie eine Venusmuschel, die ihre Schale öffnet. »Tama, kann ich dir etwas zeigen?«

Sie geht rückwärts, immer noch Tama an den Händen haltend. Sie sind wie zwei tanzende Kinder. Vivienne führt Tama quer durch den Raum, bleibt stehen, als sie mit dem Rücken an die Tiefkühltruhe stößt. Sie lässt die Hände sinken, um Tamas Taille zu fassen, und manövriert sie so hin, dass sie einander gegenüberstehen, während ihre Hüften das Aquarium berühren. Sie sieht Tama in die Augen, fixiert ihren Blick wie an einem Faden, wie an einer unlösbaren Faser.

»Hier drinnen. Sie ist hier drinnen.«

Vivienne blickt in die Tiefkühltruhe und schneidet damit den Faden zwischen ihnen entzwei. Tama folgt ihrem Blick. Die Kreatur wirkt leblos. Ihr Körper ist nach oben getrieben. Tama streckt die Hand aus und sucht Viviennes Finger, verschränkt sie behutsam mit ihren eigenen. Wenn Tama und Vivienne über den Holzboden tanzende Kinder gewesen sind, ist der Fisch ein Kind, das das Ertrinken spielt. Ihr Gesicht unter Wasser, die Schultern treibend, während ihr Schwanz hinabsinkt und über den Boden des Aquariums streicht. Ihre tanghaften Glieder erwecken den Anschein, als habe sie sich in einem Haufen Seegras verheddert. Das Flattern von Kiemen ist der einzige Hauch einer Bewegung.

Tama atmet tief ein, es klingt fast wie ein Aufkeuchen. Ihre Stimme ist leise, als habe sie Angst, die Kreatur zu wecken. »Lebt sie?«, fragt sie. Und: »Weißt du, was sie ist?«

Vivienne erzählt ihr die Geschichte von blauen Mondstrahlen auf dem Meer und Quallenschwärmen und dem gezackten Haken, von der holprigen Straße zum Store und dem provisorischen Aquarium und den Untersuchungen. Den knabbernden Krebsen. Dieser im Wasser treibenden Reglosigkeit. Sie erzählt ihr beinahe alles.

~~~

Der Kaffee in der Thermoskanne ist immer noch heiß. Vivienne und Tama sitzen vor dampfenden Bechern, Viviennes ist ein Gemisch mit Zucker und Sahne. Sie ziehen zwei Stühle an die Seite der Tiefkühltruhe, einander gegenüber. Vivienne packt ein Sandwich aus dem Wachspapier aus; die Erleichterung darüber, Tama ihre Geschichte anvertraut zu haben, hat sie hungrig gemacht. Eine überwältigende Erlösung. Sie fühlt sich leer, ihr Kopf und ihr Herz leichter. Es gibt wieder Platz in ihrem Gehirn, ihrer Leber, ihren Eingeweiden. Sie trinkt ihre Tasse aus und lässt sich das von Tama vorbereitete Essen schmecken.

»Der Plan lautet«, sagt Vivienne, »sie nach St. John's zu

bringen. In den nächsten ein oder zwei Tagen, glaube ich. Ich weiß ehrlich nicht, ob sie noch so lange durchhält. Es geht ihr von Minute zu Minute schlechter.«

»Meinst du, es wird ihr in der Stadt besser gehen? Dieses Ding«, Tama klopft mit einem Fingerknöchel ans Aquarium, »ist lächerlich, aber wie auch immer die Verhältnisse dort sind, der Ozean wird es trotzdem nicht sein. Warum glauben sie, dass sie sie dort besser am Leben erhalten können als hier draußen?«

»Sie wissen es nicht. Sie haben keine Ahnung, was sie tun, ganz gleich, was sie vielleicht vorgeben.« Vivienne hat das Sandwich in kürzester Zeit verdrückt. Sie zerknüllt das Wachspapier und rollt es zu einer Kugel zusammen, presst es, bis die Verpackung so klein wie eine Murmel ist. Der Kaffee und das Essen haben sie gestärkt. Sie fühlt sich kräftig, scharfsichtig wie schon seit Tagen nicht mehr. Sie fegt die Krümel von ihrem Schoß. Legt die Wachspapierkugel in ihren Becher und stellt den Becher auf den Boden.

Sie greift in die Tiefkühltruhe und entwirrt die Hand der Kreatur von den Seetangbändern. Die Hand wirkt leblos, die knochigen Finger schlaff, und sie massiert sie, als versuche sie, wieder Wärme in die erfrorenen Finger zu reiben. Sie weiß, was mit ihr geschehen wird, wenn sie die Fahrt nach St. John's nicht überlebt. Vivienne hat gesehen, wie Vögel und Fische und Meeressäugetiere – Seehunde und sogar ein Schweinswal – seziert wurden. Sie malt sich aus, wie das Skalpell eine Linie vom Hals des Fisches zu ihrem Bauch zieht. Malt sich aus, dass sie beobachtet, wie ihre Organe aus dem Körper geschnitten werden, sie kann das Gewicht in ihren behandschuhten Händen spüren. Sie malt sich die Kolonie aus Speckkäfern aus, die sich an dem übrigen Fleisch gütlich tun und ihre Knochen für die Ausstellung reinigen. Sie kann die Fressgeräusche hören, während sie vertilgt wird.

Vivienne blickt in das trübe Wasser und wägt den Schaden ab, den der Körper der Kreatur erlitten hat. Mittlerweile haben sich beinahe all ihre Schuppen abgelöst, sodass nackte Haut zurückgeblieben ist, die von blättrigem Schorf übersät ist. Mit der Fingerspitze fährt sie die filigranen Adern am Handgelenk der Kreatur nach und das zarte Knochengerüst. Streichelt die Flanke der Kreatur. Sie stellt sich die empfindliche Komplexität ihres Blutkreislaufs vor, der sich spinnennetzartig unter einer hauchdünnen Hautschicht verzweigt, als unerwartet ein Krampf den muskulösen Schwanz befällt. Kurzzeitig spürt Vivienne ein Beben unterdrückter Kraft. Die Zuckung reicht aus, um sie abzuschütteln, und sie weicht zurück, ihr Hemd voller Wasserspritzer.

»Oh!« Tama springt von ihrem Stuhl auf, sodass er umfällt und ihr Kaffee auf dem Boden verschüttet wird. Das aufspritzende Wasser hat sie direkt im Gesicht erwischt, ihr Haar ist tropfnass. »Was war das denn?« Sie wischt sich Wasser aus den Augen.

»Sie ist bewusstlos. Sie ist schon seit zwei Tagen bewusstlos.«

»Ist sie es jetzt auch?«

Doch in Vivienne steigt bereits ein neuer Gedanke auf. Sie greift noch einmal nach dem schlaffen Handgelenk, tastet nach dem Puls. Spürt das Pochen von Blut, gedämpft, aber deutlich. Sie betrachtet die verwüstete Haut des Fisches genauer. Vor einiger Zeit hatte Vivienne von einer Mitbewohnerin eine Orchidee geerbt. Die Pflanze war unspektakulär gewesen, eine Matte aus zungenförmigen Blättern und ein hoch aufgeschossener Spross. Doch der Spross hatte eine Handvoll grüner Knospen ausgetrieben, und jede Knospe hatte eine Blüte hervorgebracht, die Orchidee war eidottergelb erblüht. Vivienne betrachtet forschend ein einziges Stück Schorf. Unter der verkrusteten Hautabschürfung lugt eine jadegrüne Lamina hervor, wie eine Knospe an ihrer Orchidee. Frischer Wuchs. Sie denkt an die Heringschwärme, die sich von den Algenbänken ernähren und das Meer aufleuchten lassen – silbern aufblitzend und ihre Netze verstopfend, weil sie Schuppen wie die Blätter eines laubwechselnden Baumes abwerfen, um ihren Fressfeinden leichter zu entwischen.

Die Kreatur regt sich abermals nicht, scheinbar empfindungslos, scheinbar nicht bei Bewusstsein. Als sei der Schwanzschlag eine Anomalie gewesen. Als hätte er sich gar nicht ereignet.

Vor ihrem geistigen Auge sieht Vivienne die braunen Kaninchen, denen sie oft auf dem waldigen Pfad hinter der Universität begegnete. Eigentlich Hasen, mit gewaltigen Hinterläufen und Ohren. Manchmal überraschte Vivienne sie, wenn sie leise um eine Ecke bog und die Tiere tief versunken an einem blättrigen Zweig knabberten. Dann erstarrten sie vor Angst. Zu panisch, um sich zu bewegen.

Sie trifft eine Entscheidung.

»Tama, kannst du mir helfen? Ich brauche dich für ein Ablenkungsmanöver.«

DAS TELEFON LÄUTET SECHSMAL

Das Telefon läutet sechsmal, bis jemand abhebt.
»Nachrichtenredaktion. Ben Sharpe am Apparat.«

FORSCH UND UNERBITTLICH

Der Morgen dämmert hell. Ein neuer Tag. Mithilfe eines Felsblocks vom Strand, so groß wie ein Kater, hält Tama die Tür des Cafés auf, um Sonnenschein hereinzulassen. Noch bevor sie den grünen Truck sieht, hört sie ihn durch die offene Tür. Er hat ein dumpfes Klappern entwickelt. Tama ist keine Expertin für grüne Trucks, oder zumindest war sie es bis zu diesem Sommer nicht, als sie zur weltweit führenden Koryphäe für einen bestimmten grünen Truck wurde, aber selbst sie weiß, dass es dem Fahrzeug nicht gut geht. Sie kann es schon aus meilenweiter Entfernung hören. Es ist der Auspuff – etwas hat sich gelockert. Vor Jahren besaß Tama einen maroden Honda Civic. Sie hatte auf dem Weg aus der Innenstadt von St. John's ein Schlagloch erwischt, ein Ende des Auspuffrohrs vom Fahrwerk abgeschlagen und war den ganzen Weg zur Werkstatt Kingsbridge mit einem Auspufftopf gefahren, der Funken sprühend über den Asphalt schleifte. Peinlich berührt war sie am Dominion-Supermarkt vorbeigekommen, wo ihr Leute an der Bushaltestelle nachstarrten. Der grüne Truck gibt die gleichen unheilvollen Geräusche von sich wie der glücklose Civic damals – er klingt wie ein sich abrackerndes Tier. Ein Klepper, der für die Leimfabrik bestimmt ist, asthmatisch und laut, den Hügel hochschnaufend. Der Truck ächzt in existenzieller Fassungslosigkeit, als könne er es nicht glauben, dass er den ganzen Weg bis zum Café bewältigen soll.

Colleen fährt auf den Kiesparkplatz und schaltet das Fahrzeug aus. Die Fenster müssen heruntergekurbelt sein, denn Tama kann Isaiah reden hören, sobald der Motor erstirbt, laut, in wahnwitzigem Tempo, es bleibt kaum Zeit zum Luftholen. Er redet zu schnell, es kommen zu viele Wörter aus seinem Mund, und Tama merkt sogar vom Gastraum aus, dass er eine manische Phase hat. Sie steigen aus, und sie hört die Wagentüren, eine nach der anderen. Plonk. Plonk. Colleen klimpert mit den Schlüsseln, als sie die Treppe hochtrampeln, Isaiah ist immer noch am Reden, Reden, Reden.

Sie blinzeln sich beim Eintreten die Sonne aus den Augen und bleiben im offenen Türrahmen stehen, während ihre Pupillen sich anpassen. Es ist Sonntag und einer von den Vormittagen, die Tagesausflügler in die Bucht locken. Bereits morgens sitzt im Café Kundschaft, was eine betriebsame Mittagszeit erahnen lässt. Da ist eine Gruppe Touristen mit Kameras, die sich über einen Stapel Hochglanzbroschüren drängen. Ein einzelner Reisender mit einer vor ihm ausgebreiteten Landkarte. Der Mann hat Kaffee und Blaubeerkuchen mit Eiscreme gewählt. Er preist den Kuchen vernehmlich – er hat bereits laut darüber nachgedacht, ein zweites Stück zu bestellen. Zwei Paare sitzen gemeinsam am Fensterplatz, kaum etwas sagend, einander kaum ansehend. Wie sie Tama verdrossen erzählen, sind sie hier wegen einer Beerdigung ein Stück die Küste hinunter. Jemandes Tante. Eigentlich hatten sie den Tag ganz anders verbringen wollen.

Colleen betrachtet die Auswahl an Sitzplätzen. Die größeren Tische sind besetzt, und sie und Isaiah sind gezwungen, sich an einem kleineren Zweiertisch niederzulassen. Das ist enger, als ihr lieb ist. Es gibt keinen Platz, um ihre Bücher und Gerätschaften und anderen Hilfsmittel auszubreiten. Keine Möglichkeit für ein richtiges Gespräch unter vier Augen. Sie sind zusammengepfercht, ihre Knie stoßen aneinander.

Colleen nickt Tama zu und geht nach hinten. Sie nimmt eine Tasse von einem Haken und füllt sie zur Hälfte, wobei sie die Kaffeekanne leert. Schüttelt die leere Kanne in Tamas Richtung und wendet sich ab, ohne Tamas Reaktion abzuwarten.

»Wir würden dann bestellen, sobald Sie so weit sind«, ruft Isaiah fröhlich. Seine gute Laune ist im ganzen Raum spürbar. Tama nickt, während sie sich daranmacht, eine frische Kanne Kaffee zum Brühen aufzustellen. Er redet laut genug, um sämtliche Aufmerksamkeit auf sich zu ziehen, seine freudige Erregung ist greifbar. Die beiden Paare am Fenster starren ihn mürrisch an. Bradley steckt beim Klang seiner Stimme kurz den Kopf aus der Küche. Zieht sich genauso rasch wieder zurück, wobei sein Hals durch den Türrahmen zurückschnellt wie der einer Schildkröte, die sich in ihrem Panzer verkriecht.

»Kümmerst du dich eben rasch um sie?« Tama spricht so laut, dass Bradley sie von seinem Aussichtsposten an der Tür hören kann. Sie weist mit einem Nicken auf Colleens und Isaiahs Tisch und dreht den Wasserhahn an der Bar auf, um die Kaffeekanne auszuspülen. Das Geräusch des laufenden Wassers übertönt Bradleys Antwort. Er versucht es abermals, als Tama die Karaffe auf die Herdplatte stellt.

»Geht nicht. Ich stecke hier mitten in was drin.« Er späht um den Türrahmen in den Gastraum. Colleen sitzt mit dem

Rücken zu ihm und dreht sich nicht um. Dennoch läuft er rot an.

»Was treibst du denn, das so dringend wäre? Es steht keine Bestellung an. Kannst du mir hier bitte helfen und dich erkundigen, was sie essen wollen?«

Tama hantiert an der Kaffeetheke herum. »Ich muss Bohnen mahlen.« Sie öffnet den großen Tupperbehälter und schüttet Kaffeebohnen in die Mahlmaschine aus Edelstahl. »Nun mach schon.«

Widerwillig kommt Bradley aus der Küche. Er zieht die Schürze über den Kopf und nimmt sich einen Notizblock und einen Bleistift vom Tresen.

»Hey. Was darf's sein?« Rein geschäftlich. »Für dich ja wohl Schinkenspeck mit Eiern?«

Colleen sieht bei ihrer Antwort quer über den Tisch zu Isaiah.

»Heute arbeiten wir nach Stechuhr. Vielleicht Suppe und Sandwiches.« Sie sieht auf die Armbanduhr. »Wir sollten nicht allzu viel Zeit verplempern.«

»Unsinn. Wir haben Zeit.« Isaiah liest aufmerksam die Beschreibungen auf der Speisekarte. »Wie ist der Fisch? Der in der Pfanne gebratene?« Und er legt los mit einer sprunghaften Folge von Fragen über Ausbackteig und Panade und Öle und Gewürze und alternative Beilagen und ob die Sauce Tartare hausgemacht sei.

Bradley steht reglos da, als sei er eine Kellnerstatue. Als stelle er *Kellner* mimisch bei einer Partie Scharade dar, Stift über dem Block gezückt, ohne etwas aufzuschreiben. Mechanisch beantwortet er Isaiahs Fragen zum Thema Kabeljau. Mustert Colleens Hände, bis sie aufblickt und merkt, was er tut, und sie in den Schoß legt. Sie sieht alles an, nur nicht ihn, und dann dreht sie sich, die Hand auf der Stuhllehne.

Tama kann selbst von ihrem Standort hinter der Bar erkennen, dass Bradley nach unten in Colleens Hemd schaut. Sie ist sich sicher, dass Colleens Bewegungen bewusst sind, sie biegt den Rücken kaum merklich durch, schiebt die Brüste vor, und Bradley starrt unverwandt, schamlos hin. Sein Gesicht leuchtet feuerkirschrot. Seine Unverfrorenheit versetzt Tama einen Stich. Sie ist es leid. Bradleys Dummheit beinahe ebenso leid wie seine Untreue. Fast hat sie Mitleid mit ihm, weil er so dumm ist. Begreift er wirklich nicht, dass Colleen mit ihm spielt? Ihn zappeln lässt?

Tama zieht Colleens Blick auf sich. Colleen kann sehen, dass Tama gewisse Schlussfolgerungen gezogen hat, aber ins Stocken gerät sie deswegen nicht. Heute hat sie keine Zeit für diesen Mist. »Kaffee endlich fertig?«

»Brüht noch. Sechs Minuten.«

Colleen dreht sich zum Tisch zurück. Bei Bradley ist der Bann gebrochen.

»Ich mache mich dann mal ans Kochen.« Er geht zur Küche, ohne sich noch einmal umzudrehen.

Tama poliert emsig Gläser und zieht die Karaffe aus der Kaffeemaschine, bevor der Kaffee ganz durchgelaufen ist. Die letzten Tropfen springen zischend und spritzend von der Wärmeplatte. Sie nähert sich dem Tisch und streckt die Hand nach Colleens halb gefüllter Tasse aus. Colleen gebietet ihr Einhalt, legt die Hand über die Tasse, bevor Tama etwas hineingießen kann.

»Kann ich eine frische Tasse haben? Die hier ist kalt.«

Tama atmet tief durch, bevor sie antwortet. »Klar doch.«

»Zweimal.« Isaiahs Stimme fidel, während er zwei Finger hochhält. Er redet gerade, als Tama mit zwei über den Daumen gehängten Tassen zum Tisch zurückkehrt. »Erklären Sie mir das mit der Oxygenierungseinheit noch einmal.«

Tama schenkt Isaiah ein.

»Kurz gesagt, benehmen die anderen sich schwierig. Eigentlich unmöglich. Aber es ist nicht einfach, ihnen klarzumachen, wie wichtig eine sofortige Lieferung ist – ausgerechnet am Wochenende –, ohne ihnen zu erklären, was man macht. Gott behüte, dass man etwas als Priorität behandelt, bloß weil man es gesagt bekommt.«

»Dann also ganz sicher morgen. Vorher werden wir es nicht abtransportieren können.«

Tamas Hand erstarrt.

»Heute sieht unmöglich aus. Und Gerry vom Labor ist dieses Wochenende beim Zelten. Weigert sich, anzutanzen und sich um alles zu kümmern. Macht einen auf *Gewerkschaft*. Als wäre dies das einzige Mal im Leben, dass er zum Zelten kommt. Tasse Kaffee?« Colleen blickt zu Tama auf. Weist mit einer ausholenden Bewegung auf ihre Tasse. »Bitte?« Dies wird ohne jegliche Höflichkeit gesagt. Stattdessen mit einer dicken Portion Sarkasmus.

»Tut mir leid, ich bin bloß kurz mit den Gedanken woanders gewesen.« Tama schenkt Colleen ein. Aus der Küche ertönt ein Scheppern. Es hört sich an, als habe Bradley etwas fallen gelassen. Die Kaffeekanne bewegt sich, und ein Rinnsal trifft Colleens Moleskine-Notizbuch, das vor ihr aufgeschlagen auf dem Tisch liegt.

»Vorsicht! Himmel, Tama!«

»Es tut mir sehr leid.« Tama wischt mit einem Tuch über das nasse Papier. Blaue Tinte wird über die Seite verschmiert.

»Schon gut.« Colleen reißt das Buch an sich.

»Keine Sorge. Keine Sorge.« Gutmütig beruhigt Isaiah die beiden Frauen, während er Colleen eine Handvoll Servietten reicht. Wütend tupft sie das Notizbuch ab. Er wirft

Tama einen Blick zu und zwinkert. »Sie hat sowieso alles auf Karteikarten in ihrem Hirn abgespeichert. Wegen eines Kaffeetropfens wird dieses Projekt nicht aus dem Ruder laufen.«

~~~

Tama räumt Geschirr ab, während Isaiah eine Nachspeise erwägt. Colleens Finger tippt ungeduldig, vergeblich, auf das Ziffernblatt ihrer Armbanduhr bei dem Versuch, ihm die Bedeutung von Zeit zu vermitteln. Isaiah ist nicht in Eile. Er hat den Großteil des Essens mit Dozieren verbracht. Mit dem Mitteilen von Plänen zwischen Fischbissen, als wäre er eine Rundfunkstation auf Sendung. Colleens Erwiderungen sind kaum hörbar, auch wenn das bisschen Gespräch, das Tama mitanhören konnte, aufschlussreich gewesen ist.

Die Trauergesellschaft vom Fenster und die Touristen mit ihrem Broschürenstapel sind bereits aufgebrochen, als Isaiah sich mit einer Serviette die Lippen abtupft und sie auf das Tischtuch wirft. Der Mann mit den Wanderführern steht auf und streckt sich, schichtet seine Karten zu einem ordentlichen Stapel und hebt einen Finger, um Tama zu bedeuten, dass er zahlen möchte. Während er den Reißverschluss seiner Jacke zuzieht, wendet er sich mit betonter Freundlichkeit quer durch den Raum an Colleen und Isaiah.

»Sie beide sehen wie Stammgäste aus. Wohnen Sie hier?«

Colleen sagt nichts, doch Isaiah, erpicht darauf, seinen Enthusiasmus zu verströmen, dreht seinen Stuhl ganz in seine Richtung.

»Ich bin erst vor wenigen Tagen hergekommen, aber Colleen wohnt hier über den Sommer. Sie ist schon seit Anfang Juni hier draußen.«

»Wow. Echt? Ich komme fast nie aus der Stadt raus – Bürojob und so weiter. Sie haben auf jeden Fall Glück, dass Sie das hinkriegen. Colleen, richtig?« Er wischt die Hand an seinem Hosenbein ab und beugt sich zum Händeschütteln über den Tisch. »Verzeihung.« Isaiah nimmt seine Hand, aber Colleen nickt nur. Sie greift nach ihrem Handy und beginnt zu scrollen. Tama macht an der Kasse die Rechnung fertig. »Und Sie sind?«

»John Isaiah.«

»Freut mich, Sie kennenzulernen, John. Sie arbeiten in St. John's? Verbringen bloß die Wochenenden hier oben bei Ihrer Ehefrau?« Er schließt Colleen in seinen Blick mit ein.

»Ha, ha! Von wegen.« Isaiah scheint sich aufrichtig darüber zu freuen, dass dieser Fremde glaubt, Colleen und er könnten liiert sein. »Wir würden ja wohl ein komisches Paar abgeben, nicht wahr? Nein. Rein beruflich, fürchte ich. Wir gehören zum Ocean Sciences Centre an der Universität. Arbeiten an einem Forschungsprojekt. Untersuchen die leuchtenden Gezeiten.«

»Davon habe ich gehört. Da waren Bilder auf Instagram. Glauben Sie, dass ich sie möglicherweise zu Gesicht bekomme, wenn ich hier übernachte?« Er dreht sich um und sieht Tama an. »Gibt es eine Frühstückspension in der Stadt? Irgendwo, wo ich ein Zimmer kriege?« Ohne eine Antwort abzuwarten, wendet er sich wieder Isaiah zu. »Ich wette, Sie entdecken hier alles mögliche Interessante. Ständig draußen auf dem Ozean.«

»Oh, Sie würden es nicht glauben.« Isaiah gibt sich selbstgefällig. Spielt die Grinsekatze.

»Na, das klingt nach einem Ja.« Der Mann ist ganz jungenhafte Begeisterung. »Ich bin verrückt nach diesen Sonderbeiträgen vom Nature Channel. Was haben Sie gesehen?«

»Ich sag Ihnen was.« Isaiah in der Rolle eines TV-Moderators. Mit einem Teaser für die nächste Folge. »Schauen Sie sich einfach in den nächsten beiden Wochen die Nachrichten an. Denken Sie daran, dass Sie mit mir geredet haben.«

Colleen klappt ihr Handy zu. Steckt die Kappe auf ihren Stift. »John. Ich glaube, wir müssen allmählich los.«

»Sie hier sorgt dafür, dass ich bei der Stange bleibe.«

»Nun, das ist doch prima.« Der Mann nimmt das Kreditkartenlesegerät von Tama entgegen. Er spricht weiter, ohne auf Colleens Einwurf zu achten. »Anscheinend eilen Ihnen die Neuigkeiten, dass Sie auf etwas gestoßen sind, voraus.« Er balanciert das Gerät, um eine Visitenkarte aus der Tasche zu ziehen, und reicht sie Isaiah über den Tisch hinweg. »Ich bin Ben Sharpe. Ich bin beim *Independent*.«

»Dem *Independent*?« Aufrichtige Verwirrung huscht über Isaiahs Gesicht. »Aus *London*?«

Ben Sharpe lacht. »Schön wär's. Aus Neufundland.«

»Sie sind von der Zeitung.«

»Das ist richtig. Ich habe einen Anruf erhalten, wegen eines Fundes hier unten.« Er öffnet sein Notizbuch, zieht seine Einträge zurate. »Und ich glaube, Sie haben ihn gerade eben bestätigt.«

Isaiah wird kreidebleich. Das Schweigen ist monumental. Colleen legt das Handy beiseite. Sie packt die Tischkante, und Tama rechnet schon damit, dass sie den Tisch umschmeißt oder ihn wie einen Diskus nach Ben Sharpe wirft oder ihn benutzt, um sich aus dem Stuhl zu stemmen und auf die Tür zuzustürzen.

»John Isaiah. Und Colleen. Haben Sie einen Nachnamen, Colleen? Und hat einer von Ihnen einen Kommentar abzugeben?« Er zückt sein Handy, findet die Aufnahme-App.

»Oder.« Er wartet ab, als denke er nach. Als kämen ihm diese Gedanken eben erst in den Sinn. »Wir könnten einen Termin vereinbaren. Sozusagen ein förmlicherer Rahmen. Ein richtiges Beisammensitzen. Wir könnten es sogar hier veranstalten, das Essen ist ausgezeichnet. Definitiv.« Er dreht sich um, um Tama, die mit dem Kartenlesegerät an seinem Ellbogen steht, in die Unterhaltung einzubinden.

Tama blickt von einer Person zur anderen, während sich das Schweigen ausdehnt. Isaiah beugt sich vor, Hände auf den Knien. Colleen mit Schraubstockgriff am Tisch. Ben Sharpe steht mit ausgestrecktem Handy da. Alle bilden ein erstarrtes Tableau oder ein seltsames Renaissancegemälde. Colleen löst sich als Erste davon. Sie steht auf und reißt Isaiah die Visitenkarte aus den Fingern.

»Los jetzt.«

»Woher wissen Sie Bescheid?« Isaiahs Augen sind groß. Tama sieht, dass er sagt, was ihm gerade in den Sinn kommt, dass seine Gedanken ungefiltert aus seinem Mund hervorsprudeln. Sie kann sehen, mit welcher Anstrengung Colleen versucht, Isaiah aus dem Café zu entfernen. Tama rechnet damit, dass sie ihn jeden Moment hochheben und sich über die Schulter werfen wird. »Wer hat es Ihnen gesagt?«

Colleen unterbricht ihn. »Dr. Isaiah möchte damit ausdrücken, dass wir uns fragen, woher Sie diese sogenannten Informationen haben. Es gibt nichts zu bestätigen.«

»Die Quelle ist im Moment wirklich unwichtig. Und seien wir doch ganz offen. Wir haben eine Monatszeitung. Wir würden gern ein Feature machen. Die Veröffentlichung in Übereinstimmung mit der Pressekonferenz oder Ankündigung oder was auch immer Sie geplant haben.« Ben Sharpe breitet großmütig die Hände aus. »Aber eine Website haben wir auch. Es ist möglich, schnell etwas zu schreiben und es dort zu bringen.« Er schüttelt den Kopf, wie um diese Idee von sich zu weisen. Als fände er es unfassbar, dass irgendjemand töricht genug sein könnte, diese Option zu erzwingen.

Isaiahs Stimme ist leise. Der überschäumende Tonfall, mit dem er vorhin quer durch den ganzen Raum gesprochen hat, hat sich durch ein offenes Fenster verflüchtigt. »Ich verstehe das nicht. Niemand weiß davon.« Er wendet sich an Colleen. »Haben Sie jemanden angerufen? Mit wem haben Sie geredet?«

»Ich möchte mich gern mit Ihnen zusammensetzen. Vielleicht ein gemeinsames Essen. Wir können das hier auf eine Art und Weise durchziehen, die für alle von gegenseitigem Nutzen ist.« Sharpes Stimme klingt vernünftig und wohlüberlegt. »Das hier wird ein Knüller, Dr. Isaiah. Und ein Knüller ist heutzutage eine Seltenheit. Ich fürchte, ich werde darauf bestehen müssen, dass wir Bedingungen aushandeln.«

»Ob ich jemanden angerufen habe? Warum zum Teufel sollte ich das tun?« Colleen glättet die Falten, die sich auf ihrer Stirn gebildet haben. Tama kann die Kopfschmerzen sehen, die sich hinter ihren Augen bilden, kann sehen, wie sie mit Migräneschritten in ihr Hirn marschieren. Colleen fährt sich über die Augen, als wolle sie sie aus dem Kopf reiben. »Ich habe bei niemandem angerufen. Aber ich weiß verdammt noch mal, wer es möglicherweise getan hat.«

»Wer? Das Mädchen?« Isaiah ist aufrichtig verwirrt. »Um die habe ich mich gekümmert.«

»Ach ja?«

»Ja.« Er klingt bestimmt. Defensiv.

»Verdammt, Isaiah. Das hier ist nicht der richtige Ort, um darüber zu sprechen. Wir müssen gehen.«

»Sie werden sich melden?« Ben Sharpe ist ihrem Wortwechsel aufmerksam gefolgt.

Colleen wendet sich an Tama. »Ich schaue später vorbei und begleiche die Rechnung.« Ohne Tamas Antwort abzuwarten, zieht sie Isaiah am Handgelenk von seinem Stuhl.

»Das ist ein beeindruckendes Fahrzeug, das Sie da draußen haben.« Während Ben Sharpe mit ihren Rücken spricht, ist seine Stimme weiterhin freundlich. »Sieht aus, als wär's mal im Krieg gewesen.«

Colleen bleibt jäh stehen.

»Ich denke, ich werde nach dem Abendessen auf eine Tasse Tee vorbeischauen. Setzen Sie das Wasser auf, und ich bringe was Süßes mit. Sie wohnen dort drüben den Hügel hoch, stimmt's? Das blaue Haus mit der neuen Veranda? Oder kann ich mich an Ihrem Arbeitsplatz unten in der Bucht mit Ihnen treffen? Oder hier?«

»Abends haben wir geschlossen«, sagt Tama.

»Wie schade. Na gut, ich kann Sie anhand Ihres Trucks finden, was meinen Sie? Schaue ich gegen acht vorbei?« Er faltet sorgfältig die Quittung und steckt sie in seine Brieftasche, wird das Mittagessen bei seiner Rückkehr nach St. John's wahrscheinlich als Spesen abrechnen. Er schlendert aus der Tür, eine Hand in der Jeanstasche, während er beim Gehen auf seinem Handy nach Nachrichten sieht.

Colleen und Isaiah warten, bis sein Wagen anfährt. Dann zerrt sie ihn aus dem Café, seinen Ärmel in einer Faust zusammengeknautscht, schiebt Isaiah auf der Beifahrerseite in den Wagen und knallt die Tür zu. Beim Geschirrabräumen bemerkt Tama Colleens Notizbuch. Sie will ihr nachlaufen und wird an der Tür beinahe umgestoßen, als Colleen es holen kommt.

Colleen drängt sich an ihr vorbei, bevor Tama etwas sagen kann. »Colleen.«

»Was?«

»Du hast das hier liegen gelassen.« Tama hält das Notizbuch ein Stückchen außer Reichweite.

Colleen rempelt gegen sie und reißt es ihr aus der Hand. »Danke.«

»Du hast Glück, dass ich es genommen habe und nicht dieser Typ, mit dem ihr herumgestritten habt.« Sie sieht Colleen in die Augen. »In den letzten Tagen bist du unvorsichtig gewesen. Hast Einblicke in alle möglichen Dinge gewährt.«

»Ich weiß nicht, wovon du sprichst.«

»Nein, natürlich nicht.«

Bradley kommt aus der Küche, als Colleen die Treppe hinunterstampft. Der Truck fährt mit aufheulendem Motor vom Parkplatz, Colleens Zorn zeigt sich in der Art, wie sie das Gaspedal durchtritt. Das Fahrzeug reagiert verzweifelt, kann kaum mit ihrer Wut Schritt halten, als sie quietschend die Straße hochrasen. Bradley wischt die Hände an der Schürze ab. Tama ergreift das Wort.

»Du hast die Gruppe heute Morgen kaum richtig begrüßt?« Eigentlich ist es keine Frage. Eher eine Feststellung.

»Nein.« Er stapelt Teller, legt Besteck darauf.

»Hast dich in der Küche versteckt.« Noch eine Nicht-Frage.

»Mir geht es heute Morgen nicht so toll. Fühle mich nicht gut.«

»Oh.« Sie wischt den Tisch ab, während er das Geschirr abräumt. »Vielleicht gestern Abend übertrieben? Du bist erst spät nach Hause gekommen.«

»Nein. Ich habe nicht getrunken. Bin wohl nur ein bisschen down.« Er atmet tief durch. »Du weißt ja, wie es ist.

Tage, an denen du dich fragst, ob es die richtige Entscheidung war, es hier draußen zu versuchen.«

Bradley schenkt ihr eine blasse Version seines strahlenden Lächelns. Traurige Augen. Tama wird übel, eine Woge Gallenflüssigkeit dreht sich in ihrem Magen. Sie verspürt einen Druck hinten in der Kehle. Sie hat Sorge, sich übergeben zu müssen.

Es war Bradleys Vorschlag gewesen, aus Europa hierher zurückzuziehen, es mit diesem abgelegenen Hafenrestaurant zu probieren. Er hatte die Annonce für das Lokal im Internet entdeckt. Damson Bay, wie unwahrscheinlich ist das denn? Tamas Heimatstadt. Derzeit als Fish-and-Chips-Laden in Betrieb, las er, aber es ließe sich umbauen, die Grundausstattung sei bereits vorhanden. Und sie hatten schon einen Namen: Was könnte passender für ein Restaurant am Meer sein als *Atwater's Café?* Er fand einen Grund nach dem anderen, wie Perlen, die auf eine Schnur aufgefädelt werden. Jedes Jahr kämen immer mehr Touristen in die Gegend. Kunstateliers gebe es und Touren zu den ganzen neu angesiedelten Gemeinden, und das Bootsmuseum sei gleich auf der anderen Seite des Ödlands. Sie könnten es versuchen. Ein schickes Café aufmachen.

In Wahrheit hatte es allerdings mehr mit der jungen Frau in der Wohnung gegenüber zu tun gehabt, weniger mit einer Geschäftsmöglichkeit. Eine schicke *bibliothécaire*, mit der er bestimmt schlief, da war sich Tama sicher. Er war untröstlich gewesen, als man sie in einer leidenschaftlichen Umarmung im Aufzug erwischt hatte. Die elegante Bibliothekarin hatte gekichert und war errötet, doch ihr großer Begleiter hatte gegrinst und ein fröhliches *Bonjour* gewünscht, bevor er ihr langes Haar anhob, um ihren Nacken zu küssen. Kurz darauf, nach einer Reihe ausgedehnter Spaziergänge im Regen, hatte Bradley Tama eröffnet, er habe Heimweh. Hatte auf die Annonce für das Café hingewiesen. Bei der Erinnerung schüttelt Tama verärgert den Kopf. Auf einmal ist sie unglaublich sauer, dass er ihre gemeinsame Entscheidung, wieder nach Hause zu ziehen, jetzt im Nachhinein anzweifelt, dass er diese zweite Chance einfach so wegwirft.

Doch bei ihrer Antwort verrät ihre Stimme nichts von ihrem Zorn. Stattdessen hüllt sie ihre Worte in eine dicke Sirupschicht aus ehefraulicher Sorge.

»Du darfst dich nicht entmutigen lassen.« Sie fingert an dem Spültuch in ihrer Hand herum. »Dinge sind manchmal schwierig. Du musst für das, was du willst, kämpfen. Du darfst dich von niemandem entmutigen lassen, wenn du dir sicher bist.«

Jetzt sieht Bradley sie an. Abwägend. »Vielleicht.«

»Dein Rat des Tages.« Sie nimmt ihm die schmutzigen Teller aus den Händen und geht in Richtung Küche. Dann bleibt sie stehen, als sei ihr gerade etwas eingefallen. »Oh. Ich werde dich später mit Kaffee zu dem Forscherteam rüberschicken. Ich habe ein bisschen gelauscht. Klingt so, als würden sie ihren Aufenthalt vielleicht verlängern. Eine kleine Werbeaktion kann nicht schaden, wenn sie noch bis in den Herbst hier sein werden.«

Sie geht, ohne seine Reaktion abzuwarten.

EINE FABEL

Sie sitzt am Labortisch, als Colleen und Isaiah in den Store gestürzt kommen. Es bleibt keine Zeit. Isaiah rührt sich nicht vom offenen Türrahmen, doch Colleen schreitet auf Vivienne zu, ihre Stiefel ein Kanonendonner auf dem Holzboden. Ihr Gesicht eine Maske des Zorns.

»Steh auf.« Colleen ist so gebieterisch wie eine Königin in einer Shakespeare'schen Tragödie, die ein Urteil über Vivienne verhängt. Das Licht vom offenen Türrahmen trifft sie wie ein Scheinwerfer. »Ich weiß nicht, worauf du es anlegst, aber jetzt ist Schluss. Mit dem Anruf bist du zu weit gegangen.« In ihrer Stimme schwingt Endgültigkeit mit.

»Was für ein Anruf?«

»Was für ein Anruf?« Colleens Hände auf den Hüften, ihr Körper reglos. Isaiah bebt vor Wut.

»Gib mir deine Schlüssel.« Colleen streckt die Hand aus. »Raus mit dir, raus, raus«, stimmt sie an, »und lass dich nicht mehr blicken.«

»Aber.« Die Tiefkühltruhe leuchtet wie eine Sonne am Rand von Viviennes Blickfeld. »Wie soll ich in die Stadt zurückkommen?«

»Machst du Witze? Du willst auch noch chauffiert werden? Verdammt, Vivienne, verschwinde aus meinen Augen.«

Vivienne schiebt sich auf die Kreatur zu. Sie fragt sich,

ob sie sie aus dem Aquarium holen kann. Sich über die Schulter legen und wegrennen.

»Oh, nein.« Colleen scheint größer zu werden. Sie tritt vor Vivienne und verstellt ihr den Weg zur Tiefkühltruhe. »Vergiss es. Schlüssel. Jetzt.« Vivienne kramt sie aus der Tasche ihrer Shorts und legt sie auf Colleens ausgestreckte Handfläche.

Isaiah steht immer noch auf der Schwelle, als sie zur Tür geht.

»Pardon, dürfte ich.«

Doch er rührt sich nicht, versperrt beinahe die gesamte Tür, und sie ist gezwungen, sich an ihm vorbeizuzwängen. Ihre Haut juckt überall, wo ihr Körper seinen berührt, als wäre sie von roten Ameisen bedeckt.

Sie geht auf direktem Weg zum Café. Zur Hintertür, weil sie hofft, Tama in der Küche anzutreffen. Stattdessen steht Bradley neben dem Herd und bereitet Sandwiches zu. »Tama ist im Gastraum«, erklärt er, »und nimmt eine Bestellung auf.«

Vivienne wartet auf der Veranda, hält sich am Holzgeländer fest und tritt mit dem Absatz ihres Turnschuhs immer wieder auf die Terrassendielen. Sie beobachtet, wie eine Möwe in die Untiefen der Bucht taucht und einen Seeigel fängt. Folgt ihr mit den Augen, als sie von einem Aufwind gepackt wird und in schwindelerregende Höhe steigt, bevor sie den Seeigel auf den felsigen Strand unter sich fallen lässt. Der Vogel stürzt hinterher, um an dem frisch entblößten Fleisch in der zersprungenen Schale herumzupicken, und Tama öffnet die knarrende Fliegengittertür. Sie lehnt sich nach draußen, ohne dass ihre Füße die Keramikfliesen der Küche verlassen. Vivienne dreht sich um, und die Verzweiflung steht ihr deutlich ins Gesicht geschrieben.

Tama schaut hinter sich. Bradley steht vor einer brutzelnden Pfanne und kann nicht hören, was sie sagt. »Ich brauche eine Stunde. Treffen wir uns oben.«

Vivienne pirscht über den Kiesparkplatz davon und macht sich auf den Weg zum Garten der Hausruine. Ihre Erregtheit verleiht ihr eine hektische Energie und treibt sie auf ihrer Wanderung zum Hügelkamm an. Die Spaziergänge, die Vivienne unternahm, um Distanz zwischen sich und Colleen, zwischen sich und Isaiah zu bringen, waren anders. Sie waren nicht zielgerichtet, sondern eine Art richtungsloses Umherstreifen. Sie war eine Schlafwandlerin in der Bucht, als wären die Straßen mit Sirup bedeckt; zähe, anstrengende Bewegungen, bei denen die Schwerkraft an ihren Fußknöcheln zog und sie erschöpfte. Durch Fenster spähend, während sie sich dahinschleppte. Menschen zuwinkend, die in ihren Gärten Unkraut jäteten, und Frauen, die Wäsche an die Leine hängten. Und sie hatten ihr zurückgewinkt – von Veranden und Autofenstern und dem Anlegeplatz und von der anderen Straßenseite. Doch es war bei diesen Grüßen aus der Ferne geblieben, ohne dass sie es geschafft hatte, eine Form von Nähe zu schaffen, einen Weg zu finden, um richtig mit jemandem zu kommunizieren. Alles war mit einem Guss überzogen gewesen, und sie konnte nicht hindurchschneiden und die tatsächliche Oberfläche der Dinge berühren.

Schlimmer noch, jeder schöne Anblick – taugeprägte Blumen und Singvögel und gelbe Schmetterlinge bei der Paarung – hatte widerlich süß geschmeckt. Die reifbedeckte Welt fühlte sich wie zwischen den Zähnen knirschender Zucker an. Letztlich war ihr klebrig und übel zumute, und sie kam nicht recht dahinter, ob sie es war, die eine übermäßig süßliche Zuckerglasur aufwies, oder ob sie ein realer

Mensch aus Fleisch und Blut war und in einer Marzipanwelt herumwanderte.

Jetzt saugt sie Luft ein. Oben auf dem Hügel wird sie von ihrer ausgepumpten Lunge dazu gezwungen, stehen zu bleiben und sich, die Hände auf den Oberschenkeln, mit brennenden Beinen, vornüberzubeugen. Sie atmet in tiefen Zügen ein, sie ist ein Sauerstoff-Gierschlund. Mit beinahe krampfender Lunge atmet sie ein, noch bevor sie ganz ausgeatmet hat, ihre Atemzüge packen sie wie Wellen, von denen eine in die nächste schmettert. Ihre Haut kribbelt vor Hitze. Sie kann sich ihr Gesicht vorstellen, rot wie die Mohnblumen, die im Juli vereinzelt im Gras neben dem Store wachsen. So rot wie der Boden eines Boots, nachdem man einen Fisch hat ausbluten lassen.

Der Marsch den Hügel hinauf hat sie befreit. Vivienne ist durch den Sirup aus Taubheit gebrochen, in dem sie zu ertrinken drohte, und vollführt schmerzhafte, taumelnde, belebende Atemzüge. Bis ihr klar wird, dass das nicht stimmt. So hat es sich nicht zugetragen. Es ist nicht die Wanderung, die ihren Körper – und ihr Bewusstsein – mit einem Ruck befreit hat. Es war der Moment, in dem sie die Schwelle des Stores überquerte. Der Moment, in dem sie sich an Isaiah vorbeiquetschte. Ihr Körper berührte seinen, und die Blase des Schocks, in der sie lebte, ist aufgeplatzt. Sie spürt die kochend heiße Flüssigkeit, die daraus hervorfließt, ihre Lippen schmecken nach Salz.

Vivienne steht im Garten der Villenruine mit ihren Eichen und hört zu, wie ihr Herzschlag sich verlangsamt, wie der Abstand zwischen den Schlägen länger wird. Zum ersten Mal seit Tagen fühlt sie sich im Einklang mit ihrem Körper. Sie hatte körperlichen Schmerz vergessen, hatte wund geriebene Fußknöchel und Blasen vergessen. Heiß hatte sie auch vergessen. Sie hebt den Saum ihres T-Shirts, und ein Windhauch kühlt ihre verschwitzte Haut. Sie hatte die Blutergüsse an den besonders zarten Hautpartien an ihren Armen vergessen, hatte vergessen, dass der Schorf entlang ihrer Wirbelsäule nicht nur rubinrote Blutstropfen absonderte, sondern während des Heilungsprozesses der Haut auch juckte. Sie sehnt sich danach, den Rücken wie ein Bär an der rauen Rinde eines der Baumstämme zu reiben, weiß jedoch, dass die Befriedigung nur vorübergehend sein und jede Wunde erneut öffnen würde.

Während des Wartens geht Vivienne das steinerne Fundament des alten Hauses ab, wie ein Kind am Bordstein auf den felsigen Umrissen balancierend. Ihre Füße fahren die Vergangenheit eines anderen nach, die Ränder eines verschwundenen Lebens. Sie vollführt ihren Seiltanz um die Überreste des Fundaments, setzt einen Fuß in einer Linie vor den anderen, Arme ausgestreckt. Anfangs bewegt sie sich zu schnell, ist unbeholfen und fällt in das lange Gras, das um das Haus wächst – es in Besitz genommen hat. Doch sie wird langsamer, und ihre Bewegungen werden meditativer. Das Haus mit den Füßen zu kartographieren ist nicht mehr so sehr ein Spiel, sondern hat etwas Nachdenkliches. Isaiahs Berührung hat sie den Hügel hochgetrieben, als wäre sie von einem Sturm gepackt worden, doch jetzt gelingt es ihr, Atem zu schöpfen. Sie erkennt, dass sie sich im Auge des Orkans befindet. Ihre Füße fahren einen Pfad nach, wie ihre Finger dem Umriss der Kreatur in ihrem Leihbuch gefolgt sind, wie sie vielleicht einen Fluchtweg auf einer Landkarte nachfahren würde.

Am leichtesten wäre es, dem Hafen, dem Fisch, diesem Sommer den Rücken zu kehren. Sie könnte sich von jemandem mitnehmen lassen, der in die Stadt pendelt, oder von dem Mann, der den Pepsi-Truck fährt, wenn er seine wöchentliche Lieferung im Laden vorbeibringt. Er wird am Morgen hier sein, Damson Bay liegt auf der Montagsroute. Doch beide Optionen bedeuten, die Nacht abzuwarten, und wenn sie wegwill, dann will sie es gleich. Sie fragt sich, ob es immer noch Leute gibt, die per Anhalter fahren. Sie könnte ihre Sachen in den Rucksack packen, den Daumen rausstrecken und in zwei Stunden in der Stadt sein. Sie hört eine Stimme im Kopf, die sie vor den Gefahren warnt – eine junge Frau ganz allein –, aber in dieser verschlafenen Bucht sind doch gewiss keine Mörder unterwegs.

Vivienne springt von der Mauer und beginnt, die grasbewachsenen Zimmer der Villa zu erkunden. Statt Mobiliar gibt es nur Stellen, wo die Kamine eingestürzt sind und Geröllhaufen hinterlassen haben, die als Sitzgelegenheit dienen. Statt Tapeten gibt es Wildblumen: Goldrute und Schmalblättriges Weidenröschen mit dem bauschig weißen Haarschopf seiner Flugschirmchen. Eine altmodische Rose, die vor der Hintertreppe wächst, ist auf die Mauer übergesprungen und hat die Küche und die rechteckige Feuerstelle erobert. Eine Eberesche ist anstelle einer Lampe gewachsen, die Äste schwer von Beeren auf dem Weg von Orange zu Rot.

Vivienne kauert im Innern, besetzt die Nicht-Zimmer, wartet darauf, dass die Geister der vergangenen Zimmer sich ihr vorstellen. Sie legt sich auf einen Flecken gelbes Gras und sieht nichts außer Himmel. Abgebrochene Halme stechen ihre Haut. Sie ist vollständig verborgen. Sie stellt sich vor, dass das Gras immer höher wächst und sie wie ein Baldachin überdeckt, bevor es verblüht. Sie stellt sich die Spreu vor, die auf ihren Bauch fällt und auskeimt. Gras, das aus ihrem Bauch wächst, hoch durch ihre Haut, bis sie überhaupt nicht mehr zu erkennen ist. Ihre Gedanken driften ab, bis ein ausgesprochen körperliches Bedürfnis sie zurückruft. Viviennes Blase ist voll. Als sie in einer Ecke kauert und Wasser lässt, schämt sie sich. Was für eine Unart. In jemandes Wohnzimmer zu pinkeln.

~~~

Bei Tamas Eintreffen sitzt Vivienne auf der Vordertreppe, den Rücken den Gespenstern zugekehrt, die durch das Haus streichen, sich unwissend stellend, während Geister ihren Nacken liebkosen und ihr Kusshändchen wie Spinnweben ins Haar zuwerfen. Tama setzt sich neben sie und fährt mit der Hand über die Betonstufe. Der Beton war von Hand gemischt worden, mit Sand, den man von der Flutgrenze hochgekarrt hatte, und ist gesprenkelt mit winzigen Strandsteinen und Muschelschalen, so klein wie Marienkäfer.

»Früher gab es zu beiden Seiten der Treppe Steinfiguren. Wie Kreuzwegstationen. Der alte Kapitän, der hier lebte, gab sie in Auftrag. Ich habe Bilder gesehen. Fische und Tintenfische und Segelboote. Längst verschwunden. Als wir Kinder waren, lagen Stücke dieser Statuen im Gras. Einmal habe ich eine Flosse gefunden.« Sie dreht sich nicht zu Vivienne, sondern sieht aufs Wasser hinaus. »Aber irgendwann habe ich sie verloren.«

Ein Heer gehetzter Ameisen wuselt über den Boden. Eine trudelt hinterher und schleppt die immer noch zuckende Leiche einer Libelle mit zerbrochenen Flügeln. Vivienne und Tama können Frösche mit belegten Stimmen quaken hören. Ein Orchester aus gezupften Gummibändern. Vivienne war nicht klar gewesen, wie nah sie dem sumpfigen Hochland sind, das sie von den Fahrten mit Thomas im Truck nach Carbonear kennt. Das Haus befindet sich einen Steinwurf vom Moor entfernt, umgeben von Fliegen und dem Geruch verfaulender Vegetation.

»Ich bin ausgesperrt. Sie haben mich ausgesperrt. Den Schlüssel weggeworfen. Colleens Kopf ist fast explodiert. Sie ist ausgerastet, weil jemand wo angerufen hat, und dann bin ich in die Verbannung geschickt worden.«

»Das hab ich mir gedacht.« Tama berichtet von dem Eklat im Café.

»Tama, wir müssen sie wegbringen. Ich kann mir nicht vorstellen, Eintritt zu bezahlen, um sie hinter einer Glasscheibe zu betrachten, als Ausstellungsstück in einem Aquarium.« Vivienne spricht leise. »Oder schlimmer, in einem Labor unter Verschluss. Sie gar nicht sehen zu können, nicht einmal durch Glas hindurch.« Sogar noch leiser. »Ohne zu wissen, was sie ihr antun.« Vivienne dreht sich, um Tama ins Gesicht zu blicken. »Uns rennt die Zeit davon, Tama.«

»Ich weiß.«

»Sie haben mir meine Schlüssel abgenommen.«

Das bringt Tama zum Lächeln. »Das Haus hier hat in meiner Jugend immer noch gestanden, aber es war alles andere als sicher. Löcher im Boden, Löcher in der Decke.« In den Dachsparren nistende Vögel. An Stellen, wo das Dach eingestürzt war, der Umriss von Fledermäusen vor dem Himmel. »Und natürlich haben uns die Erwachsenen in der Stadt den Zutritt verboten. Aus Angst, das ganze Haus könnte über uns zusammenstürzen. Ein kleines Vorhängeschloss ist einem Bolzenschneider nicht gewachsen.«

Für die Kinder, die zusammen mit Tama aufgewachsen waren, war die Villa ein echtes Spukhaus gewesen. Ein

Ort, den man bei einer Mutprobe betrat. Für einen Teenager ein ideales Versteck, weit genug von Erwachsenenaugen entfernt. Jemand hatte zwei ramponierte Gartenstühle ins Wohnzimmer geschafft und einen Stapel blauer Milchkästen. Es hatte Partys gegeben, und Tama hatte im Schein von Kerzen, der an Bierflaschen glitzerte, Romantik erlebt, Dekadenz und Unbeschwertheit, die zusammen mit Grasduft in der Luft trieben. Glockenhelles Gelächter von den Mädchen, blechern und tief von den Jungen mit ihren frisch veränderten Stimmen. Es gab endlose Küsse und kalte Finger unter ihrem Pulli, Hände, die auf ihren Brüsten verweilten, bis sie sich aufwärmten.

»Das hier war ein Wrack von einem Haus, die Fenster mit Sperrholz vernagelt. Aber drinnen an den Wänden gab es Fresken. Kannst du dir das vorstellen?« Tama ist in die Vergangenheit entschwebt. »Wunderschön, was davon übrig war. Die Kinder haben ständig Teile abgetragen.« Und nicht nur Kinder. Es gibt immer noch Leute, die Stücke davon besitzen, da ist sie sich sicher. »Der Bauherr war Schiffskapitän, und er beauftragte irgendeinen italienischen Maler, sie zu erschaffen. Mit allem Drum und Dran, Farbe auf Gipsputz.«

»Was haben die Bilder dargestellt?« Vivienne ergreift Tamas Hand.

»Oh, den Ozean. Fremde Inseln. Wilde Tiere und Jungfrauen, Schiffe in stürmischen Gewässern. Alle möglichen fantastischen Dinge. Man erzählt sich, der Kapitän hätte mit dem Meer abgeschlossen. Dass sein Schiff sich an dem Tag, als das Haus fertig wurde, losmachte. In einer Nacht bei absoluter Windstille trieb es hinaus und kenterte an den Felsen.«

Tama hatte Bradley kurz nach der Hochzeit hierherge-

bracht, doch er hatte nichts gesehen außer den verrotten-
den Brettern und den Löchern, wo es Ratten geben könnte,
und dem Vogeldreck. Er hatte gesagt, du weißt schon, dass
diese Türen nicht grundlos vernagelt sind. Und hatte sich
geweigert hineinzugehen.

»Es ist vielleicht vor zehn Jahren niedergebrannt.« Ein
warmer Frühlingstag, Rauch, der sich mit dem Nebel ver-
mischte. Gräser und Erlengebüsch und Himbeerzweige
hatten umgehend die Oberhand gewonnen.

Vivienne und Tama sitzen auf der sonnenwarmen Stein-
stufe, während die gelbe Sonne am Himmel versinkt und
Nebel wie aufgeschäumte Milch heranwallt. Während sie
Pläne schmieden.

»Wir müssen mit Thomas reden.«

~~~

Sie bleiben Pläne schmiedend bei der Villenruine mit ihren
verstaubten Erinnerungen, bis der Nebel hereinwabert, und
dann wandern sie den Hügel hinunter auf der Suche nach
Thomas, der am Kai mit ein paar Fischern schwatzt. Vivienne springt in das Boot und macht sich daran, die Ausrüstung zu überprüfen und sicherzustellen, dass Benzin
im Tank ist, ein Reservekanister in dem kleinen Staufach.
Tama sitzt am Rand des Kais und lässt die Füße baumeln.
Sie rufen ihm und den Männern, die um einen Werktisch am
anderen Ende des Anlegeplatzes herumstehen, einen Gruß
zu. Einer entgrätet und drei sehen zu, Hände in den Taschen.

Nach ein paar Minuten schlendert Thomas herüber und
setzt sich neben Tama.

»Tja, nun. Cooles Pärchen. Was führt ihr beiden Verbre-
cherinnen denn heute im Schilde?«

Viviennes Herz schlägt ihr bis in den Hals. Sie ist eine Verbrecherin. Oder jedenfalls bald. Oder sie ist eine, seitdem sie die Kreatur über die Seite des Dollbords gezogen hat. Seekrankheit kennt sie nicht, aber jetzt wird ihr mulmig von der kaum wahrnehmbaren Bewegung des Boots, dem leichten Benzingeruch. Bei dem überwältigenden Gefühl, keinen festen Boden unter den Füßen zu haben, dreht sich ihr Magen.

Tama ergreift zuerst das Wort. »Vivienne hat etwas gefunden.«

»Ach ja?«

»Ja. Sie hat etwas gefunden und es hierhergebracht, in die Bucht. Sie hat es ins Labor gebracht.«

Thomas sieht Vivienne direkt an. Ihr Gesicht läuft rot an, doch sie weicht seinem Blick nicht aus. Reckt trotzig das Kinn.

»Hat einen kleinen Schatz gefunden, ja?«

Tama gestattet sich ein flüchtiges Lächeln. »Ja. Aber die Situation ist komplizierter geworden. Sie machen sich bereit, sie nach St. John's zu transportieren. Und der Typ, der heute in dem blauen Honda herumkurvt, ist ein Journalist.«

»Was braucht ihr?«

Er beugt sich vor, Arme über der Brust verschränkt.

»Eine falsche Fährte, ein Ablenkungsmanöver. Alles, was wir von dir brauchen, ist, dass du den Truck wegfährst. Lass sie glauben, Vivienne habe mit unserer Kreatur die Flucht ergriffen, sei in die Stadt geflohen.«

»Das krieg ich hin. Sicher, dass das alles ist, was ihr braucht?«

»Falsche Fährte. Das ist dein Job.«

Thomas vollführt eine Handbewegung, als sei er ein

Magier. Vivienne ist sprachlos, ihr trotziges Kinn ragt jetzt benommen empor. Sie macht einen Fehltritt, während sich das Boot immer noch unter ihren Füßen bewegt, und fällt beinahe über Bord. Thomas streckt die Hand nach ihr aus, und sie hält sich daran fest, spürt das Menschliche seiner Hand, die Handwurzelknochen und die Fingerglieder, die Sehnen und Flechsen zwischen Fingern und Daumen und Handgelenk. Sein Griff verankert sie in der Welt, während sie eigentlich auf dem Traum einer Brise davongetrieben wäre.

»Aufpassen, Skipper.« Er sieht Tama an, und kurz huscht Belustigung über sein Gesicht. »Du hast es ihr nicht gesagt? Welch Frevel.«

»Ich dachte, sie wäre größtenteils dahintergekommen.«

Vivienne ergreift das Wort. »Nein. Bin ich nicht. Ich stehe völlig auf der Leitung.« Mit Blick auf Tama.

Thomas antwortet für sie. »Die Leute hier verbringen ihr ganzes Leben auf dem Wasser. Jeder weiß, was es in der Bucht gibt.« Er hat ihre Hand nicht losgelassen. Ruft ihr ins Gedächtnis, dass sie immer noch auf der Welt ist.

»Aber ...« Viviennes Gedanken überschlagen sich wie eine sich entspulende Angelrolle. »Wolltet ihr denn nichts unternehmen? Wolltet ihr nicht versuchen, ihr zu helfen? Uns aufzuhalten?« Ihre Gedanken huschen zu der bleiernen Kreatur in dem Aquarium. »Es geht ihr nicht gut.«

»Erstens«, sagt Tama, »ist sie robuster, als du vielleicht denkst. Zweitens wollten wir abwarten, wie sich die Dinge entwickeln.«

WAFFENRUHE

Das Wichtigste ist, Ben Sharpe vom Store fernzuhalten. Von dem Untersuchungstisch, der ins Nirgendwo führt, und dem Computer und jeglichen verirrten Akten, die Colleen und Isaiah vielleicht in ihrem Aufräum-Blitzkrieg im Labor übersehen haben. Von der Tiefkühltruhe in der Ecke, die allmählich nach Exkrementen und verfaulender Nahrung und der Art von Meerwasser stinkt, das sich unter dem Abflussende eines Kanalisationsrohrs befindet. Von ihrer Bewohnerin. Im Store gibt es Orte zum Herumschnüffeln, selbst wenn es ihnen gelungen wäre, die Tiefkühltruhe zu verdecken, selbst wenn sie so tun, als würden sie den Geruch nicht bemerken. Es gibt Ecken, in die man seine Nase stecken kann.

Colleen stellt sich vor, dass Ben Sharpe seinem Namen nicht gerecht wird, dass er nicht scharfsinnig ist, eher eine Art Scooby-Doo-Spürhund als ein seriöser investigativer Journalist. Allerdings hatten Scooby und Shaggy durchaus Glück, und ihnen fielen Hinweise in den Schoß. Ein Lieferschein oder ein Knopf. Eine Bahnfahrkarte oder ein Mikroskopobjektträger. Colleen weigert sich, sich von einem Zufall dazwischenfunken zu lassen. Sie ist keine Glücksspielerin. Sie vertraut ihr Schicksal nicht dem Umdrehen einer Karte an. Der Kartenstapel liegt ordentlich vor ihr, und noch hält sie Trümpfe in der Hand. Informationen werden nach ihrem Gutdünken veröffentlicht werden. Wenn es für sie am vorteilhaftesten ist. Das Haus gewinnt immer.

Der Nebeldrache, der gleich hinter dem fernen Hügel lauert, hat wieder ausgeatmet. Der spätnachmittägliche Dunst, der in die Bucht rollt, passt nicht in Colleens Plan. Sie hatte gehofft, das Interview mit Ben Sharpe auf der Veranda des Mitarbeiterhauses zu führen, aber allmählich wird es zu feucht, um im Freien zu sitzen. Stattdessen werden sie die Küche benutzen müssen. Während sie darauf wartet, dass die Uhr den Weg bis zur Acht findet, sammelt sie jeden Papierfetzen, jeden linierten gelben Block, jeden Datensatz und jedes Tortendiagramm ein, die sie ausgedruckt und studiert haben, das Gestöber aus Plänen und Geheimnissen, das Isaiah von einem Ende des Zimmers zum anderen verstreut hat. Sie wirft alles in einen großen Tupperbehälter. Trägt ihn nach draußen in den grünen Truck und klemmt ihn in den Spalt hinter dem Fahrersitz. Sperrt die Tür ab. Sie ist sich sicher, dass ihr nichts entgangen ist. Dennoch nagt da ein Zweifel an ihr, den sie einfach nicht loswird. Colleen ist ausgesprochen umsichtig, und die Veranda wäre besser gewesen. Sie will nicht, dass Ben Sharpe geht und dann ein Hinweis an seiner Schuhsohle klebt.

In der Küche kippt sie den Rest des Kaffees vom Vorabend in den Abfluss, als Bradley mit dem Fingerknöchel an die Scheibe des Fensters klopft. Der Kaffee am Boden der Kanne ist dickflüssig vor Kaffeesatz, der Papierfilter muss in seinem Korb gerissen sein. Der Satz klebt an der Seite der Edelstahlspüle, bevor er zäh den Abfluss hinuntergleitet. Bradley hebt eine Papptrage mit Kaffeebechern in ihr Blickfeld. Seine Miene ist trübselig. Er sieht aus, als habe er nicht geschlafen. Ganz gewiss hat er sich nicht rasiert.

Doch mit dem Kaffee kriegt er Colleen herum, und sie zieht sich einen Fleecepulli über, bevor sie sich zu ihm ins Freie gesellt. Der Abend ist wärmer, als sie dachte. Bradley dreht sich um und stellt den Kaffee auf der Glasoberfläche des Verandatischs ab.

In der Papptrage stecken zwei Becher. »Einer für dich. Einer für den Professor.«

Colleen befreit einen aus dem Kartongriff. »Er ist nicht hier. Er ist im Labor.« Sie wird den anderen verstecken. Vielleicht in der Mikrowelle. Ihn später aufwärmen.

»Colleen.« Bradley streckt eine Hand aus, als nähere er sich einem fremdartigen Tier. Weiter heran kommt er nicht. »Colleen, ich weiß nicht, was neulich abends los war. Ich dachte, wir hätten keine Probleme.«

Sie nimmt den Deckel von dem Becher. Atmet tief ein, sucht wie eine Weinkennerin nach Aromanoten. Er riecht nach warmer Erde. Eiche. Haselnüssen.

»Es gibt kein *Wir*, das keine Probleme haben könnte, Bradley.«

Die Flüssigkeit hat die Farbe von dunkler Schokolade.

»Ist es der Professor? Er ist nicht das, was du willst. Er kann dir nicht geben, was du brauchst.«

Er könnte, aber er will nicht. Nicht ohne eine gewisse Überzeugungsarbeit. Sie trinkt ihren ersten Schluck. Lässt vor dem Schlucken einen kleinen Tropfen auf der Zunge kreisen.

»Isaiah ist mir völlig schnuppe«, lautet ihre Antwort. »Wirklich. Das hat nichts mit dir zu tun. Die Situation bei diesem Projekt ist kompliziert. Es hat jetzt eine politische Dimension. Es ist das Einzige, worauf ich mich im Moment konzentrieren kann.«

»Hör mal. Lass es dir einfach durch den Kopf gehen. Für

mich ist die Sache noch nicht durch.« Er stößt sich vom Geländer ab, um vor ihr zu stehen. Colleen ist groß, aber Bradley ist größer. Sie berühren sich fast. Sie sind sich so nahe, dass er den Kopf neigen könnte, um sie zu küssen, aber er tut es nicht. Nur der Kaffee zwischen ihnen. »Lass es dir durch den Kopf gehen.« Er steigt nach unten auf den Kiesweg, der vom Haus wegführt, und dreht sich um, um rückwärtszugehen, Hände in den Taschen. »Tama hat einen Teil von einem Gespräch belauscht, das ihr heute Morgen geführt habt. Sie hat gesagt, ihr sucht vielleicht einen Ort, an dem ihr heute Abend ein Treffen abhalten könnt. Neutraler Boden. Wie dem auch sei. Ich soll dir ausrichten, ihr könnt gern den Gastraum des Cafés benutzen.«

»Ach ja?«

»Was auch immer ihr heute Morgen besprochen habt, hat sie auf den Gedanken gebracht, dass ihr gut fürs Geschäft seid.«

Im Kopf listet Colleen den Inhalt des Kühlschranks auf. Erwägt die Möglichkeit, etwas Anständiges im Café zu essen zu bekommen. Und neutraler Boden ist genau das, was sie brauchen, um diese Situation unter Kontrolle zu haben. Ein Ort, der nicht das Geringste mit dem Exemplar zu tun hat. Ein Ort, an dem sich keine Hinweise entdecken lassen.

»Okay. Um acht.«

Bradley spürt ihre Kapitulation, bevor sie etwas sagt. Er dreht sich weg, eine Hand zum Abschied gehoben, bevor sie sehen kann, wie sich das Lächeln über sein ganzes Gesicht ausbreitet. Doch sie hört ihn beim Davonschlendern pfeifen. Hände in den Taschen.

Das *Geschlossen*-Schild ist umgedreht, aber die Lichter brennen. Colleen und Isaiah gehen zum hinteren Teil des Gastraums, zu Colleens Stammplatz. Sie schenkt sich eine Tasse Kaffee ein und lässt Isaiah für sich selbst sorgen. Bradley steckt den Kopf aus der Küche. Er ruft einen Gruß und verschwindet wieder. Taucht nach einer Minute erneut mit einem Teller voller kleiner Quiches auf. Buttergelbe Eier, übersät mit grüner und roter Paprika. Colleen nimmt sich zwei.

»Ich bin gleich hier hinten, falls ihr irgendetwas brauchen solltet.« Bradley verschwindet in die Küche und ruft dabei über die Schulter. »Danke für euren Besuch.«

»Wir wissen es zu schätzen, dass Sie für uns aufmachen«, sagt Isaiah schroff. Seine Stimme hat den Großmut eingebüßt, den sie früher am Tag hatte. Unter dem Tisch wippt sein Fuß, als wäre sein Knie ein Kolben. Colleen lächelt in ihren Schoß.

Ben Sharpe kommt auf die Minute genau. Colleen und Isaiah bleibt gerade genug Zeit, um ihre Strategie durchzugehen, bevor er ins Café spaziert.

»Ein Imbiss!« Er greift sich einen kleinen Teller vom Tresen. »Und Kaffee nimmt man sich einfach, ja?« Colleen und Isaiah haben keinen dritten Stuhl an den Tisch gezogen. Er holt einen von einem Nachbartisch und setzt sich zu ihnen. Fügt seiner Tasse drei Päckchen Zucker und einen Schuss Sahne hinzu.

»Die sehen köstlich aus.« Ganz wie ein heranwachsender Junge schiebt er sich eine Quiche in den Mund. Schluckt und sagt: »Ich wusste, dass Sie mit dieser Sache zivilisiert umgehen würden. Wie ich schon vorhin sagte, das hier kann für alle Beteiligten eine Win-win-Situation sein. Betrachten wir uns doch als Partner.« Er wischt sich die Krümel von den Händen. Legt sein Handy mit der Aufnahmefunktion mitten auf den Tisch. »Nun. Lassen Sie uns Bedingungen aushandeln.«

Durch das offene Fenster hört Colleen einen Hund bellen. Irgendwo unten in der Bucht dröhnt das Geräusch eines anspringenden Motors. Das Kreischen der Möwen, als ein Boot am Kai anlegt.

TSCHECHOW

Der grüne Truck kommt seufzend zum Stehen, und Thomas zieht den Schlüssel aus dem Zündschloss. Bemerkt beim Schließen der Tür einen durchsichtigen großen Tupperbehälter, der hinter dem Fahrersitz klemmt. Er öffnet den Deckel und blättert durch die hineingestopften Papiere und Notizbücher. Nimmt den Behälter unter den Arm, bevor er die Straße entlanggeht.

~~~

»Bisschen neblig!« Die Fischer am Anlegeplatz rufen Vivienne zu. »Seien Sie heute Abend vorsichtig da draußen. Es kann ohne Weiteres passieren, dass man den Kurs verliert, wenn man nicht aufpasst.«

Vivienne bindet die Festmacherleine los und wirft sie in den Bug. »Mach ich.« Sie lässt sich nach unten ins Boot sinken, reißt am Starterseil, um den Außenbordmotor anzuwerfen. Panik oder Vorfreude oder Adrenalin hat sie gestärkt, die Anspannung in ihrem Körper verwandelt sich in körperliche Kraft, und der alte Evinrude startet beim ersten Anreißen. Sie winkt den Fischern zu, während sie sich vorsichtig vom Schiffsliegeplatz entfernt.

Man merkt sofort, dass der Hochsommer vorüber ist. Acht Uhr abends, und ein Anflug von Dämmerung senkt sich bereits wie Flaum nieder. Die Luft ist feucht, auf dem Meer herrscht absolute Windstille. Flaute. Ein schlimmeres Schicksal als ein Sommerwirbelsturm, würde einem jeder Seemann erzählen. Zumindest ist ein Sturm etwas, womit man tanzen, etwas, wogegen man ankämpfen kann. In der Flaute bleibt nichts zu tun, als zu treiben und abzuwarten. Doch der Himmel legt nahe, dass er willens ist, sich aufzuklären. Das Wetter hat noch nicht entschieden, wie es sein wird.

Vorsichtig manövriert sie das Boot bei langsamer Fahrt quer durch die Bucht, hofft, das Knurren des Außenbordmotors so unauffällig wie möglich zu halten. In der nebligen Luft werden Geräusche verstärkt, werden Geräusche weitergetragen. Fünf Minuten später ist sie einen Steinwurf von der Rückseite des Stores entfernt. Sie schaltet den Motor aus und lässt das Boot auf der Tide driften, ihre Aufmerksamkeit auf die Felsen unter dem Schiffsrumpf gerichtet. Es ist nicht einfach, so dicht am Strand zu fahren. Sie kann sich den Landungssteg vorstellen, den der Store früher einmal sein Eigen nannte. Lang und schmal, wie ein Finger ins Wasser hinausragend – ein umgekehrter Fjord.

Vivienne packt den Wurfanker und benutzt ihn, um einen mit Rankenfußkrebsen verkrusteten Felsen einzufangen. Sie zieht das Boot so nah wie möglich an die hintere Veranda, bevor sie den Anker umdreht und sich wie ein venezianischer Gondoliere in Richtung Strand stakt. Das hintere Bootsende treibt nach vorn, sodass sie mit der Breitseite zur Flutgrenze zeigt. Sie hört das Scharren von Kiel auf Fels. Die abgeblätterte Wand des Stores ragt über ihr auf, die baufällige Veranda ein Mund voll unregelmäßiger Zähne. Sie setzt ihre ganze Kraft ein, um das Boot ruhig zu halten, das raue Holz des Ankers scheuert an ihren Händen. Eine Gestalt tritt aus den Schatten.

Tama streckt die Hand aus, packt das Dollbord, und Vivienne klettert über die Seite ins Wasser. Sie trägt Shorts und Turnschuhe, keine Gummistiefel, falls sie die Flucht ergreifen müssen. Das Wasser ist eisig auf ihrer Haut, ein kalter Schock zwischen ihren Zehen, in den Kniekehlen. Das Salz brennt in alten Wunden. Schweigend, effizient machen die beiden Frauen das Boot an dem verfaulten Verandapfosten fest. Es treibt weiter auf der Tide in Richtung Strand. Ein hohles Pochen, als es gegen die Felsen stößt. Es wird lange genug halten. Sie haben Glück, dass der Abend so windstill ist.

»Ist Thomas gut weggekommen?« Vivienne ergreift das Wort.

»Ja. Er hat mir gesimst, als er fertig war. Er hat den Truck hinter dem Mitarbeiterhaus versteckt abgestellt. Von der Straße aus ist er nicht zu sehen. Es sei denn, man schaut ganz genau hin.«

Vivienne bückt sich nach einem Strandstein von der Größe und Form einer Orange, glatt und rund. Sie wuchtet sich auf die Veranda, wobei sie spürt, wie das aufgeweichte Holz unter ihrem Körpergewicht nachgibt. Legt den Stein lang genug ab, um ihre durchnässten Turnschuhe auszuziehen und beiseitezuwerfen, wiegt ihn in der hohlen Hand, als sie wieder danach greift. Der Stein ist massiv, schwer.

»Er hat gesagt, es war ein Kinderspiel. Überhaupt kein Problem. Er hat gewartet, bis sie ein paar Minuten im Café waren, und hat dann die Vordertür aufgemacht und die Kupplung kommen lassen.« Tama lacht. »Herrgott, dieser Truck. Er ist so laut. Thomas hat ihn den ganzen Hügel runterrollen lassen, bevor er das Risiko eingegangen ist, den Motor anzulassen.«

Vivienne steht auf, den Stein in der Hand. Nachdem das Boot festgemacht ist, schleichen Tama und sie zur Vorderseite des Stores. Colleen und Isaiah treffen sich mit dem Journalisten, und die beiden Frauen gehen davon aus, dass sie eine knappe Stunde Zeit haben, bevor das Fehlen des Trucks bemerkt wird. Dennoch scheint es das Beste, sich an die Schatten zu klammern und leise zu sprechen. Tama ist mit dem Bolzenschneider so geschickt, wie sie behauptet hat. Die Schneidflächen durchtrennen den Bügel des Vorhängeschlosses beim ersten Ansatz. Die Frauen schieben es aus der Metallschlaufe und gleiten durch die Tür, schließen sie leise hinter sich, als könnten Colleen und Isaiah sie vielleicht vom Café aus hören. Als könnten ihre Stimmen vom Nebel so weit getragen werden. Vivienne nimmt das zweite Vorhängeschloss, das am Haken an der Innenseite der Tür hängt – ihr hochmodernes Sicherheitssystem – und steckt es in die Tasche. Sie haben nicht vor, hier so lang zu sein, dass sie es brauchen.

Sie gehen direkt auf die Kreatur zu. Sie ist auf den Boden des Aquariums hinabgesunken. Das Wasser, das beim letzten Mal, als die Frauen hier gewesen sind, trübe ausgesehen hatte, hat ein algenhaft-grünes Leuchten angenommen. Zwar haben Vivienne und Colleen einen Filter gebastelt, der sauberes Meerwasser durch das Aquarium zirkulieren lassen soll, und Vivienne reinigte zweimal am Tag die Leitungen, damit sie nicht verstopften, doch der Filter ist eigentlich für ein normales Haushaltsaquarium gedacht, für Goldfische, und nicht leistungsstark genug, während er hoffnungslos in der Ecke vor sich hin gurgelt. Sand gelangte durch den Einlaufschlauch in die Tiefkühltruhe und ein bisschen leuchtendes Phytoplankton. Das Plankton treibt wie Sterne, die durch ein Loch in den Wolken spähen, an der Wasseroberfläche. Eine vereinzelte Sternenkonstellation. Die Kreatur liegt eingerollt wie ein junges Farngewächs auf dem Boden der Tiefkühltruhe. Eine Woche am Boden eines Brunnens.

Vivienne greift so weit wie möglich hinein, streckt die Finger aus, um sie zu berühren, während ihre Füße vom Boden abheben. Der Fisch macht keine Bewegung auf Viviennes Hand zu. »Vielleicht müssen wir zu ihr ins Wasser.«

»Du bist schon nass«, stellt Tama fest. Vivienne zieht den Arm aus dem Aquarium. Für die Dauer eines langen Atemzugs sehen sie der Kreatur beim Schlafen zu.

~~~

Der orangenförmige Stein befindet sich immer noch in Viviennes Hand. Sie legt ihn auf den Labortisch und sieht sich um, die Hände auf den Hüften.

»Wir werden zwei Eimer brauchen, der kleine Schöpfeimer wird nicht reichen. Und die Fischkisten sind dort drüben.« Sie denkt laut. »Es wird wieder die Fischkiste sein müssen. Ich glaube, es ist das Einzige, wo sie reinpasst. Wir können sie gemeinsam tragen, jede an einer Seite.«

Während Tama Hilfsmittel zusammensucht, kümmert Vivienne sich um die Probenbehälter. Mikroskopobjektträger und Blutampullen. Reagenzgläser voller Schuppenproben, die in Smaragdgrün und Gold glänzen. Rosafarbene Fleischpfropfen, die in Tüten mit Eiswürfeln eingepackt sind. »Das tut mir so leid«, flüstert sie. Packt fast alles in die Fischkiste, die Tama aus der Ecke hervorgezogen hat. Eine Schatzsammlung, die im Meer versenkt werden soll.

Die Schachtel mit Objektträgern, so ordentlich aufgereiht wie Bücher in einem Regal, bringt sie zum Labortisch. Genauso ordentlich breitet Vivienne sie auf der abgenutzten Holzoberfläche aus. Der polierte Stein passt perfekt in die Mulde ihrer Hand, und sie zerschlägt damit jeden einzelnen Objektträger. Stößt auf sie hinab, zermahlt sie, bis nur noch ein Feld aus Splittern und Glasstaub übrig bleibt. Sie sucht einen Besen, fegt den glitzernden Haufen auf ein Kehrblech und wirft ihn in den Bauch des Holzofens. Rührt alles in den Haufen aus kalter Asche.

~~~

Im Café setzt Ben Sharpe gerade das Thema Beweise auf die Tagesordnung. Sie haben die Präliminarien hinter sich gelassen und besprechen jetzt Einzelheiten. Exklusiver Zugriff und Erstveröffentlichungsrechte und Zeilenzahlen und Fotos. Die Namen in den Überschriften. Colleen sagt: »Ich habe ein paar Dinge im Truck, die hilfreich sein könnten. Ich bin gleich wieder da.«

~~~

Die beiden Frauen stehen mitten im Raum, die Hände in Superheldinnen-Manier in die Hüften gestemmt. Vivienne versucht, alles hier aufzunehmen, es sich ins Gehirn einzubrennen. Der Geruch nach grobem Salz, der den Holzrahmen des Stores sowie die Wände durchdringt, von einem Jahrhundert des Fischpökelns. Der Geruch nach Motoröl, nach kleinen Werkzeugen und Bootsmotoren. Der Geruch von Reinigungsalkohol und der Geruch nach Meer, der Gestank von verfaulenden Kapelanen und das ekelhafte

Aroma, das aus der Ecke kommt. Sie will sich das Licht einprägen, das durchs Fenster dringt, und das Knarren der Wände, während sie, langsam, auf der Flutgrenze zusammenbrechen. Sie vermisst das gedämpfte Geräusch von Möwen. Der Nebel hat sie in den Schlaf gelullt, sie schaukeln träumend auf der ruhigen See.

Tama spricht in die Stille hinein. »Ich glaube, das ist alles.«

Ein tiefes Seufzen von Vivienne. »Na gut. Dann los.«

~~~

Colleen verlässt das Café durch die Eingangstür. Sie hat schon die Stufen hinter sich gelassen und den Parkplatz überquert, als ihr auffällt, dass sich dort abgesehen von Ben Sharpes Honda, der willkürlich schief geparkt ist, kein weiteres Fahrzeug befindet. Sie dreht sich auf der Stelle und fragt sich, ob sie am grünen Truck vorübergegangen ist, ob sie ihn woanders geparkt und es irgendwie vergessen hat. Sie wagt noch zwei Schritte vorwärts. Hat sich der Truck hinter den blauen Honda geduckt, spielt er Verstecken, wird sie ihn dabei erwischen, wie er hervorlugt? Es gibt weit und breit keine Spur von ihm. Kurzzeitig ist Colleen verwirrt. Der Wagen würde sich nicht in Luft auflösen. Wer hätte ihn nehmen können? Nur Vivienne, aber Vivienne beherrscht keine Gangschaltung. In der nächsten Sekunde kocht Wut wie dickflüssiger Teer hoch. Dieser verfluchte Thomas. Und sie donnert die Treppe hinauf, schreit beim Laufen.

~~~

Vivienne und Tama spähen in die weiße Tiefkühltruhe. Vivienne steht auf einem Pappkarton, der ihr Gewicht nicht ganz tragen kann, und greift in das trübe Wasser. Der Filter ist im Weg. Sie stellt ihn aus und entfernt ihn mitsamt der Schläuche, und es fühlt sich an, als schalte sie die Herz-Lungen-Maschine ab. Sie greift ins Wasser, um den Fisch zu berühren, fährt mit der Fingerspitze die Schwanzflosse entlang. Sich unter der Berührung kräuselndes Fleisch. Tama ist in Bereitschaft, auf Anweisungen wartend. Der Karton unten gibt ein wenig nach.

»Moment.«

Sie stößt den heimtückischen Karton weg und nimmt sich einen Laborschemel vom Tisch. Klettert hinauf, um darauf zu knien, wobei sich der Metallrand in ihre Kniescheiben gräbt, als sie sich vorbeugt. Sie taucht beide Arme ins Wasser und richtet sich dann klitschnass wieder auf. Von ihrem Hemd tropft Wasser.

»Das hier ist lächerlich.« Sie zieht sich bis auf ihren Sport-BH aus und greift so weit wie möglich ins Aquarium, ihr Rücken hat die Form einer Weide, die sich über einen langsam dahinfließenden Fluss beugt. So kann sie zwar die Hände von zwei Seiten an den Schwanz des Fisches legen, aber nicht genug Hebelkraft aufbauen, um die Kreatur nach oben zu hieven.

»Ich muss hinein und versuchen, sie rauszuheben. Schieb die Fischkiste ganz nah ran. Mach dich bereit, sie hochzuziehen.«

Vivienne schwingt die Beine über die Kante. Sie stemmt sich am Rand hoch, will die Füße absetzen, ohne auf den Fisch zu treten, und gleitet ins Aquarium. Das Wasser ist erschreckend kalt und schmutzig. Stücke von organischem Material treiben herum, streichen wie Seerosen in einem

Teich an ihren Beinen vorbei, Unkraut, das ihre Beine zu umschlingen und sie zu ertränken droht.

»Vivienne.« Das Wort wie Glockenläuten. Tamas Ton verblüfft Vivienne, sie blickt über die Schulter. Tamas Kopf ist zur Seite geneigt, und sie mustert Viviennes Rücken. Mit ausgestreckter Hand fährt sie eine unsichtbare Linie parallel zu Viviennes Wirbelsäule nach und betrachtet die entzündeten violetten Blutergüsse, den empfindlichen Schorf, der sich bei der leichtesten Berührung zu öffnen droht. Das Gewicht ihres Fingers ist so sanft wie ein Flüstern von Rauch.

Vivienne richtet ihre Aufmerksamkeit wieder auf ihre Füße. »Später. Darüber können wir später reden.« Festen Halt findet sie nicht, aber sie entscheidet sich für eine Stellung und versucht, mit den Füßen nicht auf dem glitschigen Boden der Tiefkühltruhe auszurutschen.

»Bist du so weit?«

Vivienne nickt. Sie atmet ein und taucht den Kopf unter die Wasseroberfläche. Versucht, die Augen zu öffnen, aber das Salz und das Schmutzwasser brennen so heftig, dass sie sie wieder zukneifen muss. Ohne zu sehen, bückt sie sich und packt die Kreatur mit beiden Händen, zieht sie an die Oberfläche. Und dann schwimmt sich der Fisch mit einer Drehung des Halses und einem matten Schnappen aus Viviennes Griff frei. Ruckartig zieht Vivienne die Hand zurück und kommt an die Oberfläche, öffnet die brennenden Augen unter Blinzeln, um die Wunde an ihrem Handgelenk zu begutachten. Die Kreatur hat sie gebissen. In der nächsten Phase von Tamas Mission wird eine antibiotische Salbe vorkommen.

»Sie ist nicht ganz die Invalide, für die wir sie gehalten haben.« Tama starrt in das Aquarium.

»Nein.«

Vivienne spürt das Zucken der Schwanzflossenmuskulatur, als die Kreatur mit dem Kreisen beginnt und an ihr vorbeistreicht. Nicht die wütenden Achterfiguren der ersten Tage ihrer Gefangenschaft, sondern eine träge Schleife um Viviennes Rumpf und ihre Beine. Vivienne spürt, wie die Knospen neuer Schuppen an der Haut ihrer Oberschenkel entlangschrammen und dünne Linien in ihr Fleisch kratzen. Sie hat das Gefühl, sich mitten in einem Whirlpool zu befinden, der langsam immer heftiger wird. Mit jeder Wendung des Fischleibs verstärkt sich der Wirbel.

~~~

»Was hat sie getan? Ist sie in die Stadt abgehauen?« Colleen verengt die Augen zu Schlitzen. »Versucht, eine Mitfahrgelegenheit zurück nach St. John's zu finden. Verfluchte Närrin. Sie muss diesen Thomas dazu überredet haben, sie bis nach Carbonear zu bringen oder irgendeinen anderen Quatsch.« Nachdenklich tippt sie mit dem Finger auf die Tischplatte.

Ben Sharpe antwortet ihr. »Wie viel Benzin befindet sich im Tank? Ich wette, sie müssen an der Tankstelle oben auf der Hauptstraße einen Stopp einlegen, bevor sie weiterfahren.« Er sieht auf seine Armbanduhr. »Sie können höchstens eine Viertelstunde unterwegs sein.« Er angelt seine Schlüssel aus der Tasche.

»Der Tank ist so gut wie leer. Mit ein bisschen Glück erwischen Sie sie.« Sie sieht ihm nach, wie er aus der Tür joggt. Dreht sich zu Isaiah um. »Gehen Sie und behalten Sie ihn im Auge. Ich will nicht, dass er auf den Gedanken kommt, sich ein Exklusivinterview zu sichern, und sich auch über alle Berge macht.« Isaiah eilt ihm nach, zweifellos die Gelegenheit im Blick, ein paar Minuten mit Ben Sharpe allein zu sein.

Colleen wartet, bis der Wagen den Hügel hinaufgefahren und außer Sicht ist, bevor sie sich durch die Schwingtür schiebt und in die Küche marschiert. Bradley steht an der Arbeitsfläche, ein Glas an die Lippen gehoben. Auf der Arbeitsfläche steht eine offene Flasche Wein, daneben ein zweites Glas.

»Ich brauche eine Mitfahrgelegenheit«, sagt Colleen. »Ich muss etwas im Labor nachsehen.«

~~~

Vivienne lehnt sich mit ihrem Gewicht gegen die Kreatur und klemmt sie an der Seite der Tiefkühltruhe ein. An den Beinen spürt sie, wie das Fleisch der Kreatur zittert. Ihr eigenes Fleisch ist vor Kälte fast taub.

»Bringen wir es rasch hinter uns.«

Sie bildet mit den Händen einen Korb, als würde sie jemandem über einen Zaun helfen. Die Kälte macht sie unbeholfen, ihre verschränkten Finger fühlen sich dick an. Sie drückt den eingeklemmten Fisch, so gut sie kann, an ihren Körper, und mit einem Ruck schiebt sie die Kreatur – und eine Wasserwoge – über den Rand des Aquariums. Sie wird in die Fischkiste gespült, wobei Tama den Sturz lenkt. Eine weiche Landung ist es nicht. Die Seetangarme kommen zuletzt. Es erinnert Vivienne an einen von einem Tisch rutschenden Tintenfisch. Ein Ding mit langen Tentakeln, das sogar tot lebendig zu sein scheint. Die Seetanggliedmaßen kleben an der Seite der Tiefkühltruhe, wie nasse Haare im Regen eine Lackschicht auf einer Wange bilden. Der Fisch befindet sich größtenteils in der Kiste. Wie ein kleines Mädchen beim Blumenpflücken sammelt Tama verirrten Tang ein.

»Okay. Jetzt jede einen Griff.« Vivienne zieht sich aus der Tiefkühltruhe, und Tama und sie heben die Kiste vom Boden hoch. Sie ist schwer, das Gewicht noch verstärkt durch die ruhelosen Bewegungen der Kreatur darin. An Vivienne strömt Wasser hinunter. Sie tragen die Kiste über den Boden, die Dringlichkeit sitzt ihnen wie ein schnell atmendes Tier im Nacken, und Vivienne, die in der Nachtluft zittert, fängt zu kichern an. Die Absurdität des Ganzen. Ihre Arme werden weich.

»Eine Sekunde.« Sie lässt die Kiste mit einem dumpfen Geräusch zu Boden sinken. Ihr Arm zuckt an der Schulterpfanne. »Es tut mir so leid. Moment.« Eine Woge des Gelächters droht sie zu überwältigen. Sie ist an der Taille nach vorn abgeknickt, Tränen strömen aus ihren Augen, ihr Bauch tut vor Lachen weh.

Auch Tama lacht leise auf, bekommt aber keinen Lachkrampf wie Vivienne. Sie wartet darauf, dass die Wogen des Gelächters sich glätten. »Alles in Ordnung?«

»Ja. Es ist bloß …« Vivienne atmet bebend ein. »Es ist bloß alles so lächerlich.«

Sie heben wieder an und beginnen ihren schlurfenden Tanz zur Tür.

~~~

Vivienne und Tama sind schlecht zusammenpassende Tanzpartnerinnen. Tama ist größer als Vivienne, auch stärker, und die Fischkiste neigt sich, während die Frauen sie zur Tür tragen. Die Kreatur, das Hauptgewicht ihrer

Fracht, gleitet auf Vivienne zu. Sie setzen sie alle drei Meter ab, und Vivienne schöpft Atem, bevor sie sie wieder hochheben, vorwärtsschlurfen, Viviennes Seite der Kiste Zentimeter über dem Boden. Die Muskulatur in ihren Schultern schmilzt dahin. Sie hat Angst, die Muskeln werden sich in Wasser verwandeln, bevor sie ihre Aufgabe erledigt haben. Sie hat Angst, dass sie es nicht schaffen wird. Ihre Finger verkrampfen sich, verfärben sich an den Knöcheln weiß.

Sie erreichen die Tür und lugen nach draußen. Im Hof regt sich nichts. Sie könnten genauso gut eine Filmkulisse vor sich haben. Es gibt kein Kräuseln auf den schlammigen Pfützen, kein Lüftchen. Das Gras regt sich nicht, der Kies auch nicht. Kein Möwengeschrei, sie hören kein Quad auf dem Hügel, keine Stimmen. Keine Schritte. Vorsichtig öffnen sie die Tür vollständig und wagen sich nach draußen. Nichts springt hinter einem Felsen hervor, um sie zu überrumpeln. Es gibt keinen Hinterhalt. Sie heben die Kiste abermals an und schleppen sie um die Ecke und außer Sicht, ein watschelnder Twostepp, wobei die Kreatur in dem Plastikbehälter hin- und herschwappt. Sie setzen ihn ab, bevor Tama zurück um die Ecke geht, um die Tür zu schließen, das Vorhängeschloss über seine Metallschlaufe zu haken, ihren Bolzenschneider zu entfernen. Um es, wenigstens aus der Ferne, so aussehen zu lassen, als sei die Tür verriegelt.

Vivienne hebt an. Die Kreatur gleitet in einem rutschigen, fleischigen Haufen zum anderen Ende der Kiste, während sie sie über die hölzerne Veranda zerrt, dabei jede Planke wie ein Stock treffend, der an einem Lattenzaun entlanggezogen wird. Wie ein Xylophon. Laut. Der Klang scheint widerzuhallen, und Vivienne wird klar, dass es sich eigentlich um zwei Geräusche handelt, das Klack, Klack, Klack der Kiste und ein Grollen, das sie als den Lärm eines Automotors erkennt. Sie lauscht, während der Wagen in den Kiesweg einbiegt und auf der Einfahrt hält, die zum Store führt. Der Fahrer schaltet den Motor aus.

~~~

Tama hantiert gerade an dem Schloss herum, als sie einen Wagen auf dem Weg hört. Sie kann ihn wie Standbilder von einem Film in den Lücken zwischen den Häusern aufleuchten sehen, und sie weiß, dass sie auf frischer Tat ertappt wurde. Es ist ihr eigener Wagen. Er biegt in die Einfahrt. Sie entfernt sich einen Schritt von der Veranda an der Seite des Stores. Der ekelhaft süßliche Geruch nach Auspuffgasen steigt ihr in die Nase. Bradley sitzt hinter dem Steuer. Ihre Blicke treffen sich durch die Windschutzscheibe, und etwas Angespanntes zwischen ihnen beginnt sich aufzurollen. Ein nicht so geheimes Geheimnis lüftet sich vor ihren Augen.

Colleen kämpft mit dem Sicherheitsgurt. Sie wirft ihn von sich, als sie durch die Beifahrertür stürzt, und er schlägt mit einem metallischen Knall gegen die Seite des Wagens. Tama muss ganz leicht lächeln, und ihr Herz erwärmt sich für Bradley – um ein Grad. Er und die Sicherheitsgurte. Er wäre nicht aus der Einfahrt gefahren, ohne darauf zu bestehen, dass Colleen sich anschnallt, hätte den Motor vorher nicht angelassen. Er hatte Vivienne und ihr fünfzehn Sekunden verschafft, während er stur auf das Klicken von Colleens Gurt wartete. Ein ausgesprochen umsichtiger Fahrer. Er hatte gewiss auch am Ende der Einfahrt gehalten, um sich ausgiebig nach beiden Seiten umzusehen, selbst wenn nichts gekommen war. Vor dem Stoppschild am Fuß des Hügels war er vollständig zum Stehen gekommen.

~~~

Thomas wartet an der Rückseite des Stores auf Vivienne. Er gleitet um die Ecke, um ihr mit der Fischkiste zu helfen, beide erstarren beim Klang des herannahenden Fahrzeugs. Lauschen, wie der Fahrer den Motor abstellt und jemand brüllend aus dem Auto steigt. Wortlos packen sie je einen Griff und tragen die Kreatur zum Rand der Veranda, keine Absetzpausen, kein Ausruhen müder Bizepse. Die Panik macht Vivienne stark. Im Store werden jetzt Stimmen laut, und durch die dünnen Wände können sie Colleen hören, es ist zweifellos Colleen, und sie schreit. Wo ist es? Wo ist es? Im Innern kracht etwas, das Geräusch von etwas, das geworfen wird, und dann ein wiederholtes Hämmern, wie ein Holzhammer, der einen Nagel trifft.

~~~

Thomas ist im Wasser und zieht das Boot nah heran, während Vivienne über die Seite hineinklettert, wobei sie sich in der Eile den Oberschenkel an der Rudergabel stößt. Ein für später gesammelter Bluterguss. Vivienne spannt die Beine an, klemmt die Knie um eine der hölzernen Ruderbänke. Thomas beeilt sich ebenfalls und versucht, gleichzeitig das Boot ruhig zu halten und die Fischkiste zu manövrieren. Ihre dritte Helferin haben sie eingebüßt. Sie versuchen, sich nicht zu schnell zu bewegen, versuchen, keine Fehler zu begehen, versuchen, keinen Lärm zu machen.

Vivienne löst schließlich ihr Problem. Sie klettert über das Dollbord zurück und rutscht herum, bis sie ganz am Rand des vom Wetter aufgeweichten Landungsstegs sitzt. Schwingt die Beine über die Seite des Boots und zieht es mit den Füßen nah heran. Thomas springt an Deck und zerrt die Kiste auf die Kante des Boots, und gemeinsam bugsieren sie sie auf den Boden des Fahrzeugs. Sie haben die Zwanziglitereimer, die Tama an der Tür abgestellt hatte, zurückgelassen, und jetzt können sie sie nicht mehr holen. Stattdessen benutzen sie den Schöpfeimer, um fünf Zentimeter Wasser in die Kiste zu schaufeln. Vivienne greift hinein und verlagert die Kreatur, versucht, ihre Kiemen so weit wie möglich in die Wasserschicht zu tauchen. Sie lässt die Hand über die Schwanzflosse des Fisches gleiten. Richtet ihren Schwanz wie eine Brautjungfer einen Schleier. Ein zweiter Wagen biegt in die Einfahrt. Thomas schöpft schneller. Sie brauchen mindestens fünf Zentimeter, wenn sie wollen, dass der Fisch die Fahrt überlebt.

~~~

»Was zum Teufel machst du hier?« Colleens Wut ist voll und ganz auf Tama gerichtet. Ihre Worte sind wie Nägel, wie Granatsplitter in einer selbst gemachten schmutzigen Bombe. »Wo ist Vivienne? Wo ist sie?« Und dann, als ihr das Vorhängeschloss auffällt, das an Tamas Fingern baumelt: »Warst du drinnen? Was zum Teufel hast du da drinnen getrieben?«

Tama weicht nicht zurück. Sie lässt sich von Colleens Poltern nicht einschüchtern, ist immun gegen ihre hitzigen Worte. Sie steht vor der Tür, tritt aber höflich einen Schritt zur Seite, als Colleen auf sie zugestürzt kommt. Gelassen angesichts Colleens Zorn. Colleen stürmt hinein und hält direkt auf das Aquarium zu. Fingerknöchel weiß, Sehnen an ihrem Hals hervortretend.

»Sie ist fort.« Colleen sieht zu Tama und dann wieder zur Tiefkühltruhe. »Wo ist sie?« Ihre Stimme ein Zischen.

Als Antwort schließt Tama leise die Tür des Stores, sodass Colleens Gesicht nicht mehr zu sehen ist. Stellt sich breitbeinig auf. Etwas knallt gegen die Tür. Der Druck strahlt bis in ihre Wirbelsäule aus. Sie spannt sich an und ist bereit, als Colleen sich gegen die Tür stemmt. Verwirrt beobachtet Bradley alles von seinem Platz neben dem Kotflügel des Autos aus.

Zum ersten Mal sagt sie etwas zu ihm. »Hilf mir.«

Und er tut es, indem er mit einer Schulter gegen die Tür drückt. Ein blauer Honda kommt die Straße herunter.

~~~

Ben Sharpe fährt, Isaiah auf dem Beifahrersitz neben ihm. Der Wagen nimmt scharf die Ecke in den Hof, wobei er auf dem losen Kies ein wenig ins Schlingern gerät. Eine orangefarbene Katze stürzt aus dem gelben Gras, und Ben Sharpe hält quietschend an und verfehlt sie nur um Haaresbreite. Die Katze weicht nicht von der Stelle, macht einen Buckel und faucht. Der Tag geht allmählich in Zwielicht über, und in der herannahenden Dämmerung stieben Funken aus statischer Elektrizität von ihrem tizianroten Fell. Isaiah klettert vom Beifahrersitz, schon redend, bevor er aus dem Wagen ist, und die Katze tänzelt zurück in die Deckung des Grases.

»Ist sie hier?« Er sieht Bradley an. »Ben ist aufgefallen, dass Sie nach unten gefahren sind, als wir hochfuhren.«

Etwas donnert von innen gegen die geschlossene Tür. Es klingt, als habe Colleen sich einen schweren Gegenstand gegriffen – einen Ziegelstein oder die alte Tür der Arbeitsplatte, die ins Nichts führt, oder einen Bootsmotor – und benutze ihn als Rammbock. Die Holzplanken werden in Tamas Rücken gestoßen.

Bei dem Geräusch verstummt Isaiahs Geplapper. Seine Miene verdüstert sich. Er senkt die Stimme, als versuche er ein Donnergrollen. »Ich glaube, ich möchte dort hinein. Ins Labor.« Er ist bestimmt. »Gehen Sie aus dem Weg.«

Tama zwingt seinen Blick nieder und tritt dann beiseite, Bradley mit sich ziehend. Sie ist versucht, Colleens Bombardement der Tür mit dem Moment, in dem Isaiah sie aufreißt, zusammenfallen zu lassen. Stattdessen nutzt sie die Pause zwischen zwei Attacken. Colleen steht im Autoscheinwerferlicht, ein zum Angriff bereiter Stier. Die Überraschung, als die Tür aufgeht, lässt sie in der Bewegung innehalten, und sie gerät ins Taumeln. Sie kann nicht sehen, zu wem die Silhouetten im Türrahmen gehören.

»Wo habt ihr sie hingebracht?« Sie brüllt jetzt.

Isaiah antwortet. »Ist Vivienne hier?« Er betritt das Gebäude.

»Das Exemplar. Sie hat das verfluchte Exemplar gestohlen.«

Hinter dem Store versucht jemand, einen Außenbordmotor anzulassen. Tama stürzt von der offenen Veranda, Colleen dicht hinter ihr, Isaiah aus dem Weg stoßend, als sie an ihm vorüberkommt. Isaiah macht kehrt, um etwas von dem in Plastik gehüllten Tisch zu holen, der ins Nichts führt, und jagt ihr dann hinterher.

~~~

»Lass dir Zeit. Du willst sie nicht absaufen lassen«, rät Thomas, nachdem Vivienne zum zweiten Mal an dem Starterseil gezogen hat. Er steht auf der Veranda, von seiner Kleidung tropft Meerwasser, und er versucht, die Festmacherleine vom Holzpfosten der Veranda zu lösen. Das Geländer wird allmählich morsch, stürzt nach und nach ins Meer, und zwischen dem Geländer und dem Pfosten hat sich ein Spalt aufgetan. Das Tau ist in der Lücke eingeklemmt. Thomas gibt sich Mühe, es zu lockern, da biegt Tama um die Ecke und schreit.

»Los! Ihr habt keine Zeit mehr!«

Vivienne reißt am Seil. Der Motor springt mit einem Brüllen an. Vorsichtig manövriert sie das Boot in die Bucht, soweit das Tau es gestattet. Isaiah hat aufgeholt. Er hält das Betäubungsgewehr in der Hand. Das Boot ist immer noch an Land festgebunden.

»Halt!« Er schreit. Das Boot liegt knapp außerhalb seiner Reichweite. Er richtet das Gewehr auf Vivienne. Sie fischt unten in dem kleinen Staufach nach einem Filetiermesser, und während Isaiah herumschreit, macht sie sich an die Arbeit, hackt auf das Tau ein, auf dieses letzte Ding, das sie am Strand festhält. Isaiah schwenkt das Gewehr hin und her und brabbelt stumpfsinnig. Sie achtet nicht auf ihn. Sie kann ihn kaum hören. Es ist Geschwafel, bedeutungsloser Lärm. Die hintere Veranda scheint auf einmal voller Menschen zu sein, und sie fragt sich kurz, ob sie das Gewicht der dort Versammelten tragen wird, doch sie konzentriert sich auf niemanden, sie sind ein einziges Wesen, ein formloser Körper. Ihre Welt besteht aus dem Tau und dem Messer. Sie sägt durch die Fasern, eine nach der anderen, und dann, mit einem letzten Schnitt des Messers, treibt das Boot frei davon. Als sie aufblickt, sieht sie Isaiah ins Wasser springen. Er hält das Betäubungsgewehr über dem Kopf und watet auf sie zu. Sie glaubt, er wird versuchen, zu ihr zu schwimmen. Sie greift hinter sich, um Gas zu geben.

Trotz allem ist die Explosion unerwartet, der Pfeil hat sie erreicht, bevor sie auch nur darüber nachdenken kann, ihm auszuweichen. Er gräbt sich in ihre Oberschenkelmuskulatur, der Schmerz schneidend und unvermittelt, der Bolzen wie ein gefiederter, von einem Bogen abgeschossener Pfeil. Er vollführt seine Aufgabe makellos, hat sich in ihr Bein gebohrt und stiehlt eine Gewebeprobe, bevor er den Halt verliert und auf den Boden des Boots rutscht. Sie hebt ihn auf und wirft ihn über Bord, damit Isaiah ihn einholen kann, zusammen mit seiner Beute aus Haut und Fleisch. Der Rest von ihr ist unversehrt.

SONNENUNTERGANG

Der Schmerz von dem Pfeil ist stechend. Vivienne presst die Hand an den Oberschenkel und versucht, den Blutschwall zu hemmen. Sie drückt die Faust gegen die Wunde und blickt auf dem Weg aus der Bucht einmal zurück. Strichmännchen bevölkern die Veranda an der Rückseite des Stores. Colleen stampft von einem Ende der Veranda zum anderen, ein steifbeiniger Zinnsoldat. Jedes Mal, wenn sie kehrtmacht, dreht sie sich, um Vivienne nachzurufen, ihre Worte verloren, bevor sie sie erreichen; die Entfernung und der Lärm des Außenbordmotors lassen sämtliche Akteure verstummen. Tama und Bradley stehen nahe beieinander, ohne sich ganz zu berühren. Tama winkt wie eine mechanische Aufziehpuppe. Thomas umklammert den Verandapfosten wie ein Affe, der sich an der Takelage eines Segelschiffs oder am Mast festhält, und winkt ihr mit dem ganzen Arm zu. Ben Sharpe in der Ecke macht Fotos von einer Frau in einem Boot.

Isaiah ist fast nicht zu sehen. Er befindet sich in der Mitte der Einstellung, brusttief im Wasser, reglos. Vivienne fragt sich, ob er sich je rühren wird. Sie umrundet die Spitze der Bucht, und die Szenerie hinter ihr verschwindet. Sie fragt sich, wie lange es dauern wird, bis Isaiah sich auflöst.

Dunstfetzen treiben durch die Bucht, aber der Nebel hebt sich allmählich. Tageslicht strömt davon wie Wasser in einem Sieb, als habe die Nacht es eilig mit ihrer Ankunft. Der Sonnenuntergang ist plötzlich und spektakulär. Abendrot, Schönwetterbot'. Vivienne sagt den Reim wie ein Mantra auf, wie ein Gebet. Ein Vogel, der spät nach Hause kommt, schwebt auf einer Strömung hoch oben am Himmel. Gleitet. Mühelos.

Die Luft auf ihrem Gesicht. Vivienne kann Salzwasser auf den Lippen schmecken. Sie spürt das Vibrieren des Motors in der Hand, die die Ruderpinne hält, und bis nach oben in den Arm. Sie fühlt sich robust. Als existiere sie. Sie ist so fest umrissen wie ein Fischschwarm unter der Oberfläche des wechselhaften Ozeans. So real wie eine Insel, die sich in einen flüchtigen Himmel reckt.

Sie steuert das Boot weiter aufs offene Wasser hinaus. Folgt der Linie aus Hügeln und Klippen, vorbei am Leuchtturm und seinem hinausgreifenden Licht, vorbei an dem Schiff, das davongezogen war, um zu sinken. Sie gibt Gas und lässt das Boot fliegen, Salznebel benetzt ihr Gesicht und das Haar. Ein Stück Küste hinunter biegt sie in eine Spalte in der Felswand. Die Meeresoberfläche pulsiert leuchtend und blau. Irgendwo unter dem Kiel winkt ein Garten aus Tang und Seefächern. Krebse verstecken sich hinter Felsnasen, und Muscheln öffnen ihre Schalen, um hervorzulugen. Seesterne purzeln am Meeresboden entlang.

Der Spalt in dem Steilhang enthüllt einen winzigen Felsstrand, von oben unzugänglich. Eine Woge ergreift das Boot, und Vivienne bewegt sich wellenförmig in dem Rhythmus, während sich die Stille, die ihre Ohren überschwemmt, in das Geräusch von Kieselsteinen verwandelt, die von den stillen Wellen gepackt werden. Sie sitzt auf dem Plankensitz, bis ihr Puls ein Echo der Tide ist, bis ihr Atem das

Murmeln der Brise auf dem Wasser wiederholt, bis ihr Herz den Wind einatmet und ihre Lunge im Rhythmus des Meers schlägt. Einstweilen verflüchtigen sich die Geister von Angst und Einsamkeit, von Schmerz und Selbstzweifeln. Die Gespenster der Küsse und Streitereien Liebender verschwinden ins Nichts. Grapschende Finger lösen sich wie Rauch auf.

Die Kreatur liegt spiralförmig am Boden der Plastikfischkiste wie eine Nautilusmuschel, wie eine Galaxie. Viviennes Hüften schaukeln, als sie aufsteht und sie hochnimmt, das Gesicht des Fisches an ihrer Schulter. Sie spürt, wie die Muskulatur der Kreatur zittert, wie ihr Herz an ihrem eigenen schlägt.

Vivienne stützt sich an der Seite des Boots ab und lässt ihren Fisch ins Meer sinken. Bänder aus Seetang gleiten zwischen ihren Fingern hindurch, und die Kreatur taucht unter die Oberfläche, außer Sicht. Die stille, dunkle Nacht legt sich auf Viviennes Haut. Die Luft ist warm. Das Meer leuchtet. Eine kupferrote Schwanzflosse bringt die schwebenden Konstellationen durcheinander und verstreut sie wie eine Handvoll Sterne.

DANK

Mein Dank geht an alle bei Breakwater Books, besonders James Langer.

Dieses Buch wurde als Teil des Master-of-Arts-Studiengangs an der Memorial University of Newfoundland fertiggestellt. Ich bedanke mich bei den Mitarbeiterinnen und dem Lehrkörper des Englischinstituts, besonders bei Jennifer Lokash, Rob Finley, Danine Farquharson und Maureen Battcock. Sie wissen gar nicht, wie sehr ich Ihre Unterstützung geschätzt habe.

Danke an Paula Mendonça für die Lektüre des Manuskripts und die überaus hilfreiche Beratung in Sachen Welt der Fische und der wissenschaftlichen Forschung. *Muito obrigado.*

Ein riesiges Dankeschön an die wunderbare, geniale und unglaublich großzügige Lisa Moore. Du bist eine wundervolle Mentorin, meine größte Cheerleaderin und eine echte Freundin gewesen. Ich habe wahnsinnig gern mit dir zusammengearbeitet.

Danke der Port Authority Writing Group. Sharon Bala, Carrie Ivardi, Jamie Fitzpatrick, Matthew Lewis, Morgan Murray, Gary Newhook und Susan Sinnott. Ich kann das Glück nicht fassen, das euch sagenhafte Menschen in mein Leben gebracht hat. Ich bedanke mich aus tiefstem Herzen. Ich liebe euch.

Mom, Dad, David, Marcus, Amanda, Jessie, Ryan, Marcus Beau, Lily, Emma, Ryan Patrick und Liam. Seht mal! Ich habe ein Buch geschrieben! Danke für jegliche Unterstützung und für jedes Sonntagsessen. Und dafür, dass ihr mir die Hölle nicht allzu heißgemacht habt, wenn ich vergessen habe, eine Nachspeise zuzubereiten, und wir schon wieder Apple Crumble essen mussten. Ich liebe euch.

Meinen wunderwunderschönen Kindern: Emily, Gracie, Isaac, Ethan und Charlotte. Ich liebe euch am allermeisten. Und Abel. Nanny liebt dich!

Und zum Schluss Shaun. Die Worte reichen nicht. Danke. Ich liebe dich, liebe dich, liebe dich.

Die Originalausgabe erschien 2018 unter dem Titel
»The Luminous Sea« bei Breakwater Books Ltd.,
St. John's, Kanada.

Sollte diese Publikation Links auf Webseiten Dritter enthalten,
so übernehmen wir für deren Inhalte keine Haftung, da
wir uns diese nicht zu eigen machen, sondern lediglich auf
deren Stand zum Zeitpunkt der Erstveröffentlichung verweisen.

Penguin Random House Verlagsgruppe FSC® N001967

1. Auflage
Deutsche Erstveröffentlichung April 2023,
btb Verlag in der Penguin Random House Verlagsgruppe GmbH,
Neumarkter Straße 28, 81673 München
Copyright © der Originalausgabe 2018 by Melissa Barbeau
Covergestaltung: Semper Smile nach einem Entwurf von Rhonda Molloy
unter Verwendung eines Fotos von © Ernst Haeckel's »Actiniae,«
plate 49, from his book Art Forms in Nature (1904)
Satz: Uhl + Massopust, Aalen
Druck und Einband: CPI books GmbH, Leck
SL · Herstellung: sc
Printed in the Czech Republic
ISBN 978-3-442-77213-1

www.btb-verlag.de
www.facebook.com/btbverlag

Avni Doshi

bitterer zucker

Roman

352 Seiten, btb 77161
Aus dem Englischen von Frauke Brodd

Shortlist Man Booker Prize

»Bitterer Zucker« ist eine Liebesgeschichte. Aber nicht zwischen zwei Liebenden, sondern zwischen Mutter und Tochter. Antaras Mutter war stets eine eigenwillige Frau, die keine Rücksicht auf ihre Tochter nahm: Sie brach aus ihrer unglücklichen Ehe aus, ging in einen Ashram, wurde die Geliebte des Gurus – alles immer mit Antara im Schlepptau. Jetzt ist sie alt, und Antara muss sich um eine demente Mutter kümmern, die sich nie um ihre Tochter gekümmert hat.

»Blitzt wie eine scharfe Klinge – schön und gefährlich zugleich. Ich bin restlos begeistert.«
Elizabeth Gilbert

btb

Ane Riel

Biest

Roman

528 Seiten, btb 77064
Aus dem Dänischen von Julia Gschwilm

Wie alles schiefgehen kann in einer einzigen Nacht: die Geschichte einer schicksalhaften Freundschaft

Unten am Fluss versteckt sich ein Biest. Flüsternd erzählt es einer Krähe von dem Mädchen, das aufgehört hat zu atmen, obwohl es doch nur mit ihr kuscheln wollte. Das Biest heißt Leon und niemand weiß, woher Leon seine übermenschlichen Kräfte hat. Seine Mutter und sein bester Freund Mirko wissen aber, wie schwer es ihm fällt, sie zu kontrollieren. Die Geschichte, die dazu geführt hat, dass sich Leon jetzt am Fluss verstecken muss, handelt von Einsamkeit und Verzweiflung, von wilder Liebe und davon, wie in einer einzigen Nacht alles schiefgehen kann. Es ist die Nacht, die Mirko und Leon für den Rest ihres Lebens aneinander bindet.

»Wieder hat Ane Riel einen einzigartigen Roman geschrieben, der selbst im Moment der größten Verzweiflung seinen Humor behält.«

Litteratursiden

btb

Nathan Englander
kaddish.com

Roman

240 Seiten, btb 77154
Aus dem Amerikanischen von Werner Löcher-Lawrence

Eine aberwitzige, quirlige Satire, zugleich absolut respektlos und sehr liebevoll.

Larry, ein atheistischer Jude aus Brooklyn, ist nach dem Tod seines geliebten Vaters ein einziges Nervenbündel. Nach dem jüdischen Gesetz muss er elf Monate lang das Kaddisch für ihn beten. Fieberhaft sucht er nach einem Ausweg – und findet ihn, wie so vieles, im Internet, bei der Website kaddish.com. Larry füllt ein Formular aus, zahlt die Gebühr und vertraut darauf, dass ein frommer Jeschiwa-Schüler in Jerusalem das Trauergebet für seinen Vater sprechen wird. Doch bald ergeben sich einige heillose Komplikationen …

»Der witzigste amerikanisch-jüdische Schriftsteller der Gegenwart.«
The Times

btb